III
Rare
Class
Change

レアクラスチェンジ！ III

～魔物使いちゃんとレア従魔の異世界ゆる旅～

黒杉くろん
Kuron Kurosugi

TOブックス

Rare Class Change III

Contents

イラスト：ちま
デザイン：BEE-PEE

Monster Tamer
Rare Class Change III
Charactor
レナ
現代日本から転移してきた JK。
穏やかで優しい性格だが、
少々おっちょこちょい。
パトリシア
ツンデレ気質な少女。
念願の花職人へジョブチェンジし、
レナの親友となる。
レナのことが大好き。

クレハ&イズミ
希少なミニ・ジュエルスライム。
レナの初めての従魔たち。
レナのことが大好き。
Rare Class Change
Rare Class Change
リリー
ダークフェアリーの女の子。
魔人化で翅のない
セクシー幼女にも変身できる。
レナのことが大好き。
Rare Class Change
ハマル
ゴールデンシープの男の子
兼触り心地抜群の素敵ベッド。
レナのことが大好き。
Rare Class Change

プロローグ：可愛《かわい》い小さな友達

アネース王国、小都市トイリア。レナたちはこの街で、パトリシアという照れ屋の少女と親友になった。剣士から転職し、念願だった花職人になった彼女は、レナたちが応援する中、様々な新種の花を創《つく》り出した。それは食用超速鬼《ちょうそくおに》アザミだったり、超速クルミボムフラワーだったり、カラクテシミールゴールドだったり……とてもではないが、花屋の店頭に出せるような美しい花ではなかったのだ……。

「武器花《ぶき》……」

「そう言うなよ、レナ……」

「だって、例《たと》えばカラクテシミールゴールドの鑑定《かんてい》結果。種の時点ですでに人を涙目にさせる効果がある劇物、取り扱い注意。種が割れると激辛シミルエキスが飛散《ひさん》する……って。もはや兵器だよ？」

「そう言うなよ、レナ……」

「あ！　でも食用の苺味《いちごあじ》の鬼《おに》アザミは美味《おい》しかったし。そ、そんなに落ち込まないでパティちゃん」

「菓子屋を開くつもりはないんだよ、レナ……」

トンデモフラワーではなくマトモな花を創り出さないと、花屋は開業できない。レナとパトリシアはピクピク引きつった顔を見合わせると、従魔《じゅうま》たちのアイデアも借りて、可愛い花を創るには……と苦悩《くのう》しながら何度も話し合った。

☆

翌日。レナたちは、可愛い花を創るためのアドバイスを求めて、とある女の子の元を訪《おとず》れることにした。現在のメンバーでは、普通の花を創る良いアイデアは絶対浮かばないと、己のセンスを見《み》限《かぎ》ったのである。

『『武器花も味があってオイシイ商売ができると思うけどなーっ？』』

「パティちゃんが開きたいのは武器屋じゃないんだよ、クレハ、イズミ」

『あれも……ある意味、才能、なんじゃない？』

『モリモリ綿毛花《わたげばな》はなかなか良い感触《かんしょく》でした～』

「みんな。パティちゃん泣いちゃうからもうやめよう」

「私は一体何を言われてるんだよ⁉　従魔たちの声は理解できないけど、レナの発言聞いてると気になってくるぞ！」

「ごめーーん！」

トイリアらしい白と赤のメルヘンな街並みをのんびり歩いていくレナたち。現在は春らしい気候《きこう》で、花々が咲き誇《ほこ》り、景観《けいかん》がいっそう美しさを増している。時折《ときおり》、手にした地図を眺《なが》めて目的地を確認する。

「……こっちだねぇ」

レナたちはいつの間にか、高級住宅街に入り込んでしまっていた。戦々恐々《せんせんきょうきょう》と足を進めていくと、やがて壁に緑のツタを這《は》わせた、趣《おもむき》のある大きな洋館前に辿《たど》り着く。豪奢《ごうしゃ》な装飾《そうしょく》が施《ほどこ》された門の前で、全員がポカンと口を開けた。

「ここ……なのか……？　本当に？」

パトリシアの声が乾《かわ》いている。

「えーと……そうみたい。この間もらった地図に間違いがないなら、このお屋敷に私たちの知り合いの可愛い女の子が住んでるはずなんだけど……。す、すんごい豪邸《ごうてい》だねぇ」

『『すごーく大きいですー！』』

『……むにゃーー……』

「だなぁ。コレ、私らが入って大丈夫な所なのか？」

「た、多分」

レナ達が尻込《しりご》みするのも無理はない。お屋敷は高級住宅街のどの豪邸よりも、格式が高くて立派な建物だったのだから。お屋敷と表現したが、まるで小さな城のようだ。建築に詳《くわ》しくないレナたちでも、優美な外観にうっとりと見とれてしまう。ただ、広い庭園には雑草が伸びたまま放置されており、これほどの大豪邸なら庭師を雇《やと》っていそうなのに……？　と、みんなが首を傾《かし》げた。

ここには、以前レナたちがペットのアゲハ捜索を手伝った、天涯孤独《てんがいこどく》の女の子が住んでいるはずである。また会おうね、と約束して、彼女から自宅までの地図をもらっていたのだ。亡くなったお爺《じい》さんが育てていた花を大切に守っている花好きで可憐《かれん》な女の子は、きっと残念乙女《ざんねんおとめ》二人よりかはアレンジメントのセンスもあるだろう。そう考えて力を借りるべく、レナたちは訪問を決めた。

「いつまでも門の前に留《とど》まっているわけにはいかないもんね。リリーちゃん、お願い！」

『はーい、様子見だね？　任せてなの！　ご主人さまっ』

レナが声をかけると、リリーは心得たとばかりに蝶《ちょう》の姿になり、屋敷の壁をヒラヒラと飛び越えて行く。呼《よ》び鈴《りん》を鳴らす前に、はたして本当にここに例の女の子がいるのか、確認してもらおうと考えたのだ。もし違う人が住んでいて、不審者《ふしんしゃ》扱いされてしまっては困る。

やがて、レナたちの視界に紅色が飛び込んできた！　ペットのアカスジアゲハの翅《はね》の模様の色だ。リリーに導かれた蝶々と、二匹を追う女の子がお屋敷玄関から姿を見せた。

「……あっ！　レナお姉ちゃん！　来てくれたんだね」

「久しぶりー」

地図は間違っていなかったらしい。一瞬疑ってしまったことを心の片隅《かたすみ》で詫《わ》びつつ、レナたちはホッと息を吐《は》いて、家主に招《まね》かれて門をくぐった。

☆

お屋敷は三階建て。部屋数はそこまで多くはないが、一室がやたらと広くて、エントランスや客間、ダンスホールまで存在していた。廊下《ろうか》には、一般人にはもはや価値が分からないすごーく高そうなオブジェがズラリと並んでいる。職人が美しい装飾を施した館内は、どこを眺めていても絵になる。アリスが高価な壺《つぼ》に生《い》けた花が、空間にひときわ鮮やかな色を添《そ》えていた。

「初めまして、パティお姉ちゃん。お屋敷へようこそ。私はアリス・スチュアートと申します」

「あ。ご丁寧《ていねい》にどうもっす。パトリシア・ネイチャー、です……」

完全に雰囲気《ふんいき》にのまれて縮《ちぢ》こまっているパトリシアとレナ、はしゃぐ従魔たちを見て、女の子はクスクス笑う。

「このお屋敷の内装を見て、ビックリした……？　私を孤児院から引き取ってくれたお爺さんはね、とても裕福だったの。有名な装飾品取引専門の商人だったんだよ。お客様からの要望に応じてより良い品を見極めてお取り寄せして、顧客《こきゃく》の縁を繋《つな》ぐのが義父《ぎふ》の『バイヤー』のお仕事。私は［鑑定眼］ギフトを持っていたから、彼に引き取られたんだ。スチュアートの名を受け継《つ》ぐ、バイヤーの後継者《こうけいしゃ》を育てたかったんだって。私もその期待に応えたくて、毎日お勉強を頑張ってるよ。お爺さんの血の繋がったご子息は［鑑定眼］ギフトを持っていなかったから……今は、アネース王国を拠点に貿易会社を運営しているそうなんだ」

「アリスちゃんはそういう経緯でこのお屋敷に住んでいたんだねぇ。すごい縁だなぁ」

「へぇー……別次元すぎてよく分かんねぇわー……とりあえず、驚いたよ」

幼い見た目に似合わないとても大人びた物言いをするアリスに、レナたちは圧倒《あっとう》されている。レナもパトリシアも、人生の転機が訪れるまでは比較的のほほんと育ってきたので、アリスが口にする小難しい専門用語に驚いていた。アリスはまだ十歳なのだが。

アリスがお屋敷のオブジェをぼんやりと眺めながら、義父と過ごした数年間の思い出を振り返る。

「完全に善意だけで引き取られたわけじゃないし、商業のお勉強は難しくてお爺さんは厳しかったけど……とても仲良しだったの。よくテラスで日向《ひなた》ぼっこをしながら、お茶会をしたなぁ。お爺さんは気候に合わせたティーセット選びも、お茶を淹《い》れるのもとても上手で、私はずっと敵《かな》わなかった。だからお菓子作りを勉強して、おやつを準備したんだよ。珍《めずら》しく褒《ほ》めてもらえたから嬉しくて、毎日お昼にキッチンに立ってたの。私の日課。えへへっ、お爺さんが亡くなってまだ少ししか経っていないのに、なんだかもう懐《なつ》かしい……。ここ二年間はモスラもずっと一緒だったよね」

柔らかく微笑《ほほえ》むアリスの指先に、ふわりとアカスジアゲハのモスラが舞い降りる。

「彼にきちんとした教育と衣食住を与えてもらえて……私は心から感謝してる。だからね、お姉ちゃんたち、そんなに複雑そうな顔しなくても大丈夫だよ？」

「ご、ごめんね……？　いや、アリスちゃん大人びてるなぁって思って。この間モスラを探してた時とは随分雰囲気が違うからびっくりしたんだ」

気遣いのセリフと大人びた苦笑まで贈《おく》られたレナは、慌《あわ》てて言い訳を口にした。びっくりしたのは本当だ。ただ、少し同情してしまったのも事実なので……気まずくて頬《ほほ》を掻《か》く。住む世界が違いすぎる！　と感じたパトリシアは、額《ひたい》に手を当てて、もはや天を仰《あお》いでいる。

アリスはイタズラっぽい表情になった。どうやら自らの外見と中身のギャップを自覚しているらしい。レナパーティと縁ができるのはクセの強い人物、と決まっているのだろうか。イエス！

アリスがポッと顔を赤《あか》らめる。

「……この間は、モスラが家出しちゃって気が動転してたから、小さい子どもみたいに話しちゃってたの……。冒険者ギルドにモスラの捜索《そうさく》依頼を出しに行った時、助けてくれて本当にありがとう、レナお姉ちゃん。モスラはどんな高級な美術品よりも、お金よりも、私にとっては価値のある大切な友達だから、報酬《ほうしゅう》はどれだけでも払うつもりだったけど……手を差し伸べてくれたのは貴方たちだけだったね。心から感謝しています」

綺麗《きれい》な淑女のお辞儀《カーテシー》まで贈られてしまったレナとパトリシアは、顔を見合わせた。自分たちではとても敵わないほどの、純粋《じゅんすい》な女子力の気配を感じるッ！

「可愛いお花のアレンジメントだったよね？　私に任せてっ！」

「「よろしくお願いします！」」

確かな美的感覚を持つアリスは、［品種改良］の最高のアドバイザーになってくれそうだ。

☆

ところ変わって、こちらは広ーい客間。レナとパトリシアはなぜか靴を脱いで、ふかふかソファの上で正座していた。猫足のオシャレなテーブルの上には、昨日パトリシアたちがおふざけで作ったえげつない性能の武器花の種が複数置かれており、その説明を聞いたアリスからお説教を受けているのである。目尻を釣り上げるオレンジ髪《がみ》の女の子は可愛らしいが、その小さな口から出る言葉は実に辛辣《しんらつ》。痛いところを容赦《ようしゃ》無くチクチク突いてくる。キレッキレの正拳突きのような文句も繰り出されて、レナたちの心臓を穿《うが》つ！

「今回の相談内容について確認します。パティお姉ちゃんの希望は、お花屋さんの開業だと伺いました。そのために可愛いお花を創りたい、との要望、間違いではありませんね？……ここにある武器花の種は、普通のお花屋さんで売られているような代物じゃない。それは分かりますか？」

「はい……」

「お、仰る通りです……」

アリスは本気《マジ》になると敬語になるタイプらしい。ますます年相応《としそうおう》の子どもらしさがなくなっている。レナたちがズーーン……と落ち込んで頭をうな垂《だ》れさせる。

「どうしてこのような種が普通のお花屋さんで売られていないのか？　珍しい種の掛《か》け合わせだからなかなか創り出せない、というのもあるけど、単純に『需要《じゅよう》がない』からです。花を売る商店を開けば、そこに集まるのは綺麗な花を買いたいお客様でしょう？　例えば、お祝い用とか、庭を飾るためとか……お客様が花を買いに訪れてくれる理由を、経営者はしっかり想像できなくちゃいけない。武器や劇物を求めてお花屋さんを訪れますか？」

「「行きませぇん……」」

「おもしろグッズ専門店をやりたいわけじゃないなら、必要とされるお花を創りましょう。経験値を上げるための作業だったからこれくらいの脱線はいいでしょう、という考えは、言い訳だと思いましょうね。時間は有限なの！　お花屋さんを早く開業しなきゃ、パティお姉ちゃんは収入を確保できないし、生活できなくなっちゃうよ？」

「「その通りでございます……」」

ぐうの音も出ない、とはこのことである。正論オブ正論で締《し》められたアリスのお説教を聞いて、お姉さんたちはコクコクコクコクコク何度も頷《うなず》いた。言葉がきちんと受け入れられた、と感じたアリスは、これ以上は口を閉じる。要点を告げたら話を長引かせない。そして、指摘したマイナス点を説教した者がきちんとフォローすることが、説教を受け入れてもらうためのポイントだ。完璧な鞭《むち》と飴《あめ》。ここまで全て計算済み。アリス……恐ろしい幼女である。お爺さんが授けた高度な教育が、幼女の思考を立派に自立させていた。

余談だが、有名バイヤーのお爺さんはアリスの実力を生前に認めており、後継者として自らの姓を継がせる旨の書面を遺している。数ヶ月後にある商業取引試験にさえ受かれば、まだ成人していないアリスが起業することもできるそう。バイヤー・スチュアートの後継者を心待ちにしている顧客はすでに大勢いるらしい。特に親しい間柄のお客様とは、お爺さんの商取引の場にアリスも同行して、顔合わせを済ませてあった。各国の要人や富裕層など、商売人からすると垂涎《すいぜん》ものの面々が、アリス・スチュアートの将来の取り引き先として名を連ねている。

アリスは顎《あご》に指を当てて、真剣《しんけん》な顔で、花の掛け合わせのアイデアをスラスラと口にしていく。

「えーと……まずオススメするのは、ラッキークローバーの色をピンク色にする組み合わせかな？　ピンクのチューレを掛け合わせるといいと思う。全部が四つ葉のクローバーになる種ってすごいよね。より女の子ウケする色に改良してみようよ！　次は……シミールゴールドの香りを変えよう。花そのものはすっごく綺麗だから、普通のローズと掛け合わせて、いい香りにするのはどう？」

「うわぁ……なんか、マトモだーー！」

「だなー。聞いただけで、なんかもう、すごく可愛い花ができる予感がする……」

「もう。思いつき易《やす》いアイデアだと思うけどなぁ？」

アリスは眉尻を下げて困ったように笑う。しかしこれらのアイデアを思いつくのは、一般的な思考を持つ乙女の場合なのだ。サバイバル生活に随分馴染《ずいぶんなじ》んでしまった異世界人レナと、もともと漢《おとこ》前なパトリシアとでは、可愛い花創りは成し遂げられなかった。武器花各種を思い出して察して欲しい。アリスのアイデアが反映された、新種の可愛らしいお花を紹介しよう。

［ハッピークローバー］……株には必ず四つ葉のクローバーが存在する。葉の色は桃色、花は白。
［ビューティゴールド］……大輪の花をつけるマリーゴールドの一種。薔薇《ばら》のいい香り。
［くるくるレンゲ］……茎《くき》から上、花の部分がくるくると風車のように回るレンゲ。グミのような甘酸《あまず》っぱい香りを周囲に拡散させる。
［カーテシーローズ］……つぼみ状態の花弁《かべん》に触れると、まるでお辞儀《じぎ》をするように優雅に花が開く。数分でまたつぼみに戻る。色はルージュレッド、ミルキーピンクの二種類。

……などなど。ハッピークローバーの葉の色は、結局チューレではなく唇花《しんか》から色を移した。マトモな花の種ができるたびに、パトリシアは感動したように「おおっ！」と声を上げる。アイデア力はなくても、可愛いものが好きなのだ。頬を淡《あわ》く染めて、自らが創り出した花の種をうっとり見つめた。［花鑑定］スキルを使うと、花が咲いた時の姿が脳内予測できるらしい。

いくつか花の種を創ったところで、門に備え付けてある鐘《かね》がカランカランと高い音を響《ひび》かせ、郵便物が届いたことを知らせた。アリスは一言レナたちに断りを入れて、モスラと愉快《ゆかい》な従魔たちと共に部屋を出ていく。従魔たちは、短時間でモスラと随分仲良くなったようだ。魔物になりかけの賢いアカスジアゲハは、従魔とも仲良く遊んでいた。あの蝶々が魔物に進化するのは、もうすぐなのかもしれない。静かになった部屋の中で、パトリシアは頬を染めてレナを見つめた。

「……私も、何か可愛い花を創ってみたいな。オルキス・シミアとオジギソウの組み合わせって、レナはどう思う？」

どうやらパトリシアは、アリスの生み出す可愛い花々のアイデアに、創作意欲を刺激されたらしい。レナはニッコリ笑うと、賛成の言葉を贈った。

「うん！　いいと思うよー。オルキス・シミアって、あのコビト型の花びらの白いお花だよね？　魔物化しかけて、ゆらゆら揺《ゆ》れていたやつ。コビトがお辞儀したら、きっと可愛いと思う！」

「そ、そうだよな！」

パトリシアは賛成が嬉しかったようで、鋭い瞳を優しく弧《こ》の形にして、はにかんでみせた。

魔物化しかけていたオルキス・シミアを素材として選んだのは、魔物花には［品種改良］時に一定の制限があることが分かったからだ。レナたちとて、わざわざ新種のモンスターフラワーを誕生させるつもりはない。夢は普通の花屋さんなのだから！　以前、モンスターフラワーの種をベース魔法陣に置いてみた時に、このようなエラーメッセージがパトリシアの頭の中に響いた。

『エラー：魔物花の種はベースとして使用することができません。付与魔法陣に置き換えて下さい。なお、知能は受け継がれず、消滅します』

知能を持つモンスターフラワーを［品種改良］に使用する時、ベースの種としては受け付けられず、特徴を付与する種として消費しても、成長していた知能は消えてしまうらしい。花としての特徴一つがランダムで、ベースの花の種に付与される。魔物化「しかけている」花を素材に使っても、以前と同じようにまたエラーメッセージが出るか、知能は反映されないはずとレナたちは考えた。安心してオルキス・シミアを素材として使えるというわけ！

▽レナとパトリシアは張り切っている！

「いくぞ。……スキル［品種改良］、アレンジメント！」

「わくわくするねー！」

この二人が張り切ってトラブルが起こらなかったことがあるだろうか。いや、ない。

パトリシアが魔力を注いだ魔法陣が光を放って、オルキス・シミアにお辞儀の動作がピンポイントで付与されていく。最初から望み通りの掛け合わせが成功するとは、なんという幸運。早く花が咲いた姿を見たい！　と思った二人は、でき上がった「オジギスル・シミア」に、さらに超速アルファルファを掛け合わせた。発芽《はつが》スピードが超速になった。

▽超速オジギスル・シミアが　でき上がった！

「おー！」

「やったね、これは大成功でしょ！」

パトリシアがわくわくと青魔法［アクア］の水球を手のひらに作り出し、種を埋《う》め込む。水をたっぷり吸い込んだ種はみずみずしい芽を出し、ぐーーん！　と一メートル程にまで急成長した！

「「おおーーっ！」」

レナたちは手を取り喜び合う。真っ白な花弁の超速オジギスル・シミアが咲いた！　お花は自らユラユラ揺れると、花弁と茎をぷちっと切り離す。細長く伸びた花びらの下部が足の役割を果たし、スタッと絨毯《じゅうたん》に降り立った。横一列に並んで、ふわりと折り曲がり、優雅なお辞儀を披露《ひろう》しようとする……しかし、お辞儀の動作は途中で止まってしまった……。そのまま数分待っていると、花は茶色くなってしおしおと枯れてしまう。

「ああ〜〜……」

「惜しかったねぇ……」

成功を期待していた二人はガックリと肩を落とした。パトリシアが虚空《こくう》を睨《にら》んで、うーん、となる。

「後もうちょいだったのになぁ。一体どこがいけなかったのか……。あ、そうだ。スキル［花鑑定］！　おっ⁉　なぁレナ、どうやら花びらが柔らかすぎて、あの細い足じゃ、お辞儀するための強度が足りなかったらしいぜ。まだまだ改良が必要そうだ」

「原因が分かったなら、そこを補強してあげれば理想の可愛いお花が創れそうだね！　んー、強度かぁ。頑丈そうなお花の種は手持ちになかったよね。…………。あっ。コレ使ってみる？」

▽レナは乾燥《かんそう》マッチョルーム茸を取り出した！

アーーーッ！　出てしまった。これは……何かが起こる予感しかしない。全てレナのせいである。キノコ農場ワーナーで依頼報酬にもらった珍品、ガチガチの腹筋を持つ真紅の乾燥キノコを見たパトリシアは、「うえっ⁉」と悲鳴を上げて、怪訝《けげん》そうにまじまじとレナの手を眺めた。

「……何コレ？」

「キノコ」

「キノコ⁉　まじで⁉　こんなの見たことないんだけど。気持ちは嬉しいけどさー、レナ。花職人の［品種改良］スキルは、花の咲く植物専用だぞ」

「うん。このキノコはね、枯れる前に白い花を咲かせるらしいんだ。ほら、サボテンなんかも花職人さんの取り扱い範囲だっていうしさ。キノコも試してみない？　ガチガチに硬いよ！」
▽レナの悪魔の誘惑！
「そ、そうなのか……それなら、花創りに使えるかもな。もらっていいのか？」

「うん！」

「ありがとなー」

むしろこれはレナも扱いに困っているから、いやいや持っていても使う予定がないから、是非もらって欲しい！……とちょっぴりズルイことを考えている。もちろんパトリシアを応援する気持ちが大半なのだが、少しだけ下心もある。人間ってそんなものだ。パトリシアは素直に友人から乾燥マッチョルーム茸を受け取ると、付与魔法陣の中にそっと置いた。ベースとする方の魔法陣には、超速オジギスル・シミアが置かれる。いざ、カオスを創り出さん！

「アレンジメント！」
▽パトリシアは呪文を唱えた！
さぁて、どうなるのか。しかと見届けて頂こう！　完成したのは真っ白な種。種の色＝花色なの

で、純白の花が咲くようだ。パトリシアが種に水を吸わせた。真っ白な芽が、種の表面を割ってチロリと顔を出す。そして瞬時に一・五メートルまで成長した。可憐な花が咲いた！

可憐な………！　マ、マッチョだーー！

「「ぎゃあぁーーー⁉」」

コビト型の花は、全てが見事な逆三角形ボディに超変化している。純白肉厚マッチョボディに、頭の部分は美しいお花。ゆらゆら揺れて反動をつけると、シュタッ！　と体操選手並みのキレの良い動作で床に着地する。十点！

それから、お辞儀を披露した。ベースは超速オジギスルシミアなのだ。むちむちの脚が力強く筋肉こぶを作り、むん！　とマッスルポーズが決められる。まずは、サイド・チェスト！　からの反対を向いてさらにサイド・チェスト！　バックポーズからの、振り向いてダブル・バイセップス！（※全てボディビルダー用のポーズ）どうやらこれが、マッチョ流の最敬礼らしい。お花にあるまじき暑苦しさであった。

お花の名称は「超速ホワイト・マッチョマン」。……恐ろしいものが創り出されてしまった！

レナとパトリシアは目の前の惨状《さんじょう》を茫然《ぼうぜん》と眺めている。あまりにもひどい。生唾《なまつば》をゴクリと飲み込んで、パトリシアが恐る恐る発言した。

「なんかさー。もしかして、こいつら、命令とか待ってたりしない？　こっち向いて敬礼したまま動かないんだけど……視線っていうか、意思を感じる……」

「ええっ⁉　でも、知能は受け継がれないはずじゃなかったの？」

「魔物に『なりかけ』だったからなー。そんなのの種なんてまず見つけられないし、［品種改良］の前例が無いから分かんねーよ……。とりあえず、試してみるか？　えーと、その場でくるくる回れ」

発芽させたパトリシアが命令してみると、マッチョフラワーは命令を聞き届けて、その場でリラックスポーズを決める！　ギュルギュルと恐ろしい音をさせて回り出した！　まるでバレリーナのごとき超回転である。絨毯がすり減りそうだ。

「うっわ！」

「こいつぁやべぇな……！」

レナとパトリシアの精神力がゴリゴリと削られていく。二人は困り果てた表情で、いつまでも回転し続けるマッチョマンたちを途方《とほう》に暮れて眺めることしかできなかった。
▽超速ホワイト・マッチョマンの種を手に入れた！　×２
▽護身用のお守りにしよう。
「あーーーっ!?　お姉ちゃんたち、また変なお花創ってる。ダメって言ったのにー」

「「ごめんなさい！」」

アリスに見つかった！　謝罪は条件反射だった。お姉ちゃんの威厳などかなぐり捨てた。また短期集中精神殲滅《せんめつ》型のお説教を受けたパトリシアとレナは、息も絶え絶え。アリスのお説教は一歩間違えると余計なお世話になりそうなほど辛口だが、全てパトリシアの将来を思ってのこと。嫌われることも覚悟の上で、実用的なことを教えてくれているので、「ありがたいのだ」とレナたちは素直に受け止められた。アドバイスしてくれてありがとう、と枯れた声で告げられたアリスは、安心したようにホッと肩の力を抜いた。やはりアリスも、嫌われないかと緊張していたようだ。

お説教の後は、高そうなお茶とお菓子がアリスから提供された。なんとも見事な飴である。

「これは蜜《みつ》タンポポの黄金ハニーティー。とっておきだよ。華やかな甘さがすごく美味しいんだ。付け合わせのクラッカーとクリームは私が昨日作ったのを、おすそわけ」

「うわ、美味しそう！　めちゃくちゃお腹空いてきた。アリス、ありがとなー」

「いい香りー。私たちがお願い事をしにきたのに、こんなにおもてなしされちゃっていいのかな？」

「この間、モスラを見つけてくれたお礼がまだだったでしょう？　それに、このお屋敷に女の子が遊びに来てくれたのって初めてだから……私、とっても嬉しいんだよ。ぜひゆっくりしていって」

……そう言われると、遠慮《えんりょ》していたレナたちも純粋にお茶会を楽しもうという気になってきた。

「いただきます」

みんなでテーブルについて、そっと手を合わせると、アリスがにっこり頷いた。

『『『わぁい、美味し～い！』』』

従魔たちが大喜びで、早々にお茶を飲み干す。レナも甘い紅茶で口を湿《しめ》らせた後、クラッカーに手を伸ばし、サクリと齧《かじ》ると、小麦の香ばしい香りが口一杯に広がった。クリームは甘さ控えめでほんのり酸味がある。またハニーティーを飲んで、味のハーモニーをうっとり味わう。

「うまいっ！　アリス……ちなみになんだけど、蜜タンポポってすごく希少だろ？」

「うん。ティーカップ一杯のお茶で王都の高級宿に一泊できるくらいかな」

パトリシアが尋ねると、とんでもない回答が返ってきた。レナとパトリシアがごほっとむせて、お茶をこぼすまいと必死に口を閉じて耐《た》える。鼻にお茶が入ったらしいレナが涙目でパトリシアの肩をバシバシ叩くと「聞くタイミングが悪かった！　ごめん！」とパトリシアがレナに謝罪した。

アリスが「驚かせてごめんね」と二人を［ヒール］で癒《いや》してあげる。従魔たちは主人を心配した後、おかしそうに大笑いした。

「私ね、元気を出したい時にはいつもこの黄金ハニーティーを飲むの。一口でも幸せな気持ちになれるから。パティお姉ちゃんに、お花創りこれから頑張ってね！　って、応援の気持ちを込めて、おもてなししてみました」

「アリスにそこまでされちゃあ……立派な花屋になるっきゃねーな！　よしッ、気合い入ったよ」

パトリシアとアリスが笑顔で握手《あくしゅ》して、これからよろしくね、と挨拶した。お茶会はわいわい賑《にぎ》やかに進む。レナはふと、アリスが届いた封筒を憂鬱《ゆううつ》そうにチラ見したことに気付いた。……気になったが、個人宛の手紙について聞くのははばかられた。考え事をしている暇もないほど次々と話題が振られて、従魔にラブタックルをくらい、いつの間にかその違和感はすっかり忘れてしまった。

お茶会が終わり、みんなが名残惜しげに空のカップを見つめる。そろそろ帰る時間なのだ。

「今日はとっても楽しかったよ、アリスちゃん。また遊びに来てもいい？　今度は私たちもお菓子を持ってくるから、色々食べ比べしようよ。クエスト報酬で手に入れた珍しい食材もあるよ！」

「お、いいね！　私は料理は苦手だけどさ……隠れた名店の菓子屋を知ってるから、お土産を買ってくるよ。あのお店、ラッピングも可愛いんだよね」

レナとパトリシアが明るく話しかけると、寂《さび》しそうにしていたアリスはぱあっと笑顔になる。

「レナお姉ちゃんもパティお姉ちゃんも、従魔のみんなもまた是非遊びに来てね！　今日はとっても楽しかったよ。こちらこそ、素敵な時間をありがとう」

『『『『どういたしましてーーー！　また賑やかしにくるねー』』』』

レナたちはまた会う約束をして、みんなニコニコと帰路に着いた。お別れするのは寂しいけど、また次、遊びに来る楽しみがあるのだ。

「今度はどんなお菓子を用意しようかな？」

『アリスが、食べたことなさそうなもの……草原の新鮮なベリーを使った、お菓子なんてどう？』

『煮詰めた甘熟ベリーと、ぷくぷく炭酸水で作ったー、しゅわしゅわゼリーがまた食べたいですー』

「あはは、面白いね。うん、それを持って行ってみようか」

レナたちは「小さな可愛い友達」が目を丸くして驚く様子を想像して、企《たくら》み顔でクスクス笑った。

お屋敷の玄関扉を閉めた後、アリスはしばらく扉にもたれかかっていた。目の前でモスラがひらひら舞ったので、ほうっと熱を帯《お》びたような溜《た》め息を吐《は》いて、アリスが照れた顔を向ける。

「ねぇモスラ。……お姉ちゃんたち、私のこと、もう友達だって言ってくれたよ。どうしよう、とっても、とっても嬉しい……！」

赤く染まった頬を手のひらで包んで口元をムズムズ笑みの形にすると、モスラが喜びの舞を踊《おど》ってアリスを祝福してくれた。みんなが幸せな気持ちで夜を迎えて、眠りにつく。アリスは部屋の鍵《かぎ》をしっかりと締めて、安全な自室でスヤスヤと眠った。

事件の予感

レナたちはお花の種を持って、アリスのお屋敷に遊びに行くことが多くなった。アリスはいつも嬉しそうにレナたちを迎えて、美味しい紅茶を淹れてくれる。会話はどこまでも尽《つ》きない。

「今回レナお姉ちゃんが作ってくれたクッキー、さくさくしてて美味しいね」

「気に入ってもらえて嬉しい。アリスちゃんが用意してくれた鮮やかな紫色のジャムは、何のジャムなの……？　初めて食べる味だなぁ。とろっとしてて口当たりが良くて、美味しい～」

「これは食用スミレを煮詰めたジャムだよ。レナお姉ちゃん」

「相変わらず、このお屋敷には変わった物が揃《そろ》ってんなぁ。しかも全部上品で可愛くて、美味しくて、最高。……あれ？　食用スミレってたしか、人工栽培《さいばい》でしか作られない高級品じゃないか。アリス？」

「うふふ！　パティお姉ちゃん真顔になってるよ。たまたまこのジャムの賞味期限が迫ってたから、保存してたものを蔵出ししただけなの。みんなで楽しみたくて。私、倹約家だからね」

「「そ、そっかぁ」」

レナとパトリシアがホッと胸を撫《な》で下ろした。新しい友達はセレブお嬢様《じょうさま》なので、こういうことがよくあるのだが、毎度びっくりさせられてしまう。クーイズのボディの中にジャムクッキーがしばらく溶かされずにふよふよ浮かんでいる。味わっているのだろう。端っこが少し溶かされると、プルプル揺れて、うまい！　と全身で表現した。蝶々リリーはジャムを水で溶いた物を吸い、ヒツジのハマルはジャムだけを贅沢《ぜいたく》にスプーンで口に入れてもらっている。

『美味しいお花のジャム……ごちそうさま！』

『草食のボクでもお花のジャムは食べられたよー。本当にお花と蜜だけで作られてるんだねぇー』

従魔たちがヒト型になれるほど強い希少種の魔物だと、まだアリスには知らせていない。パトリシアにはうっかり従魔の種族を知られてしまったが、珍しい存在であることをホイホイとバラす習慣をつけるのは良くない。レナは話すタイミングを悩んでいた。従魔たちと仲良く戯れるアリスを見て、（貴方にならら話しても良さそうだけど、もう少し考えさせて）と心の中で呟《つぶや》いた。

「そうだ。アリス、今度一緒に商店街に出かけないか？　このお屋敷にはなんでも揃ってるだろうけど、引きこもって勉強しっぱなしじゃあ息がつまるだろ。適当にその辺をブラブラ散策しようぜ」

パトリシアが話題を振ると、レナが乗っかる。

「あ、いいねぇ！　私ね、最近お気に入りの手芸店があるの。一緒に行かない？　アリスちゃんはお裁縫《さいほう》も好きだったよね。ハンカチに自分で刺繍《ししゅう》したアカスジアゲハ、すごく上手だったよ」

アリスは誘われて、目を輝かせるが……残念そうに首を横に振った。

「……ごめんなさい……。お爺さんの教えを鮮明に覚えている内に、おさらいして、完璧に商業知識を自分の力にしておきたいの。……外出はやめておくね。勉強しなくちゃ」

アリスは息抜きは下手らしい。レナとパトリシアは苦笑いした。連れ出す策をしっかり練らないと、アリスは頷いてくれなさそうだ。

「そっか。アリスは勉強頑張ってて偉いなぁ。……家族との思い出って大事だよな。分かるよ。でも無理はするんじゃないぞ。手が足りなかったら、掃除《そうじ》とか草刈りとか手助けするから呼んでくれ」

「そうだね、適度な休憩《きゅうけい》はしましょう。お姉ちゃんたちとの約束だよ！　なんてね。アリスちゃんは、こないだモスラを探しに出かけたのも久しぶりの外出だったんだっけ。お勉強がひと段落したらお外にも遊びに行こうね。また誘うから。今のお昼の訪問は負担《ふたん》になってないかな？」

「お姉ちゃんたち、ありがとう……！　あのね、外出は極力控えてるけど、こうしてお茶会をするのはすっごく楽しくていい気分転換になってるの。だから……また会いたいな」

アリスは嬉しそうに声を弾ませた。「いつも足を伸ばしてもらってばかりで申し訳ないけど」とポツリと付け足す。レナとパトリシアは席を立つと、アリスの両側から肩を組んだ！

「「また、絶対に友達に会いにくるから！」」

リリーが［幻覚］で花吹雪を散らせて、クーイズとハマル、モスラが踊った。いつもよりさらに賑やかなお茶会だ！　アリスはこの光景を、大切に心に刻んだ……。

レナたちが帰った後。静かなガーデンテラスで、アリスが茶器を片付けている。大きな窓から夕焼けの朱色の光が差し込んでいて、優美な室内はいっそう美しく彩られている。白い小花の模様が描かれたティーカップに光が当たると、魔法が発動して、花模様が赤色に輝いた。お爺さんと自分の一番のお気に入りだったこの茶器を、レナたちも好きだと言ってくれた、と今日のお茶会を振り返ったアリスの目元が、自然に柔らかな弧を描く。

「私の親友は、とってても素敵なお姉ちゃんたちと従魔のみんな。モスラも大好き」

……アリスは祈るように唱える。お屋敷門の辺りを、伏せた瞳で見下ろすと、幸せそうな表情が一転して、不安そうに曇《くも》ってしまう。アリスがずっと悩んでいることをよく知るモスラが、慰《なぐさ》めるように寄り添った。

「心配してくれてるの……？　ありがとう、モスラ」

大丈夫だよ、とは……言えなかった。アリスが外出を断ったのには、実はもう一つ理由があった。これをレナたちに相談してしまったら、さすがに距離を置かれてしまうかも……と怖くなってしまって、いつも言おうと口を開きかけても、別の話題で誤魔化《ごまか》してしまっていた。

（私、ズルいなぁ。でも、いつかは言わなくちゃいけない……。また、次回こそは……）

アリスはしょんぼりと眉をハの字にして、頭を振ると、次におもてなしするための美味しい食材を探しに、お屋敷の食料庫に向かった。

☆

ある日、レナたちは資金を稼ぐために冒険者クエストを受けて、草原に出向いた。久しぶりのレナパーティのみの遠出である。獲物《えもの》を狩って採取して、大きな成果を手にトイリアに帰ってきた。ルルゥのお宿♡のシャワーで汗を流し、心地よい疲れを感じながら、みんなでベッドにダイブする。

「今日もクエストお疲れ様でしたー！　みんなとっても凄《すご》かったねぇ。ついに爆走猛牛まで轢《ひ》き倒せるようになったなんて、ご主人さま鼻が高ーいっ」

『『『いえーーい！』』』

『『だってレナの従魔ですものー！　どんどん成長するよーん』』

「えへへへ私の従魔だもんね、みんな可愛くて強いよねー。立派な牛肉が手に入ったから、今夜はビーフシチューにしようか。お野菜もちょっといいのを使おうっと」

『『いやっほーー！　スペシャルビーフシチューだ、わーい！』』
▽上手に調理できましたー！
▽実食。レナたちは　コク深い贅沢ビーフシチューを　堪能《たんのう》した！
時短で失礼。レナたちは丸くなったお腹をさすりながら、ベッドに横になる。全員がリラックスするなら、ソファよりもベッドが最適だ。いつも通り、レナに従魔が群がる。クーイズとハマルは食事後、すぐ魔物の姿に戻った。リリーは翅がない方が寝やすいらしいので、ヒト型でバスローブを着て、レナにくっついている。お腹が満たされたレナがウトウトし始め、時たま白目になりながらもリリーの髪を丁寧に櫛《くし》でとかしてあげて、ゴールデンハマル枕に埋もれた。スマホで翌日のアラームをセットする。

「ふあぁー……眠くなっちゃった。明日は草原に出かけて……もしお花の種を見つけたら、パティちゃんへのお土産にしよう。最近パティちゃん絶好調だから、応援してあげたいなあって」

「うん！　パトリシア、絶対、喜ぶね！　モンスターフラワーじゃなくて……普通の、お花の種を探す……？」

『そーだなー。草原の片隅にある湿地帯のお花はどうー？　レナ様ー。菖蒲《しょうぶ》とかー、ワサビの花とか見たことあるよー』

「ワサビ!? すごく欲しい……けど、ああ、お米とお醤油と魚が恋しくなっちゃう……」

『おやおや、お魚釣りとかしちゃう系ー?』

『クーとイズも協力しちゃうよぉー?』

『『疑似餌《ぎじえ》だね!!』』

「やだやだやだやだ。危ないもん。二人が飲み込まれてもしも消化されちゃったら、私号泣するからね? 涙で身体中の水分なくなっちゃってカラカラゾンビになっちゃうからね? 自分の身体は大切にしましょう。好き好きみーんな大切なんだよー」

『『あぁーーん! レナ様ぁ、お優しいぃーー! 寝ぼけてそうだけどそれもまた愛おしいわー!』』
▽スライムたちの愛情たっぷりぷよぷよアタック! ×2
▽レナの顔面にクリティカルヒット!
▽レナはボディの感触を楽しんでいる……楽しんで……苦しい!
「ぐっ……無理……ギブアップ!!」

『『りょーかーーい。ナイスバディだったでしょぉ? うふん♡』』

窒息を回避したレナは、ぐったりと横たわって瞳を閉じる。もう寝息が聞こえ始めた。今日もたくさん歩いて、従魔を[鼓舞《こぶ》]して、レナも頑張っていたのだ。従魔たちは全員でアイコンタクトをとり、主人を寝かしつけてあげることにした。

「クスクスッ……おやすみなさい! 毛布、かけてあげるね。ご主人さま」

『レナ様ー、貴方のための金色毛皮、存分に堪能して下さいませー。おやすみー』

『『また明日たっくさん遊ぼうねっ、レーナ！　一晩寝かせたビーフシチューの朝ご飯も楽しみだねっ』』

「んん、みんなおやすみぃー……。今日も、私といてくれて、ありがとうねー……」

おや。レナはあまりに眠くて、つい水くさい本音を漏《も》らしてしまった。従属を受け入れた魔物が主人の側にいるのは当然なのだが、レナはそれを当たり前とは考えていなかった。強く優しく美しい魔物たちが、ちっぽけで力を持たないヒト族の少女に好意を持ち、こうして寄り添ってくれているのは特別幸運なのだと感じて、日々感謝しているのだ。唐突《とうとつ》に贈られた「ありがとう」の言葉に従魔たちは目を丸くすると、大好き！　の気持ちを込めてぎゅーーっと主人にくっつく。レナはくすぐったそうに笑って、「みんな愛してる」と呟いて瞳を閉じた。今日も相思相愛！　きゃっ！

『スキル［快眠］＋［周辺効果］ー』

ハマルのスキル発動により、主人と先輩たちはストンと幸せな眠りに落ち、スゥスゥと穏《おだ》やかな寝息が部屋に響き始める。ハマルも瞼《まぶた》を下ろして、ぽやんとした声で呟く。

『うーん。［快眠］って効率よく体力回復するけど、眠りが深くてー、夢を見ないんだよねー。ゆっくり休んでもらいつつー、いい夢も見させてあげたいんだけどなー。むにゃ……』

都合が良すぎることを言っているが、彼と主人が望めば、これからハマルは夢に関連したスキルを取得する……かもしれない。だって主人のレナは特別幸運に恵まれているのだ。相応の試練《しれん》さえクリアしたなら、レナたちはなんだって望みを実現させられるのではないだろうか？……なんてね。

☆

――レナたちが寝静まってから、数時間後のこと。静かな部屋に、唐突にノック音が響いた。コンコンコンッ！　と慌ただしい音が耳に入って、ハマルが不愉快そうに顔を顰《しか》めて起きる。

『むぅ。スキル［快眠］ー』

レナたちを起こしてしまわないように、スキルを重ねがけしておく。『全員の眠りを守るのはボクの役目！』と決めているのだ。夜分に寝室を訪れる非常識者のために、せっかく寝ているレナたちをわざわざ起こす気なんてさらさらない。お宿♡のオーナー淫魔《いんま》ルルゥなら、どんなに急いでいてもこんなに大きなノック音は立てないので、別の者だ。ルルゥはスルリとベッドに入り込んできて脇腹をつついてくる……というのは蛇足《だそく》か。ハマルはふんすっと鼻息を吐き出すと、身体はヒツジのまま、頭のみをヒト化させる。これにより、みんなの枕のままでヒト族と会話できる！　実用性重視がやらかした悲劇の絵面である。
▽スフィンクスシープ爆誕！
「……だぁれー？　もしオーナーに鍵を渡された人ならー、入ってきてもいいよ。静かにねー。ただしー、何か小細工しようとしたら、すぐ潰《ツブ》す」

ぶわっ！　と滲《にじ》み出たハマルの不機嫌な威圧オーラが、扉の向こうの人物に届く。廊下にいる不審者はビクッと反応した。ハマルが扉を睨んだまま待っていると、やがて、カチャリと静かに鍵が開けられる。どうやらルルゥが入室を認めた人物らしい。ハマルはここでなんとなく予想がついた。

「こんばんは……し、失礼しまーっす……」

中腰で、音を立てないようゆーっくり入室してきたのは……。

「なぁんだー、やっぱりパトリシアかー。なぁにー、夜這い？」

「ちげーです！」

からかわれたパトリシアが慌てて否定する。潰す、という行為がいざとなればガチで実行されることを知っているパトリシアは、今ばかりはハマルに敬語を使っている。「夜更《よふ》けに訪問してすんませんっした……」と、拝《おが》み倒して謝った。訪問者が主人の親友だと判明したので、やっとハマルも威嚇《いかく》をやめる。張り詰めていた空気がようやく軽くなり、パトリシアはふーーーっ、と長く息を吐いた。背中にじっとり嫌な汗をかいている。

「相変わらずアンタは怒ると特にこえーなぁ。というかその姿もこえーんだけど、何その顔だけ魔人族……ビックリしたぞ。……ごめん、もうみんな寝てたのか。レナたちよく眠ってるな。……何事もなさそうで良かったよ」

ハマルがぱちくり瞬きする。〝何事かが起こっている可能性があった〟のだろうか。

「翌朝のビーフシチューに早く出会うために、早々に寝たのですー」

「はっ？　なにそれ？」

「一晩寝かせるのですー。じゅるり……お腹すいてきちゃうぅー。もー、パトリシアー！」

「お、おう。話題ふりしちまってごめんな」

パトリシアはよく分からないながらも、無難に謝っておいた。お姉ちゃんだから、幼児の理不尽にも耐えられる。

「……ねぇ。ところで本題はー？」

「それな」

パトリシアはなぜか転職前の剣士姿だ。鋭く部屋を見回して、何かを警戒している様子。

「……ん、さすがにルルゥのお宿♡には怪しい影もないか。ここにいる限り安全は保証されてるな」

「ふぅん。何か事件の予感があったんだー？　あのねー、リリー先輩もー、ここは安全だって言ってたよー。オーナーは強いし、店に愛着を持ってるから防犯がしっかりしてるって。……じゃあ、事情の説明は明日にする？　明日レナ様が起きてから説明してくれるとー、二度手間にならないしー。ボクねー……もう眠くて眠くて、頭動かないのー。潰すくらいしかできそうにぃ、なくてー……」

ハマルがまた大あくびする。ウトウト船を漕《こ》ぎ始めている幼児の顔は可愛らしく、パトリシアはぽかんとした後、ぷっと吹き出した。

「ああ……そうだな。今焦《あせ》って話しても仕方ないことなんだ。明日にする。せっかくみんなよく眠ってるし！　こんな時間に来て悪かったよ、ハマルももう寝てくれ。また朝に迎えに来るからそれまでは部屋で待ってて、ってそれだけ伝えて」

「そうー」

……パトリシアがレナたちを心配して、夜にもかかわらずお宿♡に駆けつけた理由。気にならなくはなかったが、安全だと言われてしまうと、ハマルの眠気は一気に加速してしまった。「快眠」

の影響で眠すぎて考え事ができないなんてー、幼稚だなー。成長しよ……」と反省はしている。

パトリシアが立ち去ろうと踵を返すと、ハマルが言葉で引き止めた。

「だーめ！　こんな夜遅くにパトリシアを一人で帰しちゃったらー、レナ様にボクが叱られるもんー。だからー、今日はここに泊まってってー。オーナーもそのつもりで間に入らずに、貴方を直接ここに来させたんだと思うからー」

「！　なるほどな、確かに。……色んな人に気遣われてるなー、私。ははっ」

「うん、大事にされてると思うよー？　だからパトリシアもボクを気遣ってー、早く寝てよねー。スキル［体型変化］。……はい、どーぞ」
▽ハマルは少し大きくなった！
ゴールデンもふもふの端っこを顎でくいっと指す。ちょうど頭一つ分のスペースが空いているので、そこを枕にして寝ろ、と言いたいのだろう。ベッドにはすでに少女二人とスライムたちが横になっているが、小柄なレナとリリーはそこまで場所をとっておらず、長身のパトリシアもベッドに収まって眠ることができそうだ。少し狭いが……まあ全員女の子だし、密着して寝ていても問題はない。パトリシアは剣士の重装備を床に置いて、シャツとズボンのみの軽装になり、素直にベッドの隅で横になる。［周辺効果］の範囲に入ったことで途端に眠くなって、目を擦《こす》った。

「んんっ……！　改めて今日はハマルのこと起こしちまってごめんなー。……おやすみー……」

「はーい。おやすみー」

咳払いが実に漢らしいパトリシア嬢である……。部屋は再び静かになった。

☆

翌朝。一番に目を覚ましたのは、珍しいことにいつも寝ぼすけのレナだった。お腹がなんだか苦しくて、早く目が覚めてしまったのだ。妙に身動きが取れないな？　と思い、ぼんやりと周囲を見回すと、いつも通りレナに正面から抱きついて寝ているリリーはともかく、背中になぜか少年娘が張り付いて寝ている。

「………。えっ。何事……？」

夜中の訪問を知らないレナは軽く混乱した。……まあとりあえず、喉《のど》が渇《かわ》いていたので水を飲もうと、上体を起こ……せない！　パトリシア（【☆3】［剛腕《ごうわん》］ギフト持ち）の腕ががっちりとレナのお腹に回されている。それで寝苦しかったようだ。非力なレナでは、腕を振りほどけない。原因のパトリシアは随分深く眠っているようで「ぐぅぐぅ」と寝息が聞こえている。

まだ誰も起きておらず、そして身動きもできない。そんな状態の時に限って、トイレに行きたくなってくるものだ。耐えかねたレナは仕方なく、ベッドに備え付けてある淫魔の呼び鈴を鳴らす。

「はいはぁーーいっ♡　おっはよー、朝からお呼びかしらぁぁあはははははははははははッ!!　レ、レナちゃんが美少女と美少年、侍《はべ》らせてるぅぅ！」

……しばらくして駆けつけてくれたルルゥの腹筋が崩壊した。

まさかのルルゥ爆笑事件だったが、その笑い声により全員が起きて、レナは無事にトイレに行けたので結果オーライである。哀愁の影を背負ってしまったパトリシアをルルゥがあわてて慰めているが、目がまだ半月だ。言っておくと、パトリシアの眠る姿は睫毛《まつげ》の長い美少年、起きたら目つきの鋭い兄ちゃん、戦う姿は狂戦士《バーサーカー》である。失言のフォローとして、剣士の格好してたからそれっぽくて！　とか言っていたが、装備を外してシャツとズボン姿だったので説得力がない。パトリシアの落ち込みも直らない。ごまかすように運ばれてきたサービス♡の朝ご飯を頂きながら、レナは友人に訪問の理由について尋ねた。

「何事もなくて良かった、ってハーくんに言ったんだよね？　どういう心当たりがあったのか、教えてくれる？」

「ん。……ちょっと嫌な話になるぜ」

パトリシアは難しい顔で、居住まいを正した。

「朝からこんな話題で悪いな。……昨日私が家に帰ったらさー、家の花壇《かだん》が荒らされてたんだ。飾り鉢《ばち》も全部壊されてた。……くそっ、思い出しただけで腹が立つなッ！　それで、玄関扉には赤の塗料で『スチュアート家に関わるな』って書かれてたんだよ。それって絶対、アリス・スチュアートのことだろ？　私があの子の家に行ったところを見ててこんな嫌がらせをしてきたのなら、レナたちも危ないと思って。夜だったけど、心配でいてもたってもいられなくて、来ちまったんだよ。ルルゥのお宿♡は防犯対策もしっかりしてるのは知ってたけど……街中で何かに巻き込まれてたらって思ったら、飛び出してた。レナたちが普通に寝てたの見て本当に安心したぜ」

「そんなことが!?　ひどい……！　心配して来てくれてありがとう、パティちゃん。お花、残念だったね……。……もう、犯人は凄く最低な人だね！　大切な花壇を荒らすなんて。アリスちゃんは大丈夫かなぁ。お屋敷の施錠《せじょう》はしっかりしてるだろうけど。今日、また訪問してみようか？」

「私はそのつもりだった。レナたちも一緒に行ってくれるなら、心強いよ」

「うん！　行こう！」

『『よっしゃー！　犯人探ししてしばき倒そうぜーー！』』

『モスラも、アリスも、大切な友達だもんねっ。守らなきゃ』

『んー。プチッと潰そうー。撥《は》ね上げでもいいよー』

　みんな、パトリシア家の花壇を荒らした犯人に怒っている！　花はパトリシアの母親の形見だ。腸《はらわた》が煮《に》えくり返っている。花壇と、アリスを狙ったらしい馬鹿者には合掌《がっしょう》しておく。沈め。きっとそのうち、とてつもなく恐ろしいことが起こるだろう……。どちらに対して恐ろしいのかは、お察しの通りである。アリスの住む高級住宅街は、夜になると国の警備員がパトロールをしているし、お屋敷は立派な門に守られているので侵入はされないはずだが、何か心を傷つけることが起きていないか心配だ……。レナたちは手早く出かける準備を済ませると、アリスのお屋敷へ急いで向かった。

☆

「ッ⁉　お屋敷の門の前に、誰かいるな！　あいつら何してやがるッ！」

　パトリシアが前方を鋭く見つめて、声を荒げる。スチュアート邸の塀《ほり》を、体格のいい三人の大男たちがガンガン蹴飛《けと》ばしている！　派手な色の塗料《とりょう》がぶちまけられて、優美な装飾の門が台無しにされた。レナたちの間に緊張が走る。

「あいつら、格好は冒険者みたいだな。ちッ、立派な装備してやがる！　剣士から転職して戦闘力が弱体化した今の私じゃ敵わない、か……。レナ、近くに警備員がいるだろうから、探してこの状況を知らせて！　あんなに塀を蹴ってるのに全く音が聞こえてこないのはおかしい。多分魔道具を使ってるんだろう。警備員は気付いてないと思うんだ！」

「了解っ！　リリーちゃん、上空から探せる？」

『うん！……警備員、見つけたよ。あっちにいる！　ご主人さま！』

レナがハマルに騎乗《きじょう》して、リリーが指差した方向に駆けていく。「パティちゃん、気をつけて！」ときっちり釘を刺した。まさか街中で爆走ヒツジを見かけるとは思っていなかった警備員を驚かせてしまったが、緊急事態だ。

パトリシアの護衛はクレハとイズミが勤める。みんなでイライラと、冒険者の動向を観察する。

「ちょっ、門が解錠されたじゃん⁉　一体どんな技術を使ったんだか……ちっ！」

パトリシアが青ざめながらも、「よし。行くっきゃねーな！」と判断を下した。アリスはか弱い幼女なのだ。お姉ちゃんが守ってあげなくてはいけない。

『『パトリシア、クーとイズを思い切りぶん投げていいよー！』』

クレハとイズミがそれぞれパトリシアの両手のひらに収まった。キリリ！　とボディを輝かせる。

「おおっ？　うん、そーゆーことな。頼むぜ！　おらあッ！」
▽パトリシアが　剛腕を振りかぶってー……スライムを　投げた！　×2
同時に腰の短剣に手を添えて、パトリシアがスライムを追うように走り出す。敵は三人だ。

『『スキル［超硬化］ーっ』』
▽カチンコチンスライムが　冒険者に命中した！　ズゴンッ！　×2
「ぐぅぅ⁉　な、なんだぁ？」

「脳みそかち割れるかと思ったッ……！　クソ痛ぇじゃねーかっ」

男たちが顔を険しく顰めて、赤と青のスライムを驚愕の表情で眺め、がしっと鷲掴《わしづか》みする。

『『キャーーーー⁉』』

一見柔らかそうなスライムボディは硬く、力を込めても少しも指が食い込まない。一人が苛立ち、クレハを地面に叩き付けようとする！　もう一人はイズミを剣で切りつけようとした。

「ふっざけんな、その手ぇ離してもらおーじゃねーか、オッサン！」

駆け込んできたパトリシアが、見張りの一人の脇をステップで通り抜けて、イズミを持った男の手を短剣で打って剣を落とさせ、クレハを持った男の腕を捻り上げる！　お互いの剣呑《けんのん》な視線が鋭く交差する。体格の違いをなんとか［剛腕］ギフトで埋めて強引に力を均衡《きんこう》させていたパトリシアだが、次第に押され始め、相手をしていた男がニタァと嫌らしく笑った。勝負をつけようと腕に力を込める。

「パティお姉ちゃん！」

「！　アリス」

お屋敷の玄関から、アリスが現れた。走って門に近づいてくる。男の注意がそちらに向いた。

「そらァ！　油断したなっ」

「ぐっ⁉」

パトリシアは好機を見逃さず、足払いを仕掛ける！　ポロリと落下していたクレハが地面に伸び広がっていて、足を取られた男はすっ転んだ。パトリシアはクレハ、イズミと共に門の内側に滑《すべ》り込む！　ニマニマ笑って様子見していた残り二人の男が、慌てて手を伸ばしてきたが、

『『スライム壁ー！　スキル［溶解］！』』

「うおぉぉ⁉」

開いていた門の隙間にスライムたちが壁を作って、［溶解］スキルを発動させた！　男たちのアーマーグローブがじゅわっと溶けて、動揺の声が上がる。憎々《にくにく》しげにパトリシアを睨むが、レナが警備員たちとともに現れた。

「ちっ！　分が悪いな。ズラかるぞ、お前ら！」

「畜生、惜しかったぜ……今日で仕事を一気に終わらしてやろうと思ったのによ！」

男たちは悪態をついて逃げ出していく。警備員たちがバタバタと後を追った。

レナとパトリシアが、アリスの顔を覗《のぞ》き込むと、蒼白《そうはく》で、震えている。スカートが汚れることも気にせず、ぺたんと座り込んでしまう。

「アリス……怖かっただろ。でも、私たちのこと助けに来てくれたんだな。よく頑張ってくれたよ」

「……間に合ってよかった！　アリスちゃん、私たちね、貴方に何かあったらどうしようって、心配して来たの。お屋敷で話を聞かせてくれない？　もしアリスちゃんが何か困ってるなら、相談して欲しいな。いつもは私たちがお花創りを助けてもらってるんだから、今度は助けたいの」

アリスは躊躇《ためら》うように唇《くちびる》を震わせて、レナたちを潤《うる》んだ瞳で見上げる。もう迷惑をかけてしまったのだから説明責任がある……と覚悟を決めると、弱々しく頷いた。

☆

いつものようにガーデンテラスに案内されたレナたちは、作り置きの冷たい紅茶を頂く。

「あのね、これ……」

アリスはテーブルに、昨日届いた手紙を置いた。憂鬱そうに重い溜め息をつく。

「……これは、お爺さんの息子さんたちからの手紙なの。部屋にも何十通かあるよ」

「あの、貿易会社を経営してるっていう？」

「そう。内容はね……孤児だった私をスチュアートの後継者として認めないから、遺産を全て置いて、すぐにお屋敷から出て行け……って催促。お爺さんが息子さんにって遺したお金はきちんと渡したんだけど、それだけじゃ納得いかないみたい。私への遺産は生活費と起業資金、拠点のお屋敷なんだけど、この全ての譲渡《じょうと》を要求されてる」

「ひでぇ話だな」

パトリシアが不機嫌そうに呟く。アリスは声を震わせながらも、冷静に話を続けた。

「これまで何通もの手紙を受け取っていて、その度に、私はお断りの手紙を出していた……。息子さんたちには悪いけど、私はお爺さんの後を継いでバイヤーになるつもりだから、要求はお受けできませんって伝えたの。気に食わなかったんだろうね」

「それが、さっきの冒険者風の人たちと関係があると考えてるんだね？」

レナが聞くと、アリスが頷いた。開いていた封筒から手紙を出して机の上に広げる。

「これは、今朝届いた手紙。内容は、今までよりも過激だったよ」

「〝早く家を出る決断しなければ、お前は不幸になるに違いない〟って……！　さっきの奴らの暴力と合わせたら、あからさまな恐喝《きょうかつ》じゃねーか！」

「曖昧な表現で書かれているけど、明確な証拠を残さないようにするためかな？　計画的で、悪質だね。さっきの冒険者たちが、もし、この息子たちに雇われたんだとしたら……」

「多分、その予想通りだと思ってる。息子さんたちの思い通りに私が動かないから、実力行使で排除しようと考えたんじゃないかな……。私が商業試験に受かって実力が認められたら、まだお爺さん名義になってる私宛の遺産の全てが『アリス・スチュアートの財産』と正式に名義変更されてしまうから、焦ってるんだと思う。……今までは、知らない大人が門の外から威圧的にお屋敷を見てくることはあったけど、攻撃されたのは今朝が初めてだよ。……お爺さんが生涯を費《つい》やした商業知識を受け継いだのは、私だけだから。血は繋がっていないけど娘として応えたいの！　それが、不自由のない生活を与えてくれた恩返しだと思っているから……全部、私の自己満足ではあるんだけど……」

「とても立派だと思う。アリスちゃんのこと、お爺さんも誇りに思ってるはずだよ」

レナとパトリシアが、力強く頷いた。優しい言葉をかけられたアリスは、泣きそうな表情になる。

ずっと一人きりでこの信念にすがって来たが、心が折れそうになった時もあるのだ。誰かが肯定してくれることが、心底嬉しかった。ぐっと唇を噛《か》み締めて、アリスがレナたちに深く頭を下げた。

「……でも、私は……っ、お姉ちゃんたちにまず状況を説明して、もっと早く、気をつけてって言うべきだった。さっき門のところで冒険者と鉢合わせて、危険な目に遭わせてしまって本当にごめんなさい！　パティお姉ちゃんの家の花壇も、荒らされたなんて。せめて私に賠償《ばいしょう》させて下さい」

レナたちが痛ましそうにアリスを見る。もらい泣きしてしまいそうだ。髪に隠されて表情は伺えないが、きっと苦しそうな顔をしているだろう。華奢《きゃしゃ》な肩に、一体どれだけの重圧と不安がのしかかっているのだろうか。レナたちは、アリスが誠実でいい子だと知っている。息子たちの事情をまだ知らないが、どちらに味方するかと問われれば、アリス一択である。アリスは規定通りに自分の遺産を受け取り、義父の期待に応えようとこんなに頑張っているのだ。アリス側の状況を知った限りでは、アリスに非はない。

パトリシアとレナはチラリとお互いを見やった。瞳に映っているのは、アリスと同じく乙女友達のいなかった〝ぼっち〟な自分自身。ここにいる三人は、皆よく似ている。ふっ、と笑った。

「アリスちゃん。『助けて』って、私たちに言ってくれるよね？　親友だもんね！」

「おう。賠償？　そんなものはやらかした奴に払わせるもんだぜ。ついでに拳十発見舞ってやろう」

「生ぬるい。もっと攻めよう。二度とアリスちゃんを狙わないようなダメージを与えよう」

「レナ過激派だな！　そーゆーとこ好きだわ」

「…………えっ⁉　駄目だよ……そんな、だって、危ないよ……。私にもう関わらない方が……ッ」

アリスは言葉の途中で、湧き上がってきた嗚咽《おえつ》を堪えた。やっと友達になれた二人に、厄介《やっかい》な事情を話した上でも手を差し伸べてもらえて、今度は嬉しくて泣きそうだが、危険な目に遭わせるわけには……と良心との板挟みになり、盛大に苦悩している。むにゅっ！　とアリスの両頬がスライムに押されて、思わず瞬《まばた》きすると、ようやく青い綺麗な瞳から涙が溢《あふ》れた。うりうり！　とパトリシアがアリスの脇腹を肘《ひじ》でつつく。

「ほーらほらぁ、辛いんだろ？　その辛い気持ち、友達と分け合えば三分の一だよ。ってね！」

「それに千矢報いたら気分も爽快《そうかい》だしね！」

「うわレナがブチ切れてる。惚《ほ》れるわ」

「……うっ。本当に、い、いいの……かなぁ……？　ぐすっ。すごく迷惑かけちゃうのに。まだ、私と仲良くしてくれるの……？」

「「もちろん！」」

レナとパトリシアが即答して、アリスに手を差し出した。

アリスが恐る恐る小さな手を伸ばして、お姉さんたちの温かさに触れる。ぎゅっ！　と力強く握《にぎ》られる！　感謝の気持ちが心の底から湧き上がってきた。それに、勇気も。

「……ありがとう……！　頼もしいよ。レナお姉ちゃん、パティお姉ちゃん。従魔のみんなも」

『『『でっしょーーー!?』』』

アリスを元気付けるように、従魔たちがわらわら寄り添う。アリスはお花のいい香りがする。

「モスラも……いつも私を励ましてくれて、ありがとう」

アリスの目の前でモスラが舞うと、アリスはようやく明るい笑顔を取り戻した。ひらひら、くるりと踊ってみせたモスラは、リリーをジーーッと見つめる。ん？　と蝶々姿のリリーが触覚を揺らしてモスラに近づく。なにやら二人は話しているようだ。

『……ふむふむ。なるほどねっ！　ご主人さま、あのね。……モスラ、アリスのために頑張るって。だから力を、貸して欲しいんだって！』

「――なるほど。私の体質の出番なのね？……うん、分かった。協力は惜しまないよ」

レナがモスラにウインク（下手くそ）すると、モスラはやる気満々に触覚を揺らした！　アリスが不思議そうに首を傾げる中、リリーが従魔全員の［幻覚］を解除する。スライムはまばゆく輝き、ハマルの毛皮は見惚れる金色に。リリーは王族候補のフェアリーの姿になった。

「わっ⁉」

アリスが驚愕《きょうがく》の声を上げると、従魔たちはイタズラが成功した子どものようにケラケラ笑う。

「今から言うことは内緒にしておいてね、アリスちゃん？　私はね……従魔を必ずレアクラスチェンジさせる特殊体質の、ちょっと特別な魔物使いなんだー。この子たちの本来の姿は、ミニ・ジュエルスライム、王族候補のダークフェアリー、ゴールデンシープなんだよ」

「……っ⁉　レナお姉ちゃん、それって、全員希少種だよね？」

「魔物のことも詳しいんだ。さすが博識だねー。それで本題なんだけど」

レナがニヤリと笑うと、モスラが二人の間にふわりと降り立つ。テーブルの白に、モスラの赤と黒の翅が鮮やかに映える。レナが鞭を構え、アリスに満面の笑みを向けて、爆弾発言をかました。

「モスラをつよーい魔物にレアクラスチェンジさせてみない？」

最高の護衛を育てようではないか！

おや？　蝶々の様子が……


「モスラが……そう、望んだの？」

「うん。リリーちゃんが通訳してくれたんだ。大切な友達のアリスちゃんを守りたい、ってモスラは主張してる。この子はまだ魔物じゃないから、私がテイムしてみて、成長促進効果でクラスチェンジするかは運任せなんだけど……試してあげたいと思う。どうかな？　一応形式上はモスラが私に従属することになるけど、アリスちゃんから奪うつもりはないよ」

「……。レナお姉ちゃんのことはすごく信頼してるの。だってモスラを捜索してくれたし、さっきはお屋敷と私を守ってくれたもん。契約のこと、善意で言ってくれてるってよく分かるよ。ありがとう……。うん。レナお姉ちゃんにならモスラを任せられる。……どうかよろしくお願いします」

アリスが真剣に考えた後、頷いて、モスラの従魔契約に同意した。レナがホッと肩の力を抜いて微笑む。友達の蝶々が自分を守りたいと申し出てくれて、アリスはとても嬉しそうだ。黒と赤の翅を愛おしそうに見つめた。

「じゃあ、早速テイムを試してみよう！　時間は有限だもんね？」

アリスがクスリと小さく笑う。レナは「やったね、ウケた」と内心でピースした。

「モスラ、心の準備はいいかな？」

レナが鞭を握り直す。みんながゴクリと喉を鳴らした。モスラがレナの目前にふわっと浮かぶ。

「……私は貴方をテイムしたいです、スキル［従魔契約］！」

レナがアカスジアゲハをじっと見つめ、集中して身体に魔力を巡回させた！

▽レナは　従魔契約魔法を　発動した！

モスラの前に、青白く輝く契約魔法陣が現れる。スキルが問題なく発動したということは、魔物未満でも従魔対象になるのかもしれない。期待の視線が注がれる中、妖精《ようせい》リリーが褐色《かっしょく》の腕でモスラを導き、アカスジアゲハが魔法陣を……くぐった。

「………！」

しん、とテラスが静まり返る。モスラは魔法陣をくぐり終えたところで、ぼんやりと宙に留まっている。ゆらゆらと不安定に触覚が動いた。小さな蝶々の顔はかろうじてレナを見つめ続けているが、世界の福音《ベル》は聞こえてこない……。だんだんとみんなの顔が不安そうに曇ってくる。従魔契約は失敗してしまったのだろうか？

『……大丈夫！　リラックスして、モスラ。自分の……心の中を、視つめてみて』

リリーがアカスジアゲハの身体をぽんぽんと優しく叩いてやり、声をかけた。どうやらモスラはまだモンスター未満なので、従魔契約の仕組みを本能で理解することができず戸惑っていたようだ。

蝶々たちが頷き合った瞬間、レナの脳内に高らかな福音が響き渡る。モスラが契約に同意した！

〈［従魔契約］が成立しました！〉

〈従魔：モスラの存在が確認されました〉

〈ギルドカードを確認して下さい〉

「やったあーー！」

レナが大きく万歳《ばんざい》をして、アリスとパトリシアにテイムが成功したことを全身で告げる。手を取り合ってみんなで喜んだ。魔物ではないただの蝶々のステータスはギルドカードには表示されていない。カードに名前が表示されているのみだ。まずは進化させる必要があるらしい。レナの【☆7】ギフトの［成長促進］効果が、おおいに役立ってくれることだろう。

「これからよろしくね、モスラ」

『……』

モスラはまだ、蝶々以外とは上手く話せないよう。口吻《こうふん》が解かれたり丸まったりしているものの、レナに言葉は届かない。攻撃手段を持たないモスラを、どのように鍛えようか？　生物を倒して、経験値を得る方法は向かないだろう。レナたちは急きょ成長戦略会議を始めた。またみんなでテーブルに着く。

「うーん……。生産職みたいに、何かの作業をするとか？　蝶々らしいものを」

「レナ、蝶々向けの作業って思いつかないぞ……モスラよりももっと小さな虫を倒すとかは？　いや、難しいだろうなぁ」

『……私が、スキルで虫を［魅了］して……身を、捧《ささ》げさせる！　とか？　かわいそうだけど……』

「残酷《ざんこく》だー！」

王族候補フェアリーのとんでもないアイデアに、主人が大慌てでツッコミを入れる。レナの悪影響な気がする。えぐい戦い方をいつも提案している主人を見て、常識が崩壊してしまったかもしれない。……まあ、生き延びるためにはそれもまたよし、か。

パトリシアもアリスも、蝶々を魔物にするアイデアについてはお手上げのようだ。

「普通なら魔物になるまでは年月を重ねるんだけど……進化をさらに早めたい場合は……んー。蝶々だからやっぱりお花関連なのかなあ。あっ、体力作りをするとか？」

『『ムッキムキになるーー!?』』

こらスライムたち、余計なことは言わない（フラグを立てない）ように。

『体力つく前に激しく動いたりなんかしたらー、非力なモスラは倒れちゃうんじゃないー？』

「そうだねぇ。蝶々がひらひら飛ぶだけだと、トレーニングにしては緩《ゆる》すぎるし……手足が細いから、腕立て伏せとかもできないか」

腕立て伏せをするアゲハ、シュールである。いくつかアイデアが出たものの、さっそく行き詰まってしまった……。全員で情けなく眉尻を下げる。

ふと、触覚をしゅんとしおれさせていたモスラが、つんつん、と腕でリリーをつついた。

『んっ？』

じーーっ、と二人がアイコンタクトをとる。全員が期待しながら通訳を待った。モスラ本人がなにかアイデアを思いついたなら、それは効果的なものかもしれない！

『……ん！　分かったの。……なんかね、モスラ、すっごくお腹が空いてるんだってー。いくらでも蜜が飲めそう……って！　いっぱい食べたら、成長、するかな……？』

「食欲を満たす！　その手があったか！」

リリーの説明に、食いしん坊なレナは大いに納得した。指ぱっちん！　失敗！　一番成長する可能性が高そうである。それでは、ここでフードファイトと参ろうかッ！

「よし、蜜を大量に蓄える花だな。私に任せとけ、モスラ」

ああーー！　また、ここらで魔改造……いやいや、一波乱ありそうである。
▽美味しい蜜をたくさん蓄えるお花を創ろう！
パトリシアがテーブルに白い布を広げ、植物の種をいくつか並べて、組み合わせをアリスと相談する。無断で花を創ったらマッチョが誕生するのだ。

「ベースにするお花の種は、モスラが蜜を好むチューレにしようか。食が進むように」

アリスがお屋敷の室内ガーデンスペースからチューレの鉢を持ってくる。チューレは地球のチューリップのような花。まだ美しく花を咲かせているが、種をつける種類ではなく球根花なので、開花状態でも［品種改良］の素材として使うことができる。

「問題は、どんな特徴をチューレに付与させるか、なんだよなぁ……」

パトリシアが顎に手を当てた。まずかけ合わせるのは超速アルファルファ。これについては、皆賛成している。パトリシアの配合においてよく登場する便利な『超速』効果だが、この野生花の種はそうそう見つかる物ではなく、スペシャルレアだと言っておこう。長く花を楽しむには向かない特徴だが、実を付ける植物にとっては素晴らしい特徴だ。すぐに実が食べられるのだから。ちなみにパトリシアの夢は青果店ではなくお花屋さんである。

何度目かのアレンジメントで、無事、超速チューレができ上がった。さっそく成長させて種を増やそうとするが……球根なので、親球のまわりに数個の子球が発生するタイプだ。見た目はにんにくを想像して欲しい。三十分の成長を待って、今回は四つの小球根を入手できたが、何度も組み合わせを試したいのに種の数がなかなか増えず、効率が良いとは言えない。少数の子球をムダにしないよう、有効なかけ合わせを堅実に試していきたいところである。

「えーっと……花を大きくしたいから、シミールゴールドを使ってみようぜ」

「ダメです！」
▽パトリシアの提案はアリスに却下された！
パトリシアはショックを受けている。なぜそこでシミールシリーズを持ち出してしまうのか。

「じゃあねー……。味をもっと良くしたいよね？　バリエーションがあってもいいし。食用超速鬼アザミの苺味に期待しよう！」

「もし蜜が固形になったらモスラが吸えないし、今は味より蜜の量です。ダメです！」
▽レナの提案はアリスに却下された！
レナはショックを受けている。

『『ピリリと辛い紅《べに》カラシレンゲに一票！　辛いの大好き～♪』』

『綿雲草《わたぐも》でー、ふわふわもふもふチューレはどうー？』

『見た目を、可愛くしたら……食欲も出るし、唇魔物花のサイコトリア・エラータっ！』

「あの……うちの子たちが、かくかくしかじか」

主人が、申し訳なさそうに従魔の言葉を通訳した。

「ダメですっ！　アイデアが変……面白くても、現在求められているものは違いますので」

『『『がーーーん!!』』』
▽従魔たちの提案はアリスに却下された！
従魔たちはショックを受けている。

「……試すにしても後日です……。ね？」

ラブリー従魔にあからさまに落ち込まれて、アリスもさすがに良心が痛んだらしい。フォローに入ると、従魔たちは即座に持ち直してはしゃぎ出す。現金さに苦笑いしながら、アリスは手を上げて自分のアイデアを伝えた。

「まず、花を大きくすることには賛成なの。でも、シミールゴールドではなくビューティゴールドを使うのはどうかな？　シミル成分が一度種に混じってしまえば、その後の改良が大変になるから。次は、多くの蜜を蓄《たくわ》えさせる方法だけど……花自体の蜜にプラスして、クルミ草のように、種子の中に甘い養分が詰まっているチューレを創るのが良いと思う。球根じゃなくて、種を作るチューレの開発を目指してみない？　ちなみに、花がたくさん咲く特徴を付与できれば、一度に採取できる種ならびに蜜も多くなるよね。どうかな？」

「「さすがでございます……！」」

レナとアリスは、手放しでアリスのまともな創花アイデアを絶賛する。そして自分たちには花創りのセンスがないことを改めて自覚した。

「センスを磨《みが》くのはなかなか難しいけれど……マトモなお花を作る経験をたくさんすることが近道になるのではないでしょうか？」

「アリスが敬語……私があまりにも花のアレンジ下手だから、ちょっと怒ってない……？」

「そんなことないよぉ」

（ひぃ！　暗黒微笑《ダークネススマイル》）

女の子たちが戯れている。しかし空気がほんのり黒い。

これほど都合のいい花を創るとなると、何度もアレンジメントを繰り返す必要があるだろう。［品種改良］スキルは低燃費だが、パトリシアの魔力とも相談しつつ、慎重に作業を進めていくことにした。目的の花ができ上がるまで、モスラにはガーデンスペースで普通のチューレの蜜をちびちび吸って待っていてもらう。妹分を守る屈強なナイトを育てるのだ、とパトリシアはいつも以上に気合いをいれて、花創りの魔法を発動させ始めた！

「よっしゃあ！　スキル［品種改良］……アレンジメント！」

☆

「……できたぞ。超速蜜クルミチューレだ！」

「おめでとうパティちゃん！」

「すごい……まさか今日中に完成しちゃうなんて思わなかった。なんて幸運なの。ありがとう！」

「へへっ、おうともよ」

何度も何度も［品種改良］を重ねて、たくさんの種をムダにしたたし、原種の超速アルファルファも全て使い切ってしまったが、なんと八時間ほどでイメージ通りの花の種が完成した！　もう外は暗いが、アリスの言う通り、ご都合主義フラワーの完成は驚愕の早さだった。普通なら数十年かかってもおかしくないのだ。パトリシアは疲れているものの、成果があり晴れやかに笑っている。

濃い紫色のクルミ型の種。成長速度も速いし、一本の太い茎に二十ほどの実を付けるので、モスラのお腹も十分満たされるだろう。クルミの実には栄養満点の甘い蜜がたっぷり入っている。

「たくさん食べて、大きく成長して欲しいね。わんぱくでもいい、逞《たくま》しく！」

レナが発言し、運命がグッジョブサインを出した。ガーデンのお花の蜜では全然足りなかったらしくお腹を空かせた状態のモスラが、フラフラとアリスの元に飛んでくる。

「おまたせ、モスラ。さあ、たらふく飲めよー」

収穫したクルミの実の上部をパトリシアがナイフで割り、アリスの手のひらに乗ったモスラに差し出す。蝶々はストロー状の口吻をぐっと伸ばして、蜜をぐんぐん吸い始める。すごい勢いだ！

『『あ・そーーーれ！　一気！　一気！』』

『モスラ、頑張れーー！』

『全ての種を制覇せよーー！』

先輩従魔の応援を受けるモスラの吸引は、いっこうに止まる様子を見せない！……だんだんと、ヒト族三人の目が点になってくる。普通サイズだったアカスジアゲハが、吸った蜜の量だけどんどん大きくなってきている！　アリスの手のひらが、ついに蝶々の重みでプルプルし始めた。度重なる改良により肥大化したクルミの実は殻の大きさが直径十五センチはあるが、モスラはそれらを瞬く間に空にしていく。成長し続け、片翅だけでもうアリスの顔よりも大きい。まだまだ、食欲は止まらない！　クルミの殻が山のように積まれていく。パトリシアが引きつった声で「良い飲みっぷりだなー」と呟いて、本日三つ目の超速蜜クルミチューレの種を成長させ、おかわりに備えている。

三十五個目のクルミの殻が空になった。アリスはとっくにモスラを手のひらから降ろし、自らの膝《ひざ》の上に乗せて成長を見守っている。

………。モスラはついに、六十個目のクルミ蜜を飲み干した！「還暦の数字だね」とレナが疲れた声で思わず地球らしい単語を口走って、口元を押さえた。ついにレナの脳内に福音が響く。

〈☆進化の条件が満たされました！〉

〈従魔：モスラが魔物に進化します〉

〈進化先：ジャイアントバタフライ・ネオ〉

〈進化させるには、種族名項目をタップして下さい〉

ギルドカードの進化先種族名を見たみんなが、驚愕の声を上げる。

「うわあ、絶対大きくなるよこの子！」

「こ、これ以上……!?」

「毎日の食料調達どうすんだよ!?」

レナの発言を聞いて、アリスとパトリシアも唖然《あぜん》と顔を見合わせた。

『『『おめでとーーー!!』』』

先輩従魔たちは気楽なものである。ぴょんぴょん飛び跳ねて喜んでいる。

モスラは現在、なんと全長八十センチに成長している。こんなに大きな蝶種の魔物、見たことも聞いたこともない。困ったようにアカスジアゲハを乙女全員で見つめるが、モスラは『これでアリスを護れる！』とでも言うように、キリリとアリスを見上げた。

「……モスラ……私のために頑張ってくれたんだよね。ありがとう……！」

アリスが陥落《かんらく》する。感動したのだろう。今後のモスラの巨大化について憂《うれ》いていてもしょうがないし、早く進化させてしまおう！　と、レナはギルドカードを手にとり、詳細を見るために種族名項目をタップした。タップをするとすぐに進化してしまう仕様はちょっと不便だな、などと考える。

モスラがどれだけ大きくなるのかは分からないが……この部屋より大きくなって、潰されることはない、と思いたい。

【ジャイアントバタフライ・ネオ】……とにかく大きなバタフライ。進化後の全長は一メートル、その先に更なる巨大化が見込めるジャイアントバタフライ種の〝新種〟。詳しい生態は不明。特殊スキル［吹き飛ばし］、［威圧］、［風斬《かざきり》］を進化時に取得する。

※ギフト【☆6】［大空の愛子《まなご》］を進化時に贈られます。

「新種ってなにーーー!?」

「てか、ギフト【☆6】ってまたとんでもなくレアだな⁉」

「ど、どこまで大きくなるんだろう……」

みんな、開いた口がふさがらない。モスラの秘めたる能力にも、レナのギフトの恐るべき性能にも驚愕している。

モスラの進化が始まった。翅をふるふると震わせて、身体の内側から込み上げてくる熱に堪えている。蝶々の表情は分かりづらいが、リリーが『苦しいよね……頑張って！』と背中をさすって懸命に励ました。やがてモスラは、まるでコウモリのように翅を丸めてボディを覆《おお》う。口吻を上に向けて伸ばすと、そこから……糸を吐き出し始めた！　漆《うるし》のような光沢を放つ糸がモスラを包んで、漆黒《しっこく》の繭《まゆ》ができ上がる。繭は硬く、蛹《さなぎ》のようになった。

皆がドキドキと息をひそめる中、客間に鋭い風切り音が響く。繭の上部が切り開かれた。中から、光沢のある闇色の翅を伸ばし……ジャイアントバタフライ・ネオが姿を現した！
▽モスラがクラスチェンジした！
「わあ、綺麗……！」

誰からともなくうっとりした声が上がる。至高の芸術品のような、漆黒に赤模様の翅の蝶々はとても美しい。皆が熱い視線を送る中、モスラはヒラリと翅をはばたかせ、彼なりの最敬礼をとる。レナをじっと見つめて、自分自身の言葉で語りかけてきた。

『……レナ様。本当にありがとう御座います。私の成長を手助けして下さって、アリス様に手を差し伸べて下さって。心から感謝しています。貴方のギフトの恩恵がなければ、こんなに早く魔物になることはできなかったでしょう。魔物になる前に、ともすると寿命を迎えていたかもしれません』

モスラの丁寧すぎる言葉遣いを聞いたレナは、目を丸くしている。今までの可愛らしい幼児従魔とは、成長の方向性がかなり違う。ヒト族の大人並みに、知能が急激に発達していた。ここで、モスラの声がいっそう真剣みを増した。

『……。私の魂の主人、レナ様、このような発言をすることをお許し下さい。私は、長く寄り添った友人であるアリス様を護りたい。その一心でお力を借り、魔物になりました。どうか今一度、さらに強くなるために助力して頂けないでしょうか？　身勝手な願いだとは自覚しております。レナ様に仕える魔物として恥ずかしくないよう、精一杯の努力をして強くなると誓いますから。どうかお聞き届け下さいませ……お願い致します！』

モスラが床につくほど頭を下げる姿を見て、レナはとても困った顔になる。どう言葉をかけたら、モスラは緊張を解いてくれるだろうか？　不安そうにレナとモスラを交互に見るアリスに「大丈夫だよ」と声をかけてから、レナはモスラの前にしゃがみ込んだ。

「こうして話すのは初めましてだね？　モスラ。ねえ、頭を上げて私の顔を見て」

モスラが上を向くと、複眼にレナの優しい微笑みが映る。契約で繋がった心は、それだけでぽわっと温かくなる。

「私は、魔物使いの藤堂レナです。これからよろしくね、モスラ！　あのね、従魔契約上は確かに私が主人なんだけどー……敬《うやま》うとかはあんまり気にしなくていいから。貴方とも仲良く過ごしたいな。常に私の側にいることを強要もしないよ。モスラには強くなってもらって、アリスちゃんを護って欲しい。私にとってもアリスちゃんは大切なお友達だから、貴方にこの役割をお任せするね。従魔がこうしたいって目的を持ってるなら、主人は従魔の幸せのためにどれだけだって手助けしてあげるから！　私はみんなが幸せなのが一番嬉しいんだよ。これから一緒に特訓を頑張って、もっと強くなろうね！」

『………！　はい！　心より感謝申し上げます、レナ様』

「もう。さっそく丁寧すぎるってばー」

嬉しそうに翅を揺らす大きな蝶々を見て、レナはよしよしとおでこを撫でてあげる。巨大だろうと可愛いのだ。モスラと会話できるようになった先輩従魔たちが、ウズウズとモスラの触覚を狙い、こぞって飛びつく！

『『ソォイ！』』

『……あの、レナ様……』

「みんな歓迎してるんだよー。クレハとイズミはちょっと、加減してあげてね」

『なるほど、暖かく迎え入れて頂けて光栄です。それでは』

スライムたちが触覚を諦めてモスラの艶《あで》やかな翅をすべり台にしてすべり降り、ハマルが脚にグリグリと頭を擦りつけ挨拶し、リリーが頭に寝そべる。モスラがサービスで翅をひらめかせると、先輩従魔たちはコロコロと転がって『きゃーーっ！』と楽しそうな悲鳴をあげた。

レナがモスラの意思を通訳すると、アリスが瞳を潤ませる。お姉さんたちがアリスに寄り添って、モスラのステータスが表示されているギルドカードを覗き込んだ。

名前：モスラ
種族：ジャイアントバタフライ・ネオ♂、ＬＶ．１　適性：緑魔法　体力：20　知力：15
素早さ：12　魔力：15　運：8　スキル：［吹き飛ばし］、［威圧］、［風斬］
ギフト：【☆6】［大空の愛子］

「レベル１とはとても思えない強さだねー……。普通の生物がモンスターに変質すると通常種より強くなるって、以前旅の同行者に聞いたことがあるけど、本当なんだ」

「モスラのステータスえげつねぇ……行く末が恐ろしいな」

「えっと、確か……普通の生き物がモンスターに進化する際には、極稀《ごくまれ》に『ネオ』の名を持つ新種が生まれることがあるらしいの。モスラはレア中のレア魔物、ってところかな？」

「「わーー幸運ーー」」

アリスの言葉を聞いて、レナとパトリシアが遠い目になった。スキルとギフトの詳細がこちら。


［吹き飛ばし］……大きな翅で風を起こし、対象を吹き飛ばす。通常時のはばたきに威力補正あり。

［威圧］……対象を睨むことにより、精神を恐慌《きょうこう》状態にさせる。睨む強さにより、どれだけの圧力をかけるか調節が可能。

［風斬］……鋭い風の刃で相手を切り刻む。連続で使用した場合、徐々に威力が上がっていく。その分、消費魔力も多くなる。

【☆6】［大空の愛子］……空に愛された、立派な翼を持つ者に贈られるギフト。愛子が空を飛んでいる時は天候に恵まれる。また、常に風向きが追い風となる。

これから強くなる、と意気込んでいるモスラだが、すでにスキルとギフトが充実しまくっている。たいていの低級魔物くらいなら屠《ほふ》るだろう。ズルい。呆《あき》れたようにレナを見るパトリシアとアリスの視線を、冷や汗を流しながらレナはスルーして、モスラ育成計画を考え始めた。

「このくらい強ければ、私たちがフォローしつつ、魔物との戦闘で効率よくレベルアップできそうだね！　鍛錬《たんれん》の場所について、パティちゃんに相談していい？」

「ああ。ちょっと考えてみるな。モスラの体躯《たいく》だと移動するにも目立つし……どこで鍛錬するのがいいだろうなぁ……」

パトリシアが頭を悩ませ、これまで自分が訪れた訓練場所を頭の中で振り返る。

別件として、これから貿易会社の息子たちがアリスにどのようなちょっかいをかけて来るかを予想して、対策を話し合った。レナが真剣な表情で顎に指を添える。

「相手は自分たちよりはるかに大人で、表向きは貿易会社社長としての社会的信用も人脈もある……。アリスちゃんはこれから起業するんだから、万が一にも陥《おとしい》れられて経歴に傷をつけてしまわないよう、上手く立ち回らなくちゃ」

レナたちが単純に暴力に暴力で返したら、その揚げ足を取られて、将来のバイヤーアリスの信用が不当に落とされてしまうかもしれない。幼い少女を恐喝して脅《おど》す外道なのだ。自らの悪事は隠し、幼女を陥れるくらいやってのけるだろう。相手の意表を突く作戦はレナの超得意分野。アリスの遺産とお屋敷を諦めさせなくてはならないのでかなりグッサリと釘を刺すつもりである。一人につき一万本くらいだろうか。ははっ。しかし相手の退路を完璧に絶ってしまうと、追い詰められすぎて凶行に走る危険もあるので、驚かすくらいが丁度いいだろう。あちらの仕打ちを考えると腹立たしくはあるが……その分、死ぬほど驚かしてやろうと決めた。

「よし。ヤる！」

スッと目を細めたカッコイイご主人さまを見て、従魔たちは誇らしげに黒く笑い、パトリシアは拳を天にかかげてみせ、アリスが胸の前で祈るように手を組んだ。

「迷惑をかけてしまうけど……お願いします。どうか私を助けて下さい」

みんなの返事はもちろん、決まっている！　その言葉を待っていた。小さな友達のために。腹黒息子だろうが荒くれ冒険者たちだろうが、撃退してみせるつもりだ。

「まかせて！」

「悪い奴はぶっ飛ばしてやらなきゃなっ！」

『『『えいえいおーーー！』』』

『必ずや、アリス様を護ってみせます』

かくして、悪党制裁&アリスを守ろう大作戦！　が始まった。

▽モスラを強化しよう！

☆

暗闇の中、バタバタと男たちが駆けて行く。追われている三人は、スチュアートのお屋敷門をこじ開けようとしていた荒くれ冒険者たち。追うのは警備員だ。

「はあ……はあ！　さすが、高級住宅街の警備員だなっ、いつまで追ってくるんだよぉ！」

「でも俺たちは魔道具で運動能力を上げた状態だから、持久力がある。絶対に逃げ切れるさ……うおっ⁉」

荒くれ者たちが道の角を曲がると、気配を消して控えていた他の区域担当の警備員が飛び掛った！　警備員は同僚たちに連絡を取っていたのだ。

「畜生！」

「……やっと捕まえた。観念しろ。なぜ屋敷に侵入しようとしたのか、洗いざらい吐いてもらうぞ」

警備員がギラリと睨みを利かせる。たくさんの細々した魔道具を依頼主から渡されていた荒くれ者も、さすがに万策尽きて、腹立たしそうにペッと地面に唾を吐いた。動く気力を奪う手錠がかけられる。警備員たちが、三人の男を連行しようとした。

「！　何者だっ」

暗闇に溶け込むような、黒のローブが警備員たちのすぐ側ではためく。

「あーあ！　こういう展開、面白くないんですよねぇ」

中年くらいの男の声だ。妙な軽口を叩いている……と思ったら、瞬く間に警備員の後ろ首にブーツの踵を叩き込み、昏倒《こんとう》させてしまった！　捕まっていた荒くれ者たちは目を剥《む》く。もしや、この者に助けられたのだろうか？　冷や汗をかきながら様子を伺う。戦闘を見る限りかなりの実力者だ。

「嫌いなんですよね、平和を守る警備員って。やーだやだ。ああ、そこの三人。逃がしてやるから、今後も荒事に努めなさい」

乱入者が手にした奇妙な杖で手錠を叩くと、手錠にパキンとヒビが入り、あっけなく割れてしまった。聖職者の魔法がかけられた特別製だったのだが……。三人が緊張した面持ちで黒ローブを見ると「行け」と不機嫌そうな低い声で告げられる。とても不気味だが、この機会を逃すまいと、三人はすたこら走って拠点に帰っていった。

（きっと、警備員に恨みを持った闇職なんだろう。逃げられた俺たちは運が良かった！）

そう考えて、自分を納得させている。……当たらずしも遠からず、か。

静かになった街道で、足元に転がる警備員たちを冷めた目で見下ろした黒ローブは、小さな虫眼鏡を取り出す。それを目に当てて警備員の記憶を覗き込むと、警備勤務形態を確認した。

「ふむ。こちらの彼は、たまに国境警備も担《にな》うと。いいですね！　脳天直下シールを貼りましょう」

脳天直下シール。裏社会で流通している魔道具で、おでこに貼ると皮膚の下に潜《もぐ》り込み、貼った者の合図で電流を流して強制気絶させる効果がある。黒ローブは嫌らしく笑って、闇に溶け込むように姿を消してしまった………。

協力者を探そう

襲撃事件があった日は、レナたちはスチュアートのお屋敷に泊まった。また夜間に不審者が来た時の対策だ。幸い、その日はもう何事も起こらなかった。翌日、自分たちが尾行《びこう》されていないか警戒しながら、レナとリリー、ハマルが商店街に買い出しに出かける。パトリシアとクーイズはアリスたちを護るため、留守番にした。しばらくは数人が交代でお屋敷に泊まる、と決めた。

「商店街でしばらくの生活用品を揃えなきゃね。でもその前に、パティちゃんのお家に寄って行こうと思うの。荒らされた花壇を片付けておこう。花壇を確認して、すぐ私たちのところに駆けつけてくれて、その後はお屋敷に泊まり込みだから、散らかったまま放置されてるんじゃないかな」

『うん、賛成！　パトリシアが、ご近所に、嫌な意味で注目されるの……かわいそうだもんね……？』

『お掃除頑張りましょー。でも注目に関してはー、レナ様がパトリシアをー、ヒツジくくり市中引き連れ回しの刑に処したあたりでー、もう穿った目で見られてると思うのですー』

「うっ!?　ちょ、ちょっとハーくん外聞が悪いよぉ……。……パティちゃんごめん、まさかあんなに反響があるなんて。すっかりトイリアの有名人にしちゃった」

以前パトリシアがレナたちに喧嘩《けんか》を売ったことがあった。その時、レナはハマルが言う通りにパトリシアをプチ見せしめの刑に処したのだ。正直すまなかった、とレナが心の中で土下座する。パトリシアの実家が見えてくると……レナはハッと息を飲んだ。玄関先に二人の男性がいる！　もしや昨日の荒くれ者だろうか……と緊張し、鞭をぎゅっと握りしめ、リリーに確認をお願いした。

『……大丈夫！　ゴルダロと、ジーンだったよー』

「よ、良かったぁ」

レナはふーーっと息を吐いて、肩の力を抜く。安心して二人に近づき、声をかけた。

「おはようございます」

「……うおおおおっ!?　おお、ビックリした。なんだ、レナじゃねえか！　なんだか久しぶりに感じるぜぇ。最近冒険者ギルドで会わなかったからなぁ。がははははッ」

「おっはよーレナちゃん。今日も笑顔が可愛いね。ちょっ、従魔たち、そのジト目やめて……？いたたまれない。君たちの主人のこと邪《よこしま》な目で見てないからさー。ねぇ信じてよー」

『『じとーーーっ！』』

「こらこら。うちの子たちが戯れちゃって、すみません。あの、お二人はこちらで何を？……パティちゃんの育ててたお花、こんなにされちゃって、残念でしたね……」

ゴルダロとジーンはパトリシアの両親たちと元々親友だった。母親の形見の花をパトリシアが大切に世話していたことをここにいるみんなはよく知っているので、荒らされた花壇を悲しそうな表情で眺めている。はあ、と荒っぽく息を吐いて、ゴルダロが毛の無い頭をガリガリと掻いた。

「そうだなァ。犯人を見つけた日にゃあ、思い切りぶん殴ってやりてーよなぁ!?　ちくしょうめッ！

……パトリシアは花の世話だけは手を抜かなかった。疲れてる時でも、毎日水やりを欠かさなかったんだぞ。あのパトリシアが！　それなのに無残に思い出を壊されちまって……あーーーっ！」

「どうどう、ゴルダロ。無意識だろうがパトリシアけなしてるぞ、真面目な空気の中笑いそうだから本当にやめて。あと声デカイから抑えて。……まあ、尋常じゃなくムカつく気持ちは分かるよ。嫌な気分になるよね、こんな光景見ちゃうとさ。そうだな……物理的に報復するのも良いけど、いっそ、一生植物を口にできない呪《のろ》いをかけちゃう？　ビタミン欠乏症《けつぼうしょう》になって、じわじわ苦しんで絶命しろ……な－んてね。……ま、この話はこれくらいにしておこうか」

　二人ともめッッッちゃくちゃ怒っている！　レナが返って少し冷静になったほどだ。

「レナちゃん。俺らはねー、ルナに言われてネイチャー家の掃除をしに来たんだよ」

「なるほど、そうでしたか。実は私たちも花壇を片付けにきたんですよ。パティちゃん、私たちにも何か良くないことが起こったんじゃないかって、気にしてすぐお宿♡に駆けつけてくれたから」

「そっかぁ。みんな、あいつと仲良くしてくれてるんだね。ありがとう」

「パトリシアにもついに女の子の親友ができたなんてよぉ、こいつぁめでてぇよな！　アリスってお嬢ちゃんもパトリシアの友達になってくれたんだろ？　花創りを手伝ってくれてるって聞いたぜ。うっ……泣けてくるなぁぁ。パトリシア、良かったなー！　うおおおっ！」

　感動にむせび泣く保護者を、レナとジーンが困ったように眺める。

「アリスちゃんは、友達になった影響で迷惑かけちゃったって落ち込んでるんですけど……これは荒らした不審者が悪いのであって、アリスちゃんのせいじゃないと思います！」

「ずびっ。当たり前だぁ！」

「うんうん。幼女に罪はない。俺が保証する」

ゴルダロとジーンは、何かあれば協力するから、と申し出てくれた。レナは「最近の冒険者ギルドの様子」について二人に尋ねる。

「何か、変わった依頼は貼り出されてましたか？　ギルドの雰囲気は、ゴルダロさんたちから見てどうでしょう。最近、変化は感じられますか？」

本当に聞きたかったのはズバリ「素行の悪い冒険者たち」についてなのだが……踊り子ルナがどこまで二人に話しているか分からなかったので、少々遠回しな言い方になった。道端では誰が聞き耳を立てているか分からない。ここでアリスの事情を長々と話すのは良くない、とレナは判断した。

ゴルダロとジーンは目を合わせ、なんとなくレナの真意を察して、それぞれの意見を口にする。

「いーや？　貼り出されてる依頼は特に変わりない感じだな。いつも通りだぜぇ。まあ、個人受注してる分は分からんがな。ギルドの中は……そういや、ちょっと静かになった気がするぞ」

「いっつも飲んだくれてクダを巻いてた奴らを見かけなくなったからねぇ。喧嘩してる奴らがいないと空気が穏やかでいいよー。レナちゃんたちがトイリアギルドに来るちょっと前までは、やかましい連中がちらほら二階の食堂に居座ってたんだ。……段々と顔を見せなくなっていったな。飲み屋街や歓楽街には、奴らは普通に顔を出してるらしい。妙に羽振《はぶ》りがいいんだってー。前に絡まれてた新人冒険者が、『絶対おかしい！　どんなカラクリがあるんだか！』って愚痴《ぐち》ってたよ。……知りたい情報、提供できた？」

レナが（まさにそれ！）と言いたい顔でコクコク頷くと、ジーンはにこやかに笑った。

「おう、そうだったのか？　細かいところは知らなかったなぁ。ジーンは異常に耳がいいんだぜ。内緒話だろうと何だろうと筒抜けだぁ！　がははは ッ！」

「そんな人を地獄耳《じごくみみ》みたいに言わないでよー、人聞きが悪いじゃん。いたいけな幼女ごほんっみんなにドン引きされたくない！　俺は風魔法で声を拾ってるだけだって。情報収集って大事でしょ」

「まあな！　そこら辺はお前さんに任せてるぞ」

「ほんと、ゴルダロは不得意分野はスッパリ全部任せきってるよね……いいけど……」

毎度おなじみのゴルダロとジーンのコントは聞き流しつつ、レナは聞いたばかりの情報を急いで頭の中で整理し始める。今日の作戦会議で話し合おう、と決めた。重要な議題になるだろう。

「ありがとうございました」

「「どういたしまして」」

レナがお礼を言うと、「水臭《みずくさ》いぞぉ！」とゴルダロが豪快に笑う。

レナが庭の片隅に目を向けてみると、なるほど、散らかっていた鉢の破片や踏みにじられた花は一箇所に集められている。掃除はもうほとんど終わっているらしい。ゴルダロとジーンは冒険者衣装の上にエプロン・ホウキ装備。今更ながらアンバランスな姿がおかしくて、レナがクスリと笑うと、これかな？　と二人が妙なポーズをとるので、お腹を抱えることになった。

「魔法使いのお兄さんは、ホウキで空を飛んだりするんでしょうか？」

気が緩んだレナは、思わずこんな質問をしてしまった。ラナシュでも、この価値観は同じなのだろうか。ジーンがにこやかにホウキを構える。

「ん？　ああ、できるよ。俺は緑魔法適性の魔法使いだからねぇ。風の扱いは得意さ。〝ホウキで空飛ぶ魔法使い〟の童話、レナちゃんも知ってたんだ。東方で有名な昔話なんだけど、もしかして俺と同じ土地の出身なの？　こないだは返事もらいそびれちゃったから聞かせてよ」

「お兄さんが空を飛んでくれたら、カッコ良さ九割増しになると思います！　きっとステキーー！」

「ほんと？　そんなに応援されたら俺、頑張っちゃうよー」

まさか出身地を聞かれるとは思っていなかったレナはとっても不自然にごまかした。冷や汗をかいている。空気が読めるジーンは見逃してくれたようだ。九割増しについてジーンは心の涙を流しながらも、超地味顔の自覚があるので、そっとしておいた。東方製の魔法の杖に、魔力を込める。

「風魔法［ウインドストーム］」
▽ジーンは呪文を唱えた！
ふわっ、とジーンの長めの黒髪が、風にあおられて浮かび上がる。強くなった風の渦《うず》にほいっとホウキを浮かべると、軽快にジャンプして飛び乗った。のほほんとしている後方支援者のジーンだが、運動神経はいいようだ。次々に空中技をキメる。

「よっ。両手放し、片足立ちぃ」

「わーー！　ブラボーー!!」

ジーンの空中技は見事で、ごまかしのためにおだてた主人と従魔たちも、いつの間にか本心で感動して声援を送っていた。シュタッ、と着地して優雅な一礼を披露したジーンは、まさにカッコ良さ五割り増し！　ごめん。「すごーい！」という手放しの賞賛と、拍手《はくしゅ》が贈られる。結局パトリシアの家の前で目立ってしまった……あちゃー、とみんなで反省した。後で謝ろう。やっちまったものはしゃーない！

レナはこの後も予定が目白押しなので、ゴルダロとジーンに手を振って、慌ただしく駆け出していった。レナたちを二人が優しく目を細めて見送る。

「うーん、なんと心が和《なご》む光景なんだろうか。あの子たちはいつも雰囲気が爽《さわ》やかでいいよねぇ」

「うむ！　パトリシアの友人がレナで良かったぞ。お互いに友人を心配してそれぞれの家を訪ねるなんざ、もう大親友だよなぁ。……本当にめでてぇなぁ！　ううっ、ずびっ……」

「またかよ。そう泣くなよ、ゴルダロ。まぁようやくパトリシアが自分の道を歩み始めて、明るくなって、ゴルダロも肩の荷がおりたって感じだもんなー。よっしゃ、今夜は飲み明かすか。付き合ってあげるよ？　割り勘でさ」

「馬鹿野郎。素行の悪い冒険者どもの調査が先だろーが。張り込むぞ」

「……ゴルダロ、どこまでも保護者らしーね」

ゴルダロとジーンが「「ぶはっ！」」と同時に吹き出して、目尻に涙を浮かべて、込み上げてくる笑いを噛み殺した。結局、辺り一帯に豪快な笑い声が響いた。

☆

買い出しを終えたレナたちはお屋敷に戻り、ひとまず何事もなかったことを喜びあった。話し合いを始める。まずアリスが考察を口にする。

「息子さんからの手紙は、お爺さんが亡くなって二週間後から頻繁に送られてきてるの。それまでは接点は全くなかったんだ。お爺さんは私に、息子と関わらないように、って念を押していた。詳しい事情は教えてくれなかったけど……」

『ゲイル様の息子たちは秀才揃いでしたが、それゆえに努力を怠《おこた》り、厳しい商業の勉強を『不必要だ！』と嫌がって、この屋敷から巨額の資金を持ち出し姿をくらましたようです。その後、盗んだ金で会社を興しました。ゲイル様は人づてにその情報を聞き、息子たちと縁を切った。あちらからの謝罪はもちろん御座いません。……蝶々だった私に、ゲイル様は悲しそうに語りかけました』

モスラの翅がしゅんと床につく。怒りで気持ちは昂《たか》ぶっているらしく、翅の模様が赤みを増す。

「えっ⁉　モスラ、そんな事情を聞いてたんだ。それで……その……殺気が出てるんだね？」

『感情を抑え切れず、申し訳御座いません。命の恩人であるゲイル様を深く苦しめ、アリス様にも手を出そうという不届き者には、天誅《てんちゅう》を望みます。それはもう極大のものを』

モスラの通訳をアリスとパトリシアが待っている。レナは冷や汗をかきながら、モスラを落ち着かせるためにゆっくり頭を撫でてあげて、本人の過激な言葉をそのまま伝えてみた。

「いや、息子たちただのド外道じゃん。同情の余地は一切なさそうだな」

「だよねぇ……聞けば聞くほど、ひどいなぁって思う。カウンター攻撃する以上、あちらの事情も知っておく必要があると思ってるけど、気分が悪くなりそうな予感しかしないよ」

「あのね。手紙が届き始めた二週間後っていうタイミングは、ちょうど遺産相続の手続きが終わった頃なの。お爺さんの遺言の通りに遺産が分配されて、その通知が息子さんたちにも届いたはず」

「『うわぁ。駄目駄目……』」

『『それから催促ってぇ、金の亡者ジャーーン！　ヤダーー！』』

レナたちの顔が曇る。机に広げられたドラ息子たちの手紙と、アリスが返信したという手紙（複製を几帳面に保存していた）を比べてみたら、幼女は気遣いに溢れた丁寧な手紙を息子たちに返信したというのに、相手は親の死を悼《いた》む一文も添えず、ひたすら遺産についてのみ言及していた。
▽レナたちの　怒りのボルテージが　上がっていく！
「お姉ちゃんたち、お顔が怖いよ……？　味方でいてくれてありがとう。気持ちが安らぐハーブティーを淹れるね」

「アリス、対応が大人すぎだろ！　ずっとこんなのに耐えてたんだなぁ……ちっきしょうめ！」

パトリシアが涙ぐんで、パァン！　と気合いを入れるために己の頬を張った。

「よっしゃあ！　いてぇ！　嫌がらせしに来た冒険者について考えようぜ。ジーンが違和感を感じた、ギルドの不良冒険者の可能性が高いな。多分、息子たちに依頼されたんだろうな……。冒険者ギルドの仲介なしに依頼を受けることもできるんだ。どこかで、息子たちから悪事加担の依頼があったんじゃないか？　冒険者ギルドはいわば仲介業者で、冒険者の実力や賃金支払いを保証するための第三者機関。保証がいらないなら、お互いに約束すればいいんだ。その場合の依頼はもちろん、どんなにすごいことをこなしても、ギルドのランクアップ条件としては認められない。契約書が偽られたり、そもそも発行されないリスクは自己責任だから、みんな多少手数料がかかっても、冒険者ギルドで契約を交わすんだよ。依頼者はまともな冒険者を雇えない可能性も高いし。闇職のガチ犯罪者たちは……昼間にあんな派手に暴れないだろう。ありゃチンピラだ」

「なるほど……。パティお姉ちゃんの予測、筋が通ってるよね。ありえそうだと思った。息子さんたちが依頼した、は仮定だとして、冒険者は同じ依頼主に複数のグループが雇われていると思う。夜にお屋敷が見張られていた時、こっそり望遠鏡で見てたんだけど、三人のグループが複数、交代で見張りに来てたの。あまりに統率が取れているし、一度途中で冒険者が入れ替わった時に、お互いに挨拶してたのを確認した。仲間なんだよ」

「夜に見張られていただけだったのが、過激になって来てるよね。このままじゃまた、手を出してくるはず。……警備員さん、結局倒されちゃったんだよね？」

レナが険しい顔になる。みんなが真剣にアリスを見る。

「うん。今朝、別の警備員さんから報告を受けたよ……。住居を攻撃した不審者三名は逃走してしまった、追った警備員たちは第三者の乱入で昏倒させられたのだ、って」

今朝、警備員にお屋敷の呼び鈴を鳴らされ、アリスたちが警戒しながら対応したところ、文書を渡され、深く頭を下げられたのだ。文書はいったんクーイズたちがボディに内包して、悪い魔法がかけられていないことをチェックした後、開封した。

「これからもっと警備強化してくれるとは言ってくれたけど……」

「それもかいくぐる苛烈《かれつ》な攻撃を仕掛けて来られるかもしれないんだよなぁ。妙な魔道具いっぱい持ってただろ、あいつら。不安だな。こっちも、私たち以外にも戦力を揃えたいな」

パトリシアとアリスがレナを見た。

「そうだね。信頼できる協力者を集めよう。いっそ警備員さんにも協力を仰いで、わざと抜け道を作って、誘い込む……っていうのもあり？」

「レナお姉ちゃん攻めるね……！　き、危険な作戦になるよね？」

「トラウマ作るくらいに驚かす、ってプランだから、まず自分たちの身の安全が第一。アリスちゃんに何かあったら、どんなに報復できても私たちの負けだから。安全も重視して、しっかり作戦を練って、勝ちを掴みに行こうと思う。相手が本気で仕掛けて来ないうちに、グッサリと釘を刺しておかなくちゃって思うの。私たちよりもよっぽど人生経験がある大人に噛み付こうとしてるんだから、悠長《ゆうちょう》に構えてるとかえって危ないよ。奇抜な作戦で不意をつこう。やられる前にやっつける！」

「いいねぇ！　私は頭いい方じゃないし、作戦考えるとか苦手だけどさ……腕っ節と根性には自信があるから、そっちは任せてくれ。遠慮なく戦力として作戦に組み込んで欲しい」

レナとパトリシアは俄然《がぜん》張り切っている。拳をコツンと合わせると、アリスがやっと少し笑った。

「……本当に、何から何までありがとう」

「「当然！」」

『『『戦力として活躍するよーーー！』』』
▽魔物たちも　張り切っている！
近々レナたちの方からアクションを起こし、相手が焦って表舞台に出てきたところを思い切り叩く！　という方針でまとまった。さらに詳細を詰めて行こう。

「まずは、アリスちゃんの護衛になる予定のモスラを強化したい。レベルを上げて、クラスチェンジを目指そう。魔人族になれたらベストかな。そうしたら、モスラも生活しやすくなるしね」

魔物状態のモスラは主従以外と会話ができないので、これからアリスの側にいるなら不便になるだろう。将来巨大バタフライになることも想定すると、なおさら早くにヒト化を習得させておきたいところである。

「ルルゥに協力を頼んでみようぜ。私らのパーティにももったいないくらいのハイレベルな支援魔法の使い手だし、お宿♡のオーナーだから顔が広い。顧客情報を漏らさない口の硬さにも定評があるよ。色仕掛けもお手の物って自賛してた。きっと助けてくれるはずだ」

パトリシアがルルゥを推した。なるほど、演技力がありそうで、今回の作戦に協力してくれるならとても心強い。信用もできる。レナは演技・演出も含めて、ドッキリ☆大作戦プランを練り始めている。「協力者が数人から十数人必要になりそう」と言うと、パトリシアが「政府の高官からSランク冒険者から、ルルゥは人脈えげつないぞ。それも紹介頼んでみるか？」とナイスな提案をした。みんなが頷く。作戦がかなり現実的になってきた。アリスがそっと手を挙げる。

「作戦のためにかかる費用は、私に出させて。遺産からの提供になるけど、豪遊さえしなければ十分に余裕があるし、自分のことなのに何も協力しないわけにはいかないもん。私はまだ職業に就いてなくて非力だから、協力ってこれくらいしかできないけど……」

「ううん……助かるよ！　お金は折半で、って言いたいけど、アリスちゃんはきっと納得しないもんねぇ。お手数ですが、よろしくお願いします。安全重視で、しっかり予算を組もう」

「うん！　節約しすぎて作戦が失敗したら元も子もないからね」

レナは「自分でも同じように申し出るだろう」と考えて、アリスの申し出を全面的に受け入れることにした。アリスに「依頼料も別で出す」とまで言われたが、さすがにそれはお断りして、お友達としていつでもお屋敷にお泊りしていい権利と、気に入った高級魔道具を何か一つ、譲ってもらうことになった。

……さて。ここまでの経緯から、どのようなドッキリが起こるか、皆さんは予想できるだろうか。

［レア・クラスチェンジ体質］の主人に強化されるネオ種バタフライのモスラ。花を創るパトリシア。協力者は淫魔ルルゥとその知り合いのＶＩＰたち。投入される巨額の資金。何より……作戦の立案者は、我らがレナ様！　オーーッホッホッホ！

確実にやばい。穏便《おんびん》に終わる気がまるでしない。幸運と運命がギラリと目を光らせている。息子とやらがどのようなドッキリ☆に嵌《は》められるのか、非ッッッ常に楽しみだ！

▽淫魔ルルゥに　相談してみよう！

☆

『……相変わらず、お宿♡、見つけやすいよね！　クスクスクスッ』

『ショッキングピンクの電飾がきらびやか～』

「……うん……そうだよねー……」

マイホームのお宿♡前に帰ってきたレナは、相変わらずのド派手な外観を見て思わず一歩後退する。日課である。泊まるところはお宿♡以外ありえない！　と熱弁するくらいここの快適設備に惚れ込んでいるのだが、どうしても一瞬だけ帰宅を躊躇《ちゅうちょ》してしまうのだった。

借りている部屋に入ると、レナはすぐさま呼び鈴を鳴らしてルゥを呼ぶ。緊急の用かしらー？とあわてて姿を現した彼女に「こんな呼び方してごめんなさい」と丁寧に詫びた。他の客のいる前で話すことができない相談なのだ。

防音性の高い室内で、レナは「仲良しのアリスという女の子が荒くれ者に狙われている」と話す。そして計画中のドッキリ☆大作戦をプレゼンし、おびき出す演出の協力をルゥに求めた。ルゥは冒険者連中の悪行を聞いている際中は顔を顰めていたが、作戦内容を聞くうちに、鳩が豆鉄砲を食らったような顔になり、最後にはお腹を抱えて大きな声で笑い出してしまう。目尻に涙すら浮かべていた。レナの作戦はあまりに愉快で、それでいて相手に絶大なダメージを与えるものだと容易に想像できたのだ。なまじ想像力が豊かすぎる淫魔は、腹筋に結構なダメージを負っている。腹筋が割れてまたナイスバディに磨きがかかっちゃう！　なんておふざけを言いながら、にじんだ涙を拭い、明るい声で話し出した。

「ぷくくくッ……！　もう、おっかしいーーっ！　最高すぎるわぁ、レナちゃん♡　そんな楽しそうなイベント、是非、私にも参加させてちょうだいな！　今からとっても楽しみね。他の参加者は、私が声をかけて集めておくわ。まかせて！　うふふ、心当たりは沢山あるわよ♡」

「ありがとうございます！　ルゥさんが協力してくれるなら、とっても心強いです。ええと……お屋敷でドッキリパーティをする時、高貴な身分の人が集まる演出をしたいんです。このお宿♡に馬車を何台か呼ぶことは可能でしょうか？　貸し衣装屋さんも呼べたら助かるんですけど……」

「それがまず悪者を驚かす布石になるのね。いいわよ。お宿♡の玄関ホールは広いし、空き部屋もあるから、たくさん衣装を持ち込んでも構わないわ」

「助かりますー！　アリスちゃんが知り合いのレンタルドレスショップに連絡してくれるので、当日持ち込まれた物の中から、お好みのドレスとタキシードを選んで着替えてもらえますか？　正装で馬車に乗ってお屋敷にお越し下さい、と伝えて下さい。あとで招待状を持ってきます」

「まあ！　じゃあ、私たちはおめかししてお屋敷にお呼ばれするだけで良いのかしら？　最高ね♡　ドレスコードがあるならダンスパーティということ？」

「いいえ。虎肉を使った焼肉パーティです。アリスちゃんが上流階級の後見人を付けるかもしれないと相手に勘繰らせて、焦らせるのが目的なので。お屋敷の外でだけ、上流階級らしく振舞ってもらえたら大丈夫です。あとは無礼講で楽しみましょう！」

まさかの、高級住宅街に夜に正装で赴き、開催されるのが焼肉パーティとは。

「あっはははははは！　レナちゃんたちらしすぎるわよぅ……！」

ルルゥの大笑いは本日何度目だろうか。笑い終わるまでしばらく待った。

「ああ楽しみ。数日後の開催って、急なお話だけれど、参加したがる人はきっといくらでもいるわよ。誰を誘おうかしら？　迷っちゃうわぁ。でもご馳走《ちそう》を頂くだけだと申し訳ないから、私からもお野菜やスイーツの差し入れを持って行くわね。それくらいならお屋敷のご主人も受け取って下さるかしら？　ルルゥ特製、とっておきの贅沢スフレチーズケーキよ♡」

「はい、大丈夫だと思います。スフレチーズケーキ……楽しみです……！」

『甘ぁいスイーツ……私たちも、ヒト型で、食べたいなぁ』

「リリーちゃんたちにも魔人族姿で参加してもらうからね。上流階級の子どもって設定でいこう」

『わぁーい！　お肉もお野菜もー、みーんな大好きー』

「好き嫌いがなくて、うちの子たちはみんな偉い」

レナが誇らしげに、リリーとハマルを撫でた。クーイズはお屋敷で警戒番だ。ルルゥが「今日もいいママと子どもたちね！」とレナをからかう。

息子たちがアリスにちょっかいをかけているのは、遺産を手に入れるためだ。商業試験にアリスが受かれば遺産の名義が変更されるので、それまでに心を折ってしまおうという腹づもりで動いていると考えられる。しかし、今このタイミングで、アリスが地位ある大人を後見人につけたらどうなるのか？　お屋敷の管理能力が認められて、商業試験を待たずして、名義がアリス・スチュアートに変えられるらしい。……それを息子たちが黙って見逃すはずがない。なんらかの行動を起こすだろう、とレナたちは相手を煽《あお》るつもりで、パーティ開催を決めたのである。

再びアリスに悪党が近づいてきた時に、カウンターで罠にかける！

危険なやり方だが……相手の手札が揃うまで待っているよりはずっといい。駆け出し冒険者のレナが覚悟を決めた表情でそう告げると、ルルゥは苦笑して、レナの手を取る。触れられるのを嫌だと感じないのは、レナとルルゥの間にもう信頼ができ上がっているからだろう。

「あんまり一人で重い荷物を背負わないでね……レナちゃん。もっと周りを頼っていいんだから！　貴方がそのアリスちゃんを助けたいように、私だって、みんなを手助けしたいわ。他にも手伝えることがあれば遠慮なく言ってちょうだい。まだ見たことないからピンと来ないと思うけど、私って結構強いのよ？　どうか無茶はしないでね。貴方もパトリシアも、大切な妹なの」

「……！」

レナはハッと目を見開くと、ルルゥをぽかんと見つめる。赤い瞳は優しくレナを見つめ返す。

……やがて、小さく肩を震わせたあと、レナはにっこりと笑ってみせた。

「ありがとうございます、ルルゥさん。色々と、頼らせて下さい！」

「うんっ」

意外と意地っ張りなのね、とルルゥは微笑んでレナの頬をつついて、「また詳細な話を詰めましょう」と言い残し、部屋を後にする。従魔たちに、ルルゥから意味深なウインクが送られていた。

――静かに扉が閉められる。ハマルとリリーが主人を見守っていると、レナは涙をポロポロとこぼし始めた。……レナは皆の前では、ずっと気を張り詰めさせていたのだろう。ハマルが大きめに「体型変化」してベッドに乗っかり、リリーがヒト型になって両手を伸ばして、おいでおいで～とレナを金色もふもふに誘った。レナがぽすっと毛皮に埋もれると、リリーに小さな手で頭を撫でられる。

うっ、とレナの口からようやく嗚咽が漏れた。

「……怖いよぅ」

『「うん」』

か細く溢れた主人の弱音に、従魔たちは落ち着いて相槌を打つ。レナは、濡れた頬をもふもふにすり付ける。

「……だってぇ、大人の冒険者と、権力者が相手だもん。何してくるかなんて全部は分かんないし、お屋敷を攻撃してきた冒険者たちは体格が立派で威圧感があったし、本当に怖いよぅ……。……でも、私はアリスちゃんの友達だし、お姉ちゃんだから……。だから……守ってあげなくちゃ。頑張らなくちゃ……頑張るよ。この世界の全員に等しく優しくなんてできないけど、だからこそ、一度縁ができた友達は大切にしたいんだ……。私も、貴方たちやルーカさんに、たくさん助けてもらったんだから。いつも本当にありがとう」

「……うんっ。ご主人さま、あのね。私たちも同じ気持ちだよ。……いつだって、ご主人さまが、優しくしてくれるから。優しい気持ちで、物事を考えられる。友達のアリスと、モスラを、手助けしたい！　頑張って、ドッキリ作戦を……成功させようね……！」

『縁って大事だもんねぇー。ボクたちとの縁もー、レナ様にとって尊いものってことー？　むふふ』

「その通りっ！　だよね？　うん、って言って」

「！　もちろんだよ……ぐすっ。みんなのことが大好き。抱きしめさせて」

レナが泣き笑いの表情で、大きく腕を広げた。

『わぁい、おおせのままにー！……って言いたいところだけどー、どーしよっかなぁー？』

「今日は……いつもと、逆にしちゃうの！　クスクス！」

「『大事な大事なご主人さまをー、従魔が甘やかしちゃうぞーっ』」

「わ！」

リリーがレナをぎゅっと強く抱きしめて、ハマルが柔らかい頬をレナの顔にすり寄せた。あっという間に、ヒツジの頬の産毛《うぶげ》がしっとりと濡れてしまった。……その晩、レナは恐怖心を洗い流すようにたくさんたくさん泣いて、リリーとハマルに撫でられ、もふもふに包み込まれ、めちゃくちゃに甘やかされた。次の日、目を覚ましたご主人さまはとても晴れやかな顔をしていた。今日も頑張ろうね！　私の愛しい子たち！　と声を弾ませて、従魔たちに明るく微笑みかける。みんな、支えあって一緒にいるのだ。カウンターにセクシーに座る優しい淫魔お姉さんに手を振って、レナたちはお宿♡から元気に駆け出して行った。

モスラレベリング

お屋敷で、ルルゥの協力を得られることをレナは説明した。パトリシアが得意顔になる。モスラを迎えて、レナとリリー、ハマルは、アネース王国内の森林地帯へと向かった。

「今日からレベリング頑張ろうね、モスラ」

『はい！　お付き合い下さり、誠にありがとう御座います。必ずや、強い魔物になってみせます』

相変わらす丁寧すぎる口調のモスラに、レナは苦笑する。

いつもなら見晴らしのいい草原で狩りを行うのだが、巨大な蝶々を連れたまま国境門を越えると目立ってしまうし、リリーの［幻覚］でモスラの姿を消しても門番に［看破］される可能性があったため、国内のこの鍛錬場所を選んだ。パトリシアのおすすめだ。

「うん。ここだね」

アリスのとても正確な手描き地図を見ながら、レナたちは目的地に辿り着く。森林地帯には、野生の魔物や動植物がいるらしい。住民の居住地域のすぐ近くにあるが、生息している生き物が街に侵入しないように森の周囲は壁で囲まれていて、結界も張られている。アネース王国内にはこのような森林地帯がいくつか存在する。風と水の乙女シルフィーネの住処とされるご神木が森の中央にあり、その木が傷《いた》んでしまわないように、周りの自然を管理しているとのこと。ご神木周辺は、また別の特別な結界に囲まれている。トイリアの新人冒険者は、戦力上達祈願も込めて、この場所でトレーニングをするらしい。森の入り口でギルドカードとパトリシアの紹介状を提示して、レナたちはスムーズに壁の内側へと入る。「森で狩りをするのは構わないが、あまり自然を荒らさないようにね」と、受付係から軽い注意を受けた。

ある程度森の中に入り込んだ辺りで、モスラの［幻覚］をリリーが解く。……レナは遠い目になった。リリーとハマルは『かっこいいー！』とモスラの見た目を称賛《しょうさん》した！

「……お屋敷を出た時よりも、さらにまた少し大きくなってるよね？　モスラ、成長期だね……」

『はい、レナ様。体積の増加を実感しています。今はおよそ全長二メートルほどかと』

『わあ！　数値を聞くと……より、驚きが増しちゃう！　すっごーい。さすが、新種のレア魔物っ』

『ひゅーひゅー、パフパフー、もふもふー』

『恐れ入ります』

「モスラのお返事はもっと気楽でいいんだけど、まあこれも個性かな？　アリスちゃんとも会話できるように、早く進化して魔人族の称号を取得したいね」

『はい。頑張ります！』

モスラはキリリと返事をした。ばさっと翅《は》ばたくと、周囲に軽い突風が巻き起こる。レナの「主人の側にいるほど成長が早い」体質の影響を受けて、順調に成長している！

「ま、まずはスキルの威力を測っていこうか！」
▽モスラの強化訓練開始！

☆

森の中には、すでに別の冒険者が鍛錬で切り傷をつけた大木が点在している。再生力が高いリバースツリーという植物。レナが一つの大木の、特に派手な切り傷を指差す。

「モスラ、あそこを狙って攻撃してみて。まずスキルを使うことに慣れよう」

『承知致しました！』

モスラが的をジッと睨みつける。……それだけでもかなり迫力がある、とレナは感じた。絶対に強くなるんだ！　という気迫が感じられる。このやる気を、レナたちも応援してあげたい。

『スキル［風斬］』

モスラが落ち着いた声でスキルを唱えると、小さな風の渦が現れる。それは次第に鋭い半円形へと形を変えていき……鋭い翅ばたきを合図に、大木へ向かって飛んでいった！

――ザシュッ！

『『「おーっ！」』』

『……くっ、外しましたか』

モスラが悔しそうに呟いた。攻撃は大木をギリギリかすり、深さ五センチ程の傷をつけている。的に当たらなかったものの、レベル１の魔物にしては驚きの精度と威力だと言えよう。

「モスラ、すごいよ！　貴方は頑張り屋さんだから、最初から完璧にこなそうと考えちゃうのかもしれないけど、長い目で見てプランを組むことも大切だよ。初めてでこの精度なら上出来！　数回同じ攻撃を試してみて、成長率を確認しよう。それから、数日間後にはどのくらいの完成度を目指すのか、決めていこうね。よしよし、ご主人さま、褒めに褒めちゃうよーっ」

『『先輩もねーーー！』』

レナパーティは身内に甘々である。今後もこんな感じでいくのでよろしく。

『皆様、フォローありがとう御座います。……落ち込むのは尚早でした。まだまだこれから、です！』

モスラが気合いを入れ直し、触覚をピン！　と伸ばした。翅をひらめかせて、二度、三度とスキルを使用していく。だんだんと精度が上がり、早くも的の隅をかすめるようになった！　しかしここで伸び悩む。

『レナ様。的の中央に風を当てるのが難しいので、何かアドバイスを頂けますか』

「そうだねぇ。……［風斬］って言うくらいだし、刀で斬るような〝鋭い〟風の攻撃なんだよね。でも今の風には、けっこう厚みがあった気がするの。風の渦をもう少し、水平に薄ーくイメージしてみて。ナイフみたいに。渦の方向も横向きにしてみよう。モスラ、試してみてくれる？」

『承知致しました！　仰せのままに』

アドバイスを受けたモスラは、脳内イメージを新たに練り直し、スキルを発動させる。

『スキル［風斬］！』

ギュルギュルッ！……風の渦が凝縮《ぎょうしゅく》され、なにやら異様な回転音が聞こえてきた。どんどんと回転が速くなっていき、まるで回転ノコギリ《チェーンソー》を彷彿とさせる風兵器となる。レナたちの目が点になる。

これはまた、レナがやらかしたか！　いや、モスラの努力と生来のセンスによる成長だ。

――ザンッ!!

今度はバツ印の中央にヒットしている！　モスラが嬉しそうにくるりと空中で舞った。風が吹き荒れて、周辺でレナたちの様子を伺っていた虫の魔物などが呆気なく吹き飛ばされていった。

『やりました、レナ様！』

「お、お見事！」

レナたちが歓声を上げて、拍手した。モスラの訓練が続き……周囲の大木はやがて傷だらけになった。今にも倒れそうだ。やりすぎた！　レナが念入りに［ヒール］して、そそくさと場所を移る。

「よし、コントロールは早くもバッチリだね。じゃあ次は連続で［風斬］してみよう。連続攻撃したらどんどん威力が上がるらしいから、これをマスターできれば戦い方に幅が生まれる」
▽モスラの訓練第二段階　開始！
『スキル［風斬］、［風斬］、［風斬］ッ！』
▽モスラの連続攻撃！

鋭い風のナイフが、木の表皮を抉っていく！　レナが傷の長さを測り、メモを取って分析する。

「一度めの［風斬］の威力を基準に……二度目のスキル使用で一・五倍、三度目で二倍くらいの攻撃力になってる。木の切り傷がかなり大きく、深くなってるね」

『スキルには同じ量の魔力を込めていますが、［風斬］の連続使用ごとに、疲労感が増しています。……おそらく、自分で把握しているよりも、多くの魔力を消費しているかと』

「あれっ⁉　そうなんだ。だったら、コスパはそんなに良くないねぇ……とっておきの時に連続攻撃を使用するのが望ましいかな。これも試しておいてよかったね」

モスラの疲れを取るために、レナたちは休憩を提案する。適度な休憩を挟んだ方が、効率よく特訓できるのだ。ハマルがもふん！　と大きく［体型変化］する。

『おいで後輩よー。ベッドになってあげよう。スキル［快眠］ー』

『体力が回復したらまた練習を頑張ります。どうかご指導ご鞭撻《べんたつ》のほど……よろしく、お願い……』

さすがのモスラも［快眠］には抗《あらが》えなかった。レナたちは微笑ましそうに、金毛に頭を預けてスヤスヤ眠る蝶々を眺める。この後の訓練メニューはどうしようか？　と声を潜《ひそ》めて話し合った。

☆

「攻撃スキルの使用にも慣れてきたし。魔物を倒してみよう」

大木の立ち並ぶ森の中をレナたちは慎重に進み、より奥を目指す。草原と違って魔物が隠れる場所が多いので、しっかり耳を澄ませて、目を凝《こ》らして警戒する。葉の擦れる音、木漏れ日がキラリと光るだけでも気になってしまう。ガララージュレ王国での逃亡道中、森を難なく進めたのは、特別な目を持つ先導者がいたからこそだろう。自分たちも成長しなくちゃ、とレナたちは気合いを入れた。【心眼】を持つリリーが、道すがらモスラの獲物になりそうな魔物を索敵する。

『……あ！　あそこに、ミノコムシがいるの。糸を使う、ミノムシの、魔物だよ。木にぶら下がってて、動かないし……モスラが的当て、しやすそう！　どう？　ご主人さま』

「いいね。了解！」

▽ミノコムシを発見した！　×5

リリーが指差した場所をじっと見つめてみると、緑や茶色の葉に包まれたミノムシ型のモンスターが視認できた。うまく擬態して、景色に溶け込んでいる。ミノコムシは草むらに隠れているレナたちに気付いていないようだ。

『ボクも草原で見たことあるー。ミノコムシはねー、木にぶら下がって木漏れ日を吸収することで蛾《が》のモンスターへ成長するのー。まだ幼体の魔物なんだー。［硬化］［擬態］スキルくらいしか使わないからー、攻撃力はほぼ無いって思っていいはずー』

ハマルが詳細に説明してくれた。

『サポートありがとう御座います。リリー先輩、ハマル先輩。頼りにしています』

『『先輩？　悪くない……！』』

モスラは世渡り上手なようだ。先輩方のツボをピンポイントで刺激した。持ち上げ上手！　ハマルとリリーがえへんと胸を張る。

▽従魔たちの絆が深まった！

さて、作戦会議だ。初めての狩りなのだから、慎重に。レナは感動の涙をいったんしまおう。ミノコムシを横目で気にしつつ、ちょいちょい、とレナがみんなを手招きする。

「まず、モスラの［吹き飛ばし］でミノコムシにくっついてる葉を落とそう。あれがなければ、［擬態］で誤魔化されないから攻撃を当てやすいし、もしかしたら［硬化］の効果も半減するかもしれないからね。ミノコムシを裸にしたら［風斬］スキルで木にぶら下がってる糸を切断して」

『とても合理的な作戦だと思います。レナ様が主人で誇らしい』

目を輝かせて、早くも主人信仰に余念のないモスラ。かなりキテる。間違えた、デキる。

「ミノコムシが落ちてきたところを……ハーくんが撥ねる！　これでいこう！　モスラに経験値を集中させると急激に負荷がかかるかもしれないから、最初のうちは先輩たちとの合わせ技でモンスターを倒して、経験値を分散させようと思うの」

いつものーーー！　ミノコムシに合掌しておこう。

『少しずつ、身体を成長させるのですね。承知致しました。経験値が入るたびに体積が増える実感がありましたから、負荷をかけないようにとのお気遣い、ありがたく頂戴致します』

「そうなんだよね……もしかしたら急成長もジャイアントバタフライ・ネオの特徴かもしれないけど、私たちは心配だから慎重にしたいの。じゃあ、リリーちゃんは周囲の警戒をお願い。他の魔物がちょっかいを出してこないように見張ってて。モスラの［風斬］のコントロールに影響するから、

今回は［鼓舞］スキルをかけないよ。何かあっても先輩たちがフォローしてくれるから、落ち着い

て技を当てて行こうね、モスラ！」

『はい！』

『『えいえいおーーーっ！』』

さあ、ミノコムシをレナたちが標的にしたぞ。これ、なんて表現するか知ってる？　絶望って言うんだ。主人はいざとなったら［従魔回復］でモスラを援護するつもりで鞭を握りしめる。

切り込み隊長のモスラが木の陰《かげ》に隠れて、タイミングを計る…………動いた！

((((！))))
▽でっかいバタフライが　現れた！（ミノコムシ視点）
『スキル［吹き飛ばし］！』
▽ミノコムシの身を守る葉が吹き飛ばされた！
モスラの巨大な翅が、バサッ！　とひらめくと、レナも足を踏ん張らなければいけないほどの強い風が起こる！　ミノコムシの葉は一気に取り去られてしまった。芋虫特有の節のある柔らかいワームボディが露《あら》わになる。ミノコムシは激しく混乱して、無防備にくねくねと身じろぎしている。

まだ糸で木に吊るされているうちに……たたみかけろ！

『スキル［風斬］！』

モスラの追撃！　ミノコムシたちは命綱《いのちづな》の細い糸を切られて、なす術もなく地面へ落ちていく。

「！　糸を伝って逃げようとしてるよ、モスラ、連続攻撃をして！」

『はい！　スキル［風斬］、［風斬］！』

モスラは二度の［風斬］で、残りの糸をすべて切って見せた。風の刃をナナメにして、ブーメランのように飛ばすことで、まとめて糸を捉えたのだ。

――キィキィッ！　キィー！

悲鳴と共に落下するミノコムシを、一メートル級の小さめゴールデンシープが軽やかに撥ねていく。今回は木々の間で小回りが利くように、この大きさだ。

『そぉーーれ！』

パコーーーンッ！　スライムシールドなしでも、芋虫くらいの獲物なら問題なく吹っ飛ばせる。

『くるーりとターン、からのー、スキル［駆け足］ぃーーー！』

パコーーン！……小気味いい音とともに、ミノコムシたちが空高く撥ね上がる。レナたちの脳内にはレベルアップの福音が響き渡った。

〈従魔：モスラのレベルが上がりました！　+1〉

〈ギルドカードを確認して下さい〉

先輩従魔は数回のレベルアップで早くもクラスチェンジ条件を満たしたが、新種モンスターのモスラは、もう少し時間がかかるらしい。クラスチェンジのお知らせはまだだ。訓練を続けよう。

「完全勝利！」

レナたちがバンザイして喜ぶ。モスラの初戦闘は、先輩とのコラボにより大成功に終わった！

☆

それから数日間、レナたちはモスラを強化するために、毎日森に通った。冒険者ギルドで資金を稼がなきゃ？　確かにそうだが、まだ財布には余裕があるので、まず従魔の希望が第一だ。

「今日もよく晴れて、いい狩り日和だね。モスラのギフトが［大空の愛子］だから、天候に恵まれているのかな？　あ。あれは……冒険者ギルドの魔物図鑑で見た魔物！　ムーニーだっけ？」

『ご主人さま、大正解だよ！　ムーニーなの。真っ白で丸っこい……キノコのモンスター』

『おおー。群生してるー』
▽ムーニーを発見した！　×20
見た目はマッシュルームに似ているが、カサの表面は柔らかい産毛に覆われているキノコの魔物。感触がムニムニだからムーニーと命名されたそう。大きさは直径十センチほど。倒木に寄生して養分を吸い上げて生きている。毒があるので食用には向かないが、薬剤師がうまく処理すれば漢方薬の材料になるのだとか。珍味が大好きなクーイズへのお土産に狩っていくことにした。

「えーと、たしか毒の胞子《ほうし》で攻撃してくるから…………うん！　作戦思いついた。リリーちゃん、［紅《くれない》ノ霧《きり》］でキノコたちを包んで。ハーくんは少し待機。後で出番があるよ。モスラはキノコが霧に包まれてから、［威圧］でキノコたちをビビらせて。毒胞子を出したタイミングで［吹き飛ばし］！風を送る方向は私たちの反対側に。やや上向きで、お願いできる？」

『……まかせて！』

『かしこまりました』

キノコモンスター・ムーニーは魔物なので、ある程度の知能はある。モスラが［威圧］すれば、敵に襲われる前にと早い段階で胞子を出してくると、レナは予想した。

「さっそく始めよう。リリーちゃん、お願いっ！」

主人の指示を合図に、キノコハンターと化した従魔たちが動き出す。

『……スキル［紅ノ霧］！』

リリーがスキルを発動させると、ムーニーたちは濃い紅色の霧にすっぽりと覆われた。［紅ノ霧］は、霧に包まれた者を恐慌状態にする効果がある。いきなり視界が紅《あか》く染まり、えもいわれぬ恐怖が込み上げて来たムーニーたちは、ふるふると小刻みに身震いし始めた。倒木から早く移動しようと、触手のような菌糸を引き抜く。ポコポコ、と仲間とぶつかりあう。恐怖はこれからだ。

『スキル［威圧］』

（（ーーーーーーーッッ！））

ムーニーたちが声にならない悲鳴を上げた。複眼のモスラが［威圧］したことで、多数の視線に一気に射抜かれたように錯覚《さっかく》して震える。なんとか身を守ろうと、［毒胞子］を辺りに撒き散らす。

「それを待ってた！　ハーくん、［体型変化］で身体の大きさを二倍にしておいて」

『おおせのままにー！』

『私も続けて参ります！　スキル［吹き飛ばし］』

森に強風が吹き荒れる。［紅ノ霧］と毒胞子がミックスされた、おどろおどろしい災いの風が誕生した！　モスラが翅ばたくと、紅い風がレナたちの向かい側の木々を舐《な》めまわしていく。森は不気味な薄紅色に染まる。空中でキラキラと光る胞子が妙に美しくて、ゾッとするような異様な光景だ。モスラのギフト効果［追い風］により、レナたちの周囲は紅くならなかった。

風が吹き抜けていった先を、レナは鋭く目を細めて見つめる。

『スキル［威圧］』

モスラは、瀕死《ひんし》でピクピクしているムーニーたちを見張っている。先輩へのお土産は逃さない。

やがて、前方の木の上から、［毒胞子］と恐慌効果のとばっちりを受けたモンスターたちが、ボトボトと落ちてきた！　麻痺《まひ》毒により全身をシビれさせていて動けない。

「計算通りィ！」

レナがパチンと指を鳴らす。なんと指パッチンが成功した。すごい！　ハマルがさっそく走り出そうとするが、レナはやんわりと腕でそれを制する。

「もう少し待とう。胞子がまだ舞ってるから、ハーくんが麻痺しちゃうかもしれないし」

『あーん、レナ様ぁー、お優しい～！　確かにー。ボク痛みには強いけどー、クーイズ先輩みたいに状態異常にならないわけじゃないもんねー。てへ、うっかり』

ハマルが嬉しそうにレナの足元にすり寄る。本当に、レナは身内にはとても優しい。それ以外には容赦がない。獲物とみなされたモンスターたちは恐ろしい悪夢にうなされている最中だというのに、絶賛放置プレイときた。サディスティック！

「今のうちにムーニーを採取しようか。リリーちゃんお手伝いしてくれる？」

『うん、もちろん！』

ムーニーたちのカサの部分だけを、レナと魔人族リリーがナイフで慎重に切り取り、布袋に詰めていく。リリーは黒ミニドレスの幼児姿で、靴と手袋も上手に黒の霧で作って身につけている。ムーニーはカサと軸がくっついていると、たとえ倒木から引き離されていても、また菌糸を生やして魔物化してしまうので、気をつけて作業を進めていく。動かないので採取はとてもはかどった。

▽レナはムーニーのカサを手に入れた！　×20

「さて。そろそろ胞子が拡散されたかな。狩猟レベリングを再開しようか」

経験値対象が目の前にゴロゴロ転がっている。念のためモスラがもう一度翅ばたいて、空気を清浄化し、レナがGOサインを出した！

『ボクはー、麻痺が回復して逃げ出しかけてる魔物を吹っ飛ばしていくねー。スキル［駆け足］ー！』

『では、私は倒れている魔物にトドメを。お任せ下さいませ。スキル［風斬］！』

▽モスラとハマルのコンビネーション！

ヒツジの通り道にモンスターが舞い、鋭い風の刃が、獲物の喉笛を見事に斬り裂いていく。

（圧倒的ではないか、我が従魔たちは!!）

レナがドヤ顔で内心で叫んだ。作戦が完璧に思い通りに進んだため、また従魔の勇姿が嬉しくて、頬がほんのり赤く染まっている。ここからの戦果をダイジェストでお伝えしよう。

▽キツツキを　倒した！　×2
▽ヨナグニ蝶を倒した！　×2
▽爪猿を倒した！　×1
▽ピリピリ蜘蛛《ぐも》を倒した！　×3

▽ビリビリ蜘蛛を倒した！　×2
〈従魔：モスラのレベルが上がりました！　＋3〉
〈スキル［旋風《つむじかぜ》］を取得しました！〉
〈従魔：ハマルのレベルが上がりました！　＋1〉
〈〈ギルドカードを確認して下さい〉〉
リリーは今回は補助だけだったので、経験値を溜めるだけだった。
「モスラのステータスの変化は……」

名前：モスラ
種族：ジャイアントバタフライ・ネオ♂、LV.6　適性：緑魔法体力：22（＋2）
知力：18（＋3）　素早さ：12　魔力：18（＋3）　運：11（＋3）　スキル：［吹き飛ばし］、
［威圧］、［風斬］、［旋風］　ギフト：【☆5】［大空の愛子］

［旋風］……自分の目が届く範囲に小さな風の渦を発生させる。込めた魔力の量で、渦の大きさと継続時間が変化する。

モスラはかなりレベルアップしたので、試しに魔人族になれるかイメージしてもらったが、身体は変化しなかった……。しゅんとうなだれてしまったモスラを、レナがよしよしと慰める。

「んー。やっぱり、新種だからなのかな？　焦らされるね。よーし、かなり戦闘できるようになったし、これからは特訓のペースを上げて行こう！　貴方の望む通りに成長していけるって、私たちはモスラの未来を信じてるよ。きっと、アリスちゃんも」

『！』

モスラは今朝、アリスが笑顔で見送ってくれたことを思い出す。毎日お屋敷に帰ると、アリスは目を輝かせて「また強くなったんだね！　モスラは私の自慢のお友達だよ」と言ってくれる。モスラにとっても、アリスは大切な友達だ。護ると決めた。レナたちは惜しみなく協力してくれる。恵まれた環境に感謝しながら、モスラは敬愛を込めて、レナに恭しく頭を下げた。

『至高の主、レナ様。貴方に仕えられる運命の、なんと素晴らしいことでしょう……！』

「大げさすぎない⁉」

モスラが崇拝《すうはい》系完璧主義バタフライとして覚醒《かくせい》した瞬間であった。スイッチが入ってしまったらしく、お屋敷に帰ってからもしばらくこの調子が続いて、レナはみんなに盛大にからかわれた。

悪党たち

月の光も届かない暗闇の中、男三人が不安げな表情で、チラリチラリと目の前の大邸宅を遠方から見上げている。スチュアートのお屋敷だ。暗闇マントの裾《すそ》を不安げに引き寄せる。

「……なあ……。なんか最近、やたらと俺たちの方が見られてる感じ、しないか？　別に周りに誰かがいるってわけでもないのによぉ、妙にこう、背筋がゾワゾワする時があるっていうか」

「うおっ⁉　き、気持ち悪いこと言うんじゃねーよ。魔道具で姿消してんだぞ。ビビリかよ」

「はあ？　お前の腕の鳥肌に気付いてないとでも思ってんのか？　おーうビビリはどっちだ？」

「「やんのかコラァ⁉」」

「うるせぇぞゴラァ！　てめーら、はしゃいでないで静かに屋敷を見張りやがれ」

「お前が言うな。叫ぶな、うるせー。てか、その反応さ……全員、視線の違和感感じてたんじゃねーかよ……。屋敷から視線を感じる気がするんだが。アレ、実は呪いの屋敷なんじゃねーの……」

男たち三人が、虚勢《きょせい》を張ってお屋敷をきつく睨む！……五億倍くらいどぎつい睨みが返された、ような気がした。産毛がブワッと逆立ち、毛穴が開いて冷たい汗が噴《ふ》き出す。

「……くーーッ！　なんだよ気味悪りぃなぁ！」

「それにしても、ムカつくくらい立派な屋敷を占拠しやがって、強欲小娘め」

「養父のじじいの遺産が、孤児院でひきとった子どもに入ってきたんだっけ？　資産家の爺さんに数年養われてたってだけでも運が良かったのに、遺産くらい手離せよなぁ。そしたら社長たちに狙われることも無かっただろーによ」

「まぁまぁ。そのおかげで俺たちに高額依頼が舞い込んだんだから感謝しようぜ。……ぶはははッ！　屋敷を見張ってるだけで一日１０００リルだからな。ボロ儲《もう》けだよなぁ！」

「そうだな！　社長直々の高報酬依頼を受けられるなんて思わなかったぜー。ギャハハ！」

　ギラッ!!

……性懲《しょうこ》りもなく大笑いした男たちは、またゾクゾクと身震いした。今までよりも強烈《きょうれつ》な、殺意すら込もった視線……！　やはり、お屋敷が気になる。……みんな嫌そうな顔をしながらも、渋々、見張りを再開した。空気が重い。情けなくビビってしまった屈辱《くつじょく》と、視線への嫌悪感、恐怖が、全員の心を暗くする。スチュアートのお屋敷の門を蹴る仕事は、今夜は自粛した。予定仕事時間が終わると、すごすごと持ち場を後にする。

　夜空に紅色がほんの一瞬だけ光った。招かれざる不審者たちを、屋上から見つめる巨大な怪物は、確かに存在していたのだ……。

☆

　ついにモスラはレベル10になり、待ちに待った進化の時を迎えようとしていた！

〈☆進化の条件が満たされました！〉

〈進化先：ギガントバタフライ〉

〈進化させるには、種族名項目をタップして下さい〉

世界の福音を聴いたレナたちが歓声を上げる。

「わあ……！　やったね、モスラおめでとうーー！　クラスチェンジだよ！」

『『おめでとーー！』』

モスラは翅を優雅に曲げて、恭《うやうや》しく頭を下げてみせる。大きな翅の扱いにも随分と慣れて、アリス仕込みの礼の美しさに磨きがかかっている。

『レナ様、先輩方……毎日私の特訓にお付き合い下さり、誠にありがとう御座いました。進化の機会に恵まれたのは皆様のおかげです。これからも精進致しますので、何卒よろしくお願い致します』

『『あたぼうよー！』』

「うん！……ギガント、かぁ。モスラは最終的に、どこまで大きくなるのかな？　まあ強いのは良いことだもんね。オッケー問題ない！　巨大化展開にも慣れた！　早く進化しちゃおっか」

『はい！』

レナは明るく言いきると、ギルドカードの進化先項目をタップした。モスラがわくわくとギルドカードをレナの後ろから覗き込む。レナは随分太くしっかりした口吻を撫でてあげた。

【ギガントバタフライ】……ひたすら大きい、バタフライ種族の新種。強靭な翅を持ち、撥水性《はっすい》の短毛に覆われたボディは岩よりも硬くて丈夫。詳しい生態は不明。

モスラの巨大化はまだまだ止まらないよっ！　とラナシュ世界が宣言した。もうどうにでもなーれ！　さあ進化が始まった。

モスラは熱に耐えるように震えて、口吻を伸ばすと、そこから糸を吐き出す。身体にぴったりくっつくように折り曲げられた翅の紅色が、いっそう鮮やかに輝く。やがて糸は身体全体を隙間なく覆い、漆黒の繭に包まれた状態になった。しばらく内部でごそごそと蠢《うごめ》く音がしてから、上方が風の刃で斬り開かれて……！　レナたちがハッと息をのむ中、大きな蝶々の頭がヌッと覗く！

『『わあっ』』

いっそう艶《つや》を増した大きな漆黒の複眼に、頭の丸い輪郭《りんかく》がどこか愛らしいな、とレナはうっとりモスラを見つめた。繭から出たばかりの翅は、随所がシワになっていてまだ乾いていない。

『あと、もう少し……お待ち下さいませ』

時間をかけて、ゆっくりゆっくり、翅が伸ばされていく。太陽の光を吸い込んで翅の黒が深みを増す。アカスジアゲハの名残りである真紅の模様は、より複雑に変化していた。……完全に翅が乾いた！　モスラが薄い翅をひらりと上下させ、バサッと一度翅ばたく。三つ編《あ》みを風になびかせた主人に、嬉しそうに告げる。

『クラスチェンジ、完了致しました！』

……悟りを開いたレナは菩薩《ぼさつ》のような微笑みを浮かべていた。驚くなかれ！　いや驚いてレナに共感してやって欲しい！　モスラは一気に全長十メートルにまで成長したのだ！

『『きゃーカッコイイーーー！』』
▽モスラは期待した目でレナを見ている！
レナにとっては従魔は等しく可愛い存在だ。巨大蝶々の上目遣いにコロッとときめいて、ためらわず近寄ると、いっぱいいっぱい撫でくりまわしてやった。首元に触れると、短毛のツルツルした感触が気持ちいい。ハマルのふわふわ羊毛とは違って、ヒンヤリとした温度が伝わってくる。

「ねぇモスラ。すごーくカッコイイし、強そうだよ！　翅の紅色の模様、綺麗だねぇ。ギガントバタフライの姿、とっても素敵だと思う」

『お褒めのお言葉を頂けて光栄です……！』

「ヒト化も試してみよっか」

『はい！』

レナは、モスラの頭に大きなシーツ（これまたお宿♡製）をばさっと被せてあげた。先輩従魔から教訓を得た、全裸対策である。モスラは翅を畳み、集中してヒト型をイメージし始めた。

「！」

……モスラの身体がぽわっとした光に包まれる。今度はヒト化も成功しそうだ。バタフライボディが収縮し、シーツがだんだんと萎《しぼ》んでいく。やがてヒト族の大人くらいの膨《ふく》らみだけが残った。

〈従魔：モスラが魔人族として承認されました！〉

〈称号：［魔人族］が追加されました〉

〈ギルドカードを確認して下さい〉

レナが声をかける。

「頑張ったね、モスラ。お疲れ様！……えーと、幼児サイズじゃなくて、すでに大人の身体なの……？　この辺りのラナシュの調整どうなってるんだろう。シーツをうまく身体にまとって顔を出せる？」

「はい。問題御座いません」

シーツの中から、青年らしい落ち着いた声が発された。モスラの丁寧な話し方によく似合っている。

大きなシーツを器用に纏《まと》って、モスラが綺麗な顔を現した。翅を思わせる艶やかな黒髪に、透明感のある白い肌、紅色のアーモンド型の瞳。やはり青年ヒト族の姿だった。立ち上がってもらうと、かなりの長身。百八十五センチほどだろうか。レナが見上げなければいけない。

『わーー！　大人魔人族だーー！』

リリーとハマルがモスラにくるくると纏わりつく。モスラは余裕のある微笑みを浮かべた。笑うと美貌《びぼう》にいっそう磨きがかかり、浮世離れした美しさ……という表現がふさわしくなる。

（うちの子って本当に綺麗な子ばかりだなー）

レナは相変わらずな感性で、じゃれ合う従魔たちを眺めた。モスラは完璧な所作で、主人に最敬礼をとってみせる。すでに、頭で考えた通りに魔人族の体を動かせている。幼い従魔たちは、ヒト型になりたての時は少し動きがぎこちなかったので、モスラの方が成熟しているということだろう。クーイズとリリーはテイム時、産まれてから数日目だった。ハマルは生後数ヶ月の時にテイム。モスラは蝶々ながら二年以上生きているので、その差が見た目にも現れた、と考えられる。

「改めまして、ご挨拶を。ギガントバタフライのモスラと申します。レナ様、先輩方」

微笑んだモスラがみんなと握手して、絆を確かめ合う。レナの優しい眼差しに、力強く頷いた。

……さあ、こちらの戦力は整った。アリスのための宴《うたげ》を始めるとしよう。
▽悪党たちを　おびき出せ！

カオスパーティ！

トイリア某所の薄暗い会議室。じめっとした陰鬱《いんうつ》な男性の声が、低く響いた。

「……兄さん、雇った冒険者たちからの通信だよ」

「またか？　規定時間外に連絡をしてくるな！　奴らめ、決まり事を守らぬ奴は無能だと知らんのか？　何の用だ。もしやまた、妙な視線を屋敷から感じるとでも言ってきたのか？……ふん！　馬鹿馬鹿しい！　せっかくガタイのいい厳《いか》つい大男ばかり雇っているのに、全員がそんなしょうもない理由で怖気《おじけ》づいているとはなァ。情けないことだ。威圧と見張りはこなしているようだから解雇しないが……小娘一人が住む屋敷など、なにを恐れているのやら」

立派な椅子《いす》に座る初老の男性が、顔を般若《はんにゃ》のように歪《ゆが》めて叫んだ。決まり事を守らない、は彼にとってもブーメランのお小言なのだが、自分に甘いので気にしない。さらに別の男性の声が響く。

「親父の幽霊でも出たのかねぇ？　なーんてな。ははっ。兄さん、あんまり怒るとまた血圧上がっ

て倒れるぞ。気をつけてくれ。なぁエラルド、冒険者たちはなんて言って来たんだよ」

「ん……最悪に良くない知らせだ。あのうっとおしい拾われ子を訪ねて、親父の屋敷には今、身なりのいい大人たちが集まっているそうだよ。送迎に立派な馬車を使っているらしいから、上流階級の者だろう。……パーティでもあるんじゃないか、だってさ。今聞いたのはこれ」

「「……何だってぇ⁉︎」」

バァン！　と、机が力任せに叩かれた。拳を握りしめ、顔を真っ赤にして激怒している初老の男が、手を押さえて痛みと怒りにわなわなと震える。机の反撃をくらったのだ。彼は、天才バイヤーとして世界中に名を馳《は》せたアリスの義父ゲイル・スチュアートの実の息子、グラハム・スチュアート。この場にいる他の二人は彼の弟だ。

「……また通信。馬車から降りてきたのは着飾った男女のペア、子どももいるって。家族ぐるみか」

「ちぃッ！　露骨に動いてきたな、小娘めぇ……！　おそらく後見人をつけて、さっさと名義変更をしてしまえって魂胆《こんたん》なんだろう。今日は後見人の家族との顔合わせのパーティか？　全く、こういう悪知恵は働く……。親父はとんでもない置き土産をしてくれたものだな！　外部の人間に姓を継がせて、スチュアートの正式な血筋を途絶えさせるつもりか。愚かな！」

「養子契約が成立してしまう前に、早いとこ潰しにかからないとまずいな……。……最悪だ。どうして息子の俺たちじゃなくて、拾い子なんかを優遇して遺産を配分したんだか」

吐き捨てるように言ったのは、次男のイーザ・スチュアート。通信内容をボソボソと暗い声で呟いているのは、三男のエラルド・スチュアートである。

彼ら三人が、アリスの遺産を狙っている息子たちだ。性根はご覧の通り。自分から親元を出て行き姿をくらませていたというのに、自分勝手な言い分を叫んで、アリスを恨んでいる。

彼らは生まれながらに十分な商才を持っていた。……しかし、興した会社の評価は「中級の下位」だ。全員が持ち前の商才にあぐらをかき、勉強を怠ったために、上流の評価を得ることはできなかった。社会は、甘えたな性分の彼らには厳しかった。先人に教えを請う姿勢を見せなかったために、同業の社長たちから早々に見放される。また、バイヤーとして完璧だった親へのコンプレックスから、顧客が上流階級であるほど取引の際に無意識に高圧的な態度をとってしまい、良い縁は得られなかった。息子たちの貿易会社の顧客は、彼らと同じく私利私欲が顕著《けんちょ》で、クセのある人物ばかり。会社は細細とした地味な経営を強いられていた。プライドがいい加減、悲鳴を上げている。

「ぐぅぅ、怒りで脳みそが焼けそうだッ！　水は……」

グラハムがイライラと室内を見渡すと、仕入れたものの売れ残ってしまった不良在庫の山が目に入る。重ねられた木箱は置き場がなく、この会議室に隔離《かくり》していたのだ。グラハムは不愉快そうに現実から目を逸《そ》らして、軽瓶に入った水をグビグビ飲み干した。

弟たちも兄の視線を追ってしまい、溜め息を吐く。流行《はや》りを予想して商品をいち早く手配する手腕に定評があった社長は、今では老いて思考が凝り固まって、流行予測をハズしてしまうことが多くなっていた。大ポカ続きで、会社の業績は深刻な大赤字が続いている。三兄弟に配分された親の遺産は莫大《ばくだい》な額であったが、借金の補填《ほてん》にあてて、とっくに消えてしまった。アリスの遺産を早く奪いたい。長男がギラギラとした濁った目で、弟たちに目配せする。

「……げふっ。後見人との顔合わせが行われているとはいえ、今夜、すぐに養子契約が結ばれるわけじゃない。焦って私たちがノコノコ出て行って、嫌がらせをしていたという証拠を掴まれるのが一番の愚行だ。アリスはそれを狙っている可能性もある」

「『今夜は待機することに賛成』」

「よし。後見人の話をまとめるのに……まず三日と見積もろう。それから契約書が交わされ、受理されて遺産の名義変更が行われるまでには一週間だ。商業ギルドの規約は全て覚えている」

「ああ。さすがだよ、兄さん」

「……うん」

「うむ！　今の我々に必要なのは、パーティ参加者の情報だな。参加者が誰か分かれば、養子契約の妨害もしやすい。冒険者どもに持たせておいた映像記録装置を使わせよう。いいな？」

「『異論はなし！』」

屋敷を見張らせている冒険者たちには、「短期映像記録装置」を持たせてある。使い捨ての高級魔道具なのだが、息子たちはこれを今晩使わせると決めた。使い時を誤ってしまえば、いくら素晴らしい魔道具でもゴミ同然になってしまう。仕事仲間からの受け売りで、三兄弟がスッと受け入れることができた名言である。……なお、この言葉をきっかけに大量の水を仕入れる失敗もやらかしてしまったことは蛇足だ。三兄弟は悪どい顔を付き合わせた。

エラルドが魔道具と魔力で繋がっている羊皮紙を机上に広げる。

「〜〜〜〜〜」

呪文を唱えて、描かれた魔法陣を発動させた！　この一連の作業により、冒険者たちが持つ魔道具の映像記録効果がようやく解放された。冒険者たちにもそう伝えてある。高級魔道具を彼らに盗まれないための措置《そち》だ。魔法陣が発動されていなければ、この高級魔道具もただのガラクタという こと。この方法は、既存の商品に三兄弟が手を加えて、わざわざ開発した。たくさんの才能を持つ彼らは、どれだけでも輝かしい道を選ぶことができただろうに……目は欲にまみれて濁り、魂は真っ黒に汚《けが》れている。声を揃えて宣誓《せんせい》した。

「「「小娘を、スチュアートの後継者として認めない」」」

悪党が動き出した！

☆

時間は少し遡《さかのぼ》る。トイリアの夜道を、よく躾《しつけ》をされた馬たちが静かに、優雅に馬車を引いていく。商人が使うものとは違い、天蓋《てんがい》が付いた豪華な装飾の貴人を送迎するための箱馬車である。黒を基調とした品のあるデザイン。室内にはオレンジ色の柔らかい灯《あか》りがともって、中にいる人物たちをぼんやりと映しだしていた。男性はシルクハットを目深《まぶか》に被り、女性もパーティ用の飾り帽子を身につけて正装している。

ゆっくりと夜の高級住宅街を行進した馬車は、とあるお屋敷の門の前でピタリと止まる。その数、五台。目立つことこの上ないが、高級住宅街の住民は夜は家でのんびり過ごしているため、この馬車群が道中誰かに出会うことはなかった。馬車を見つめて唖然としているのは、アリスの敵である見張り番の荒くれ冒険者のみである。

もうお気付きだろうが、馬車に乗っているのはアリスの協力者たち。お宿♡から住宅街の入り口付近までは馬車も注目されていたが、それを肴《さかな》に酒を飲む者はいても、騒ぎ立てて絡んでくる者はいなかった。馬車の出どころがお宿♡らしい、と人伝いに噂が広まったためだ。覆面《ふくめん》仕掛け人がさりげなく広めた。お宿♡に出入りする人間の中には手を出すとヤバいレベルの要人もいる、とトイリア市民は知っている。この認識が広まることを淫魔ルルゥは歓迎していた。小物の悪党は寄りつかないし、わざわざ要人を狙うほどの手強い闇職は、ルルゥがさくっと撃退しているのが日常だ。

スチュアートのお屋敷前で馬車が留まると、長身の執事が現れて、ニッコリと優雅に微笑みお辞儀する。門に一番近い馬車の扉を、執事が静かに開く。

車外に、まずスラリと背の高い男性が降り立った。彼は馬車内へと手を差し出し、共に乗車していた女性を慣れた動作でエスコートする。男性に手を預けて登場したのは、スレンダーな身体にクラシカルなドレスを纏った、香り立つような艶《つや》っぽい美女だ。荒くれ冒険者たちが、映像記録魔道具をかまえながらゴクリと生唾を飲み込む。夫人の顔の上半分は仮面で覆われていたが……輪郭と唇を見ただけでも、極上の美人だと理解した。飾り帽子のすそから覗く髪は、甘くセクシーなピンク色。夫人の赤く色付いた唇が、ゆっくりと優雅に弧を描く。

「ふふっ。お出迎えご苦労様！」

「とんでも御座いません。今宵は当屋敷までご足労頂き、誠にありがとう御座います」

声をかけられた執事は一礼を返す。長身の男性が再び馬車に向かい、子ども二人を外へ連れ出した。暗闇でもキラキラと眩《まぶ》しく輝く、ルビーとサファイヤのような髪の双子の幼児だ。こちらもやはり顔の半分を覆う飾り仮面を付けている。おそらく両親に似たとても整った容姿なのだろう。フリルブラウス・ハーフパンツを子供の礼服として見事に着こなしている。

「夜だからあまり騒いではいけないよ」

先手を打って父親に注意された子どもたちは、顔を見合わせたあと、お口チャック！　の動作をして大人しく彼と手を繋ぐ。夫人がその様子を見てクスクスと笑っている。裕福で幸せな家族の理想像がそこにあった。余裕のある優雅な声・動作に、一般市民ではなかなかお目にかかれないゴージャスな服装、一家全員がかなりの美形揃い。馴染みのない華やかなオーラに思い切りあてられた男たちは、暗闇に潜みながら、嫌な汗をかき始めている。

（もしかして、俺たちとんでもない相手に喧嘩売らされてるんじゃねぇの……？）

（一日1000リルぽっちでこの仕事任されてるの、割りに合わなくねッ⁉）

つい先日まで、この依頼はボロ儲けだと喜んでいたのに、もう正反対のことを考え始めている。悪党の大混乱など知るよしもない、最初に馬車を降りた男性は、執事に比較的砕けた口調で声をかけた。

「ふむ。……ゲイル・スチュアート氏の訃報はとても残念だった。心からお悔やみ申し上げる。今宵のパーティへの招待は、とても嬉しく思っているよ。少しは後継者殿の気持ちも落ち着いてきたのだろうか……。幼い彼女の気持ちを考えると、痛ましくて仕方がない。今夜、笑顔が見られることを期待している。彼女にとっていい巡り合わせがあると良いのだが」

「お気遣いのお言葉、感謝申し上げます、コンフィチュール様。主人に必ず伝えます。主人から『大変申し訳ございませんが、近頃身の危険を感じているため、お会いした際に丁重に挨拶させて頂きます』と……事付けを預かっております」

「ああ、それで構わない。元より屋敷の中で彼女に挨拶するつもりだ。最近、ここらの住宅街にも不審な者が現れたと聞いている……わざわざ危険に身を晒《さら》すことはない」

「ご配慮、誠にありがとう御座います。主人は玄関ホールで皆様を待っておりますので……どうぞこちらに」

執事は一家を屋敷へ案内しようとしたが、男性が引き留めた。

「いや。門は開いているから、私たちはこのまま歩いて屋敷へ向かわせてもらうよ。そこまでの案内は必要ない。護衛もいる。他の招待客への挨拶を先に済ませなさい」

「……承知致しました。では、後ほど屋敷内を案内させて頂きますので」

「ああ。よろしく頼む。ゲイル殿の人嫌いは相当有名だったからな……使用人はおそらく君だけなのだろう？　人手が足りない時は無理をしなくていい。私たちは客以前に、彼の友人なのだから」

「恐れ入ります」

挨拶をかわした後、男性は家族を連れて、護衛と共にスチュアート家の玄関へと向かった。それぞれの馬車の脇には、屈強な護衛が控えていたのだ。執事は男性に礼をすると、二台目、三台目の馬車に乗った者に順番に声をかけていく。本来なら、このように招待客を長く待たせるなど非常識極まりないのだが、箱馬車の中にいるのはドレスアップしているだけの普通の市民である。ルルゥから事情を説明されているため怒り出す者もいないし、使用人が足りない事情もあるため、今回はこの対応で問題ない。見張りの男たちは上流階級の正しいマナーなど知らないのだし。レナは敵に冒険者だとバレている可能性があるので、メイドとしてお手伝いするのではなく、お屋敷のキッチンにこもっている。招待客の中には、変装したゴルダロとジーンもいた。護衛はお宿♡の常連獣人たち。耳を隠して変装していたが、尻尾《しっぽ》がごきげんにコートの裾を揺らしている。

招待客全員が屋敷内に入ると、モスラが大きな門扉をゆっくりと閉めていく。自分も敷地内に入って、もう少しで完全に扉が閉まるかという時……ふいに、伏せていた瞳を上げて、宵闇《よいやみ》の一点を凝視した。紅色の視線はゾッとするほど迷いがない。確実に、冒険者たちを捉えている！

……男たちは思わず叫びそうになり、口元を押さえた。この不気味な視線を知っている。本能が「やばい！」と警報を鳴らしていた。

モスラがそちらを見つめていた時間は約五秒ほど。これが何十分にも感じられた。ようやく瞬きをして、スッと瞳を逸らした美貌の執事は、口元だけで笑って見せると、一ミリのスキマもなく完璧に門扉を閉めた。

…………。

街道に取り残された大男たちは、しばらく黙りこんでその場に留まっていたが、映像記録魔道具の記録時間オーバーを知らせる「ビーーー」という音でハッと我に返り、青白い顔をどんよりと向き合わせる。

「…………おいおいおい……。どうするよ!? 後ろ盾のない小娘一人だけならともかく、あんな貴族連中に睨まれるだなんて絶対ごめんだぞ……！　それに何だ、あの執事。……気味悪ぃ」

「ああ、超やばい、激烈やばい、無理。もーすんげぇ腹痛いんだが。貴族じゃなく裕福な商人一家とかかもしれんが、やばいのには変わりねぇよな。何だよ、あのとんでもねー武器を背負った護衛ども！　身長二メートルはありそうな大斧使いとかもいたぞ!?」

「三股の槍を二本も持った奴もいたよな。どこのSランク冒険者だよ！」

なんちゃってハリボテ武器である。一人の男が震える声で、ポツリと呟いた。

「お、俺……。もう、やめとくわ。気分は良くないがすげぇ良い仕事だと思ってたけど、呪いの屋敷はクソ不気味だし、貴族に睨まれるリスクはあるし。依頼人の社長、脂ぎったジジィだし、すぐ怒鳴るし、やる気失せる」

「俺も嫌になってきた。……逃げるか。いいじゃん、もともと俺たちゃ不良なんだからよ」

「「……でも、とりあえず魔道具だけは返しに行くかぁ……」」

浮かない顔をした男たちは、下衆《げす》だが意外と真面目な面もあったらしい。うんざりと頷きあうと、逃げるようにすたこらと高級住宅街の路地から立ち去った。

☆

こちらはお屋敷の中。コンフィチュール氏（仮）が［透視］スキルを使い、悪党たちが立ち去ったと招待客らに告げた。エントランスに集まった全員が手を叩いて喜ぶ。みんなこの催しを心から楽しんでいる！　招待客に挨拶したアリスが、再度深く頭を下げた。

全員でダンスホールに移動し、可愛らしく正装したアリスが音声拡散マイクを持つ。

「それでは。皆様、本日は仮装焼肉パーティのためにお集まり下さり、誠にありがとうございます！」

招待客から拍手が沸《わ》き起こった！　ピューッと口笛が吹かれる。わっしょいわっしょい！

「用意した食材を紹介します。メインはこちら、サーベルキャットの虎肉！　藤堂レナ様のパーティが提供してくれました。コック長も彼女が務めてくれています。虎テールスープは絶品ですよ」

「あなたの胃袋、私が必ず満足させて見せまーーすッ！」

レナが掲げた銀色のお玉がキラリと光る。今宵のご主人さまは一段と輝いているッ！

「「「「きゃあーーっ!!　レナ様ぁーーー！　心も身体も満たしてぇーーー！」」」」
▽レナは美幼児たちにもみくちゃにされた！　×4
まさに特攻であった。会場に微笑ましげな笑いが巻き起こる。アリスもつい笑ってしまう。

「ぷっ！……こほん、失礼しました。配膳係は執事のモスラとパトリシアさんにお願いしています」

「お任せ下さいませ」

「マジで、自分でもビビるくらい執事衣装しっくり来るわちくしょう……。注文あればどーぞ！」

モスラとパトリシア、どちらも様になっている。背格好が似ているためモスラの執事服をパトリシアに貸してみたのだが、似合いすぎたため、即採用になってしまったのだ。丈はアリスが仕立て直した。パトリシアは当初ヤケクソだったが、今ではなんだか吹っ切れてノリノリに見える。

「パトリシアぁー！　かっこ良くて可愛いわよー♡　きゃーー♡」

「がはははははッ！　おう、似合うなぁ！」

「俺より断然イケメンなんだけど、一体どういうことなの……？　つまり逆性別の法則。俺にはメイド服が似合うなんて面があったり？　ねーーわ。きゃーー！　パティ君配膳してーー！」

「おうまさにそれが仕事だわ！　どんどん皿運ぶから覚悟しとけ下さいませッ」

「「「はははははは!!」」」

保護者たちから騒がしく野次が飛んで、パトリシアが妙ちきりんな敬語で応戦した。

「ルルゥさんからはスフレチーズケーキを。獣人の皆様からはお酒と珍しいお野菜を。ゴルダロさんのお父様、肉屋ゴメスさんからは特製香味ソースと、豚、牛、鶏など各種お肉を差し入れして頂きました。皆様、ありがとうございます！　最後に、ホストは私、アリス・スチュアートが務めさせて頂きます。どうぞ遠慮なく、ダンスホールでのお食事を楽しんで下さいね！」

「「「うおおおおおおーーー！」」」

「今宵のパーティ、盛り上がって参りましょう！　では皆様ご一緒に。いただきまーーす！」

「「「いっただっきまーーーす！」」」

騒がしい食事の号令とともに、パァン！　と手を豪快に合わせる爆音が響く。力自慢の獣人が全力を出したのだ。楽しい仮装焼肉パーティが幕を開けた！　この会場と、悪党たちとの温度差が実にひどい。あちらはもうすでにテンションがお通夜なのだから。

「どれから頂こうか？　新鮮な野菜に、すげーいい肉！　じゅるり……」

「うふふ、迷っちゃうわねぇ」

ダンスホールには長机が並べられていて、トレーの上に切った肉などが置かれている。セルフサービスで自ら焼くスタイル。元家主ゲイルが所有していた魔道具コンロ一式をフルで使えば、大量の肉も野菜も一度に焼けるのだ！　皆が皿に生肉や野菜を山盛りに盛っていく光景は、完全に室内バーベキュー大会。換気扇の魔道具なんてものもあるんだから、魔法って本当に便利だ。

「スープを持ってきて下さーいっ！」

「白ワインをくれー」

「「かしこまりました！」」

招待客からの声に応えて、執事たちがテキパキと動き、レナがスープを大きな器に注いでいく。

▽レナたちはごっこ遊びを全力で楽しんでいる！

数人がさっそく酒ででき上がっていて、美味しそうな焼肉の匂いが充満し、みんな話に花を咲かせている。まるで騒がしい民衆酒場のようだ。アリスが楽しそうに会場を見渡す。

（このお屋敷がこんなに賑やかになるなんて……ゲイルお爺さんにも、この楽しいパーティに参加して欲しかったな。私、今、とっても心が温かいよ）

アリスは無意識に、祈るように胸の前で手を組んでいた。楽しい気持ちがお爺さんにも届きますように、と念じる。そのあと、招待客らに挨拶をしに回った。しばらくして、レナと執事たちもいったん給仕を終えて、アリスとテーブルにつく。

「ふぅーー。さすがにちょっと疲れたけど、作戦も上手く進んでいるし、宴は盛り上がってるし、いい感じだね！……モスラは、最後に不審者たちを見てどう感じた？」

レナがモスラにこっそり尋ねる。今回の作戦の肝の部分だ。

「あちらは馬車と正装した家族を見て、全員が驚愕していましたね。明らかにこちらの動向を気にしています。催しは大成功だと実感致しました。さすがレナ様です」

モスラがサラダを取り分けながら返答し、隙なくレナをよいしょして微笑む。悪党たちを去り際にギラッ！　と睨んでやった時の心底怯えた表情を思い出し、おかしそうに、くすっと口角を上げた。ブラックな笑みを主人に見られないよう、品よく口元を手で隠す。

「そっかぁ！　ふっふっふ……敵はヤバイと焦ってたんだね。きっとこれから大きく仕掛けてくるよ。その時が、反撃のチャンス！　アリスちゃんの護衛体制をしっかりしておかないとね」

「もちろんです。アリス様には指一本たりとも触れさせません。夜間の警備はお任せ下さいませ」

レナとモスラがニヤリと笑い、グッと拳を握りしめた！　やってやんよ！

ようやく肩の力が抜けたレナが、焼肉を始めようとお皿に手を伸ばしかけたら、焼いた肉やら野菜やらを大人から貢《みつ》がれた美幼児たちに取り囲まれる。『ドッキリ☆大作戦頑張ろうね！』と、こちらからも小さな拳を掲げられる。

「……ふふっ。不安なんて貴方たちといると吹っ飛んじゃうよ。頼もしいなぁ。いつも主人を励ましてくれてありがとうね」

「相変わらず従魔と相思相愛だなぁ、レーナ！　ふははは、めでたいぜ！　ひっく！」

パトリシアがグラスビールを一気飲みして、ケラケラ愉快そうに笑い、レナに絡む。完全に酔っ払っている。ヒト型従魔たちは、レナと肩を組んでいるパトリシアが羨ましくなって、対抗するようにフォークをレナに差し出し始めた！

「レナ！　頑張ってるからご褒美よっ。クーとイズからの愛、受け取ってぇー♡」
▽レナはでかい虎肉をあーんされた！　×2
▽リスのように　頬を膨らませて　頬張っている！
▽愛を吐き出すわけにはいかない……！　気合いで飲み込む！
しっかりした歯ごたえに甘い脂、実に美味しい肉だ。レナは目を白黒させながらも、クーイズの思いやりをありがたく受け取って、「ごちそうさま」とお礼を言った。愛がこれきりだと思った？

「……ご主人さま！　水分も、取らなきゃね。えーと……ぶどうジュースと、苺ミルクがあるの。どっちが、いいかな……？　ううん、両方あげるね！　貴方が好きだから、愛情いっぱいなの！」
▽レナはグラスジュース（大）を差し出された！　×2
▽これも……愛！　気合いで吸い上げる！
「レナ様ぁー。お野菜も食べよー？　あれもこれも、ボクからの愛の証なのですーー。あーんっ」
▽レナはフォークに刺さったサラダを差し出された！
▽不器用なハマルは時々レナの口元にドレッシングを付けてしまっている……。
▽愛だ。愛なのだ。口元を汚しながらも器一杯分を食べ切った！
「レナ様。失礼致します」
▽レナは　モスラに　口元をハンカチで拭われた。
「……なんだろう……すごく恥ずかしい……私、もう十七歳なのに……」
▽レナは　心に　ダメージを負った。

「くははははっ！　ドンマイレナ。主人として従魔の愛情全部受け止めようって姿勢はマジで尊敬してるよ。生半可な覚悟じゃないよなー。よっしゃ、ビール飲もーぜ！　ウリウリウリ」
▽パトリシアの飲んだくれ絡み！　愛が多い！
「ちょっ……もうお腹タプタプなんだけど!?　私がいっぱい食べてたとこ、見てたよね!?」

「なーんだよぉー、友達だろー？　ビール美味いよ。ホラホラ、私の酒が飲めないってかぁー？」

「いーーやーー」

レナのヘルプにルルゥが応じた。

「レナちゃん、スフレケーキ食べる？」

「あーーん！」

結局食べ物を口にする運☆命ーーー！　これは受け入れたレナが自業自得だ。しかしとっておきのケーキの誘惑には勝てなかった。ルルゥが差し出した極上チーズスフレケーキは、ふわっとトロけるような極上の口どけ……優しいチーズの風味がたまらない。お腹ははちきれそうなのだが、レナは実に幸せそうな顔をしている。食いしん坊め。幼児たちが「まだいける？」と様子見している。やめてやって。

「おっぱいみたいにぽよんぽよんの感触がいいでしょー♡　うふふっ」

「ごふっ!?　な、なに言ってるんですかーー！　うわルルゥさんもお顔赤い、酔っ払ってる」

「「あっはっはっはっ！」」

仲良し姉妹ペアが暴走している。面倒臭い。被害者は妹分のレナとアリスだが、アリスは酔っ払いを巧みな話術で上手にあしらっている。飲み物はさりげなく断り、相手にさらに酒を飲ませて潰す。アッパレ！　助けられたレナが心からアリスにお礼を言った。

他の面々の様子も実況しよう。獣人たちはガツガツと生焼け肉を頬張ってはしゃいでいる。酒好きの面々は高アルコールのものを飲み比べし、潰しあい中だ。ロシアントマトのハズレ（激辛）に当たったジーンは悶絶《もんぜつ》していて、それを見たゴルダロの大笑いが広間中にやかましく響いている。夜もだんだん更けてきて、ダンスホールは混沌《カオス》を極めていた。夜のパーティはホストの家に泊まりになることも珍しくないので、全員、今夜はこのお屋敷に泊まることになるだろう。

アリスがちびちびとピーチジュースを口にしている。

「アリス様、こちらをどうぞ。食事をあまり召し上がっていませんよね？」

「あ、モスラ。ありがとう！　わあ……このプレート、私の好きなものばっかりだね」

「当然、この二年間で好みは熟知しておりますから」

モスラがアリスに差し出したお皿には、シンプルなコッコ肉の塩焼きと、豚肉の特製ソース掛け。キャベツと玉ねぎのマリネに、焼き野菜、テールスープ。一口サイズのスフレケーキ。それらが三つの皿に盛り付けられている。お盆《ぼん》を手にしたモスラが、アリスに華やかに笑いかけた。

二人は隣《となり》同士に椅子に座る。レナは幼児たちにあやとりをねだられていて、そちらに夢中だ。コッコ肉の塩焼きを口にしたアリスが「美味しい」と呟く。

「……気兼ねなくご飯を食べられるのって、すっごく久しぶり。賑やかなのも。取引先とのお食事会はだいたい静かなレストランで、マナーを気にしなきゃいけないからねぇ」

「今夜はリラックスなさっていますね。アリス様の表情が明るいと、嬉しく思います」

「あはは、モスラにも心配かけてたもんね。そう言ってくれてありがとう。今夜のディナーは……孤児院にいた時を思い出すの。数年過ごしたあの施設での思い出も、今の私を作ってる礎《いしずえ》。大切に覚えておかなくちゃ。コッコのお肉の塩焼きは、よくご飯で出てきたんだよ。好きだったんだー」

「そうでしたか。覚えておきます。またアリス様の好みに合わせて調理致します」

「！　えっ……モスラがこれからお料理してくれるの？」

「ええ。魔人族の称号を得ましたから、今後、身の回りのことは私におまかせ下さいませ。どうぞ勉強に専念して下さい。レナ様にも応援して頂いております。私は貴方の友達で、スチュアート家の執事です。ゲイル様に助けられた時から、お二人に恩返ししたいとずっと思っていたのです」

「そっかぁ。……これから……ずっと……？　なんてねー」

「はい。二人の主人を持つことになりましたが、アリス様がお困りであれば、必ずお助け致します」

モスラの返事は早く、迷いがなかった。紅色の瞳がアリスをまっすぐに見つめる。アリスとレナどちらをとるのか、ともし問われれば、モスラはきっと「どちらもお助け申し上げます、成し遂げましょう」と答えるのだろう。アリスは直感的にそう確信して、最善の状況だな、と柔らかく笑った。まだこれからも一緒にいられる、というのがとても嬉しかった。

「……モスラは今、幸せ？」

モスラは可憐な微笑みを見て、絶対に悪党なんかに害させない、と決意を新たにする。

「！」

アリスの問いに面食らい、数回ぱちぱち瞬きしたモスラは、花がほころぶような笑顔で、問いに答えた。

「はい。とっても幸せですっ！」

モスラとアリスが薔薇色オーラに包まれる背後で、酔っ払いたちがおいおいともらい泣きする。

当事者たちをビビらせるんじゃない。酔っ払いではないが、レナも号泣している。友達も従魔も尊いのだ。アリスを守るために、可愛い新人従魔モスラの幸せを守るために。レナがスチュアートの息子たちと荒くれ冒険者をしばく理由が、また一つ増えた。ドッキリ☆作戦がクラスチェンジする福音が高らかに響く（イメージ）。穏便はとうに旅立った。
▽悪党たちよ　覚悟せよ！

☆

貿易会社の会議室で、グラハムが癇癪《かんしゃく》を起こしたように叫ぶ。

「なんだァ、これはーーッ!?　せっかく映像記録魔道具を使ったというのに、映っている全員が顔を隠しているではないか！　くっ……これでは素性が分からんっ。小賢しいぞ小娘ぇっ」

机がバンバン叩かれていて、今にも不良在庫の木箱が三兄弟になだれてきそうだ！

「呼び合っている名前も偽名のようだ。チョコレート夫人にキャラメル伯爵《はくしゃく》、パンプキンパイちゃんだと！　そんなふざけた名称をよくも笑わずに口にできたものだなッ！　ああ、イライラする！」

次男は髪を掻きむしっている。いや、参加者全員口の中を血みどろにして頬の内側を噛んで笑いを堪えていたのだが。ルルゥの回復魔法がフル稼働だった。

「しかも、帰りの様子は時間超過で録画できていないだと！」

「……分割して撮って、全体的な映像時間を確保するくらいしてくれよ⁉　おまけに、雇った奴らが抜けたいって言ってるって……？　あのさぁ。どういうことか、納得できるように説明しろ」

三兄弟から糾弾を受けているのは、連絡係の冒険者一人だけ。彼がグループの代表なのだが「俺はあの夜は非番だったのに、なんで叱られなくちゃいけねーんだ！」とイライラ対応する。

「抜けたい理由だァ？　撮影班の奴らと直接話しゃいいじゃねーか……あいつらは、この仕事内容でこの日給じゃ割りに合わんから辞める！　の一点張りだったぜ。俺が把握してるのはそれだけだ」

「なんだとッ⁉」

三兄弟と代表の男がお互いを睨む。どちらも怒りで顔が真っ赤だ。代表が口火を切る。

「社長さんよォ。なんか仲間の話聞いたら、向こう側についた連中、全員ヤバい上流階級の富豪だっていうじゃねえか？　そんなリスクの高い相手を敵に回すなんざ、ごめんだぜ。俺ももうパスだ！　ぶつくさ文句言われてばっかで不愉快だし、泥舟《どろぶね》漕ぎなんざしてられねぇ。抜けるぜ！　あばよッ」

「「「ま、待て待て待てッ‼」」」

ブチ切れた代表が吐き捨てて踵を返しかけたので、慌てて息子たちが引き留める。なんとか足を止めさせたが、冒険者は愛想のカケラもなく三兄弟を気だるげに振り返っている。「言いたいことがあるなら言ってみろ」と顔に書いてあった。彼らが下手に出ることをやめたので、依頼者と受注者の力のバランスが崩れたのだ。

長男が額に青筋を立てながらも、とり繕《つくろ》い、即席で妥協案を提示する。

「ッ……仕方ない、賃金はこれまでの三倍に引き上げる。あの小娘に協力者が現れることは当初は想定外だったからな。本当だぞ。契約内容をそちらに有利に更新しよう。仕事はとりあえず、今までと同じく見張りのみで、攻撃はやめておけ。それならば小娘側の者から余計ないちゃもんをつけられないはずだ。……どうだ」

「……おっ？　随分と気前いいじゃやねぇか？　社長サン。俺たちゃ、今までボラれてたのかねぇ。ま、それなら、俺は続けてもいいいぜ。他の奴らは分からんが、話はしといてやるよ！」

「くうぅっ！……返事は早くしてくれよ」

「あいよー」

経営が苦しい中でさらに余計な出費を重ねてしまった……息子たちはそう考え、悔しそうにギリギリと奥歯を噛みしめる。冒険者が退室したら、不満が爆発した！　椅子が放り投げられる。

「許さんぞおぉぉッ!!　薄汚い不良冒険者と、俺たちを不幸にする小娘め！」

グラハムが叫ぶと、室内に取り付けられた古めかしい防音用魔道具が、今にも壊れそうに「ギーー」と嫌な音を立てた。また備品の買い替えが必要か……と弟たちがゲンナリと顔を見合わせた。

宵闇の騒動

後日、社長が荒くれ冒険者たち全員を、トイリア内の大貸し倉庫に呼び出した。男たちはいかにも乗り気ではなさそうだったが、出席費１０００リルが支給されるというので、飲み代のために最後のつもりで足を運んだ。一般的な貸倉庫の見た目に反して、中に足を踏み入れると、床には巨大な魔法陣が描かれていて、全員が目を剥く。

「うげ。一体なんだぁ、こりゃぁ……」

不気味そうに周囲をキョロキョロ見回して、薄暗い倉庫内に社長のグラハムの姿を確認すると、冒険者たちが、フン、とふてぶてしく鼻息を吐き出した。

「おいおい、社長サンよぉ。呼び出しの内容はなんだ？　それにこの魔法陣はさァ」

「声が外に漏れないよう、魔法で完全防音にしているのだ」

グラハムも負けじとフンヌッ！　と鼻息を漏らして、言葉を被せて威嚇する。懐から金一封をチラつかせて、冒険者たちに「まだまだ！　金を出す俺たちを敬えよな」とアピールした。「あえて格安の貸倉庫を使うことで、ここで取引が行われると政府警備隊の者に嗅ぎつけられないように配慮した」と、金の節約のため格安倉庫を借りたという事情もあったが、うまいこと誤魔化す。冒険者たちは感心したように頷く。

「ほー。さすがだなァ。頭を使うことに関しては、アンタたちには敵わねぇよ」

スチュアート三兄弟が得意げに胸を張ると、身を守る結界石ブローチがキラリと光る。

「新らしい装飾品かい？　社長サン、遺産を手に入れる前から、早くも羽振りがいいじゃねーか」

「全てが片付いたら、お前たちにも追加報酬を弾むぞ」

豪奢な宝石を舐めずりしながら見ていた男たちが、貪欲ないやらしい笑みを浮かべた。

（ぐう。結界効果があることを告げていなければ、身包《みぐる》みを剥《は》がされていただろう……）

三兄弟は（意地汚い奴らめッ！）と心の中で悪態をつく。（さっさと主題を話して、この会合を終わらせよう）と弟が兄に視線を送る。防音しているとはいえ、一箇所に大人数が長く留まるのは不自然で良くない。グラハムは冒険者たちに向けて微妙な笑顔を造り、咳払いした。

「んんッ！　ゴホン！　よくぞ来てくれたな、協力者諸君。礼を言う！　私がお前たち全員を呼び出した理由だが……。これまで続けてきた小娘の監視はもう終わらせることにした。今までの仕事に対するねぎらいのために収集をかけたのだ！」

「……はあああァ!?　ふっざけんな！　脂ギッシュデブジジイ！」

「てめーらの悪事全部バラすぞゴラァ！　おら、いいのかァ？　勝手なこと言ってんじゃねぇぞ！」

「バーカ！　バーカ！」

今更、唐突な雇用終了宣言!?　と受け取った冒険者たちから、口汚いブーイングがとぶ。

「まずは落ち着いて、最後まで話を聞け！　気の短い奴らめ！」

社長が脳の血管を破裂させんばかりに叫び、弟たちが慌てて肩を叩いて冷静を促す。

「……フン、落ち着くがいい。ゼェ、はぁはぁ。いいか！　ねぎらうというのはだな……小娘が居座る屋敷の監視はやめるが、最後に、お前たちがこれまで以上に稼げる大仕事を用意しておいた！　そういうことだ」

冒険者たちは思いもよらない提案に、眉を顰める。

「……はあ？……稼げる、別の仕事……」

「ああ！　屋敷を占領する悪しき小娘アリスを誘拐《ゆうかい》して、ここに連れてくるのだ。それが次にお前たちに依頼する仕事の内容だ。一気に大金を手にすることができるぞ。約束しよう」

「「「〜〜ッッ!?」」」

グラハムが高らかにドヤ顔で告げると、冒険者たちが青ざめて、あんぐりと顎を落とした。

「……これまでよりも圧倒的に危険な仕事じゃやねぇかーー!?　バッキャロウ！」

「おい！　あのアリスっつー小娘は、そんじょそこらの一般人じゃねーんだぞ。屋敷門やら護衛に厳重に守られてんだ、誘拐なんてできっこねぇぞ」

「なに、侵入のための力は授けてやる。確かに、現状のお前たちでは、警備をかいくぐって颯爽《さっそう》と誘拐など、達成できないだろうな……。ここからは特に真剣に聞けよ」

グラハムが男たちを睨み、ひと呼吸おく。冒険者がゴクリと生唾を飲み込む。……グラハムが合図をすると、倉庫内にぼうっと浮かび上がるように、黒いローブに包まれた人物が現れた。フードのすそから、白い顎と、笑みの形に歪んだ口元がチラリと覗く。嫌な沈黙が降りる。

「お前たちに、〝闇職〟への転職を強く勧める」

「！」

グラハムが堂々と告げた。黒ローブが会釈《えしゃく》する。

「悪事に加担したお前たちは、魂に業を詰み、ギルドカードがすでに黒くなっているな？　冒険者ギルドで表の仕事を請け負うことは、現段階ではもう不可能だ。それならばいっそ闇職に転職して、本格的に裏社会の者となってしまえ。闇職になれば、［解錠］、［忍び足］、［隠蔽《いんぺい》］など……独自のスキルが取得できるぞ。今回のような利益率がいい仕事も受けやすくなる」

男たちのカラカラに渇いた喉が、誘惑で湿る……。混乱している間に、グラハムは畳み掛ける。

「俺たちが破戒僧《はかいそう》を呼んでおいた。この機会に転職するなら、無料だぞ」

視線が集中した黒ローブが、ニヤニヤと笑う。

「どうぞよろしくお願いいたしますー。私のことは、モレックとお呼び下さい。この倉庫内でだけ、ね。それ以降は記憶から存在を抹消して下さいー、他言したら殺しますよっ！　ははは！」

中年にさしかかったくらいの男性の声。ケタケタと笑う黒ローブは、聖職者が悪の道に堕《お》ちた末の、闇職への転職を担う「破戒僧」とのこと。かなり珍しい職種である。

「さあ！　覚悟を決めるといい。アリス誘拐の仕事……引き受けるだろう？」

グラハムは威圧的な眼差しで、じろりと男たちを睨めつけた。ぐっ、と男たちが押し黙り、悩み始める。しかしリスクを恐れて、まだ躊躇っている。

「ちょっと待ってくれ、そんなんしちまったら……ッ、後戻りできなくなるだろうが。一度闇職になれば、捕まれば一発で犯罪刑務所行きなんだぜ。んな重大なこと、勝手にあんたらが決めんなよ！」

「まだ後押しが足りないか。これはねぎらいの仕事だと言ったはずだ。成功報酬は一人10000リル。前払いで、5000リルすぐに渡すぞ」

「「「!!」」」

グラハムのこの言葉の効果は絶大だった。金！　魅力的な提案だ。……冒険者の一人が、ついに恐る恐る前に足を進めて、破戒僧に声をかける。彼は酒場へのツケが大量に溜まっていた。

「……俺の、闇職の適正。見てもらっていいっすか……」

「いいですよー。そのために来たんですから。あー早く決断してくれてよかった。やる気でるぅー。長引くようなら、もう帰ってしまおうかと思いますよね。別に仕事に不自由してませんし」

「お、俺も……！　早く、職業適性を確認してくれっ」

破戒僧がちょろりと煽ってやると、タガが外れたように、他の者も二人、三人と破戒僧に群がり始めた。「むさ苦しッ……」と破戒僧から嫌そうな呟きも出たが、職業診断と転職は無事に行われた。とある戦士は盗賊へ。弓術士《きゅうじゅつし》は詐欺師《さぎし》へ。高額の闇転職が無料、という甘い言葉につられて、ついに冒険者たちは境界線を越えてしまう。……全員がもう犯罪者だ。モレックがニタァと笑う。

裏社会の闇職について説明しよう。闇職に転職させることができるのは破戒僧だけだ。

ラナシュ世界に生きる者は、皆等しく魂に「善」と「業」の秤《はかり》を持っている。普通に生きていれば問題なく善人とみなされるが、盗みや騙《だま》し、殺人などを繰り返せば業が積まれ、「心眼」で視える魂と、魂の情報を記録するギルドカードが黒く染まってしまうのだ。

カードが黒い間は、各ギルドでまっとうな仕事を受けることはできない。カードを提示した瞬間に捕まって、更生院送りになってしまう。業が深すぎるなら、犯罪労働者に堕とされる。もし闇職に転職済みだったなら、業の深さに関係なく、問答無用で犯罪労働者となる。強い精神制御の魔法がかけられた従属の首輪を着けられて、長い期間、過酷な重労働を強いられるのだ。

この魂の秤はもちろん魔人族にも適用される。例外として、食料を得るため同種族殺しをする生態の魔物など、それぞれの生き方によっては悪事とみなされない場合もある。ラナシュの者たちが長い年月をかけて培ってきた独自の倫理観により、秤の傾きが決まるらしい。

ギルドカードの色を戻すには、業の重さと同じだけ、善行を積まなくてはならない。しかし困っている者はわざわざ悪人に頼みごとなどしないし、教会も更生補助施設にはなっているが、子どもたちのイタズラのささやかな業を取り除くのが主な役割なので、自力でこっそり更生するのは困難である。捕まえて更生院もしくは犯罪者刑務所で善行をさせるしかなく、政府が頭を悩ませている案件だ。

「よーし、仕事終了ー♪　ふう、今日も働きましたー」

破戒僧が楽しそうにくるりと回って見せた。軽快な動きに見覚えがあり、以前お屋敷の玄関を汚してパトリシアにどつかれた三人が「あっ」と目を丸くする。助けられた礼を言おうか迷ったが……気配を察した破戒僧が、振り向いて口元に人差し指を当てて見せた。歪んだ口元にゾクッと震えた男たちは、機嫌を損ねるかもしれない……と発言をやめておいた。

転職した元冒険者、いや、犯罪者と呼ぼうか。犯罪者らは青白い顔をしながらも、自らの心を奮い立たせるように、暗い笑みを浮かべている。三兄弟は満足そうに全員を眺めた。

「よし。よく覚悟してくれた！　魔法紙の契約書をここに用意してある。署名してから解散としよう。アリスを攫《さら》って来るのは、五日後を予定している。健闘を祈るぞ」

ブーイングが沸き起こる！

「ふっざけんな！　闇職にゃあなったけど、これまでの職業補正が抜けてステータスすげぇ低いし、レベル1から鍛えて行くんだぞ!?　んな無茶振り、不可能に決まってんだろ！」

「バーカバーカ！　ハーゲ！」

頭のつくりをけなされ、ビキビキ青筋を浮かばせ顔が般若になるグラハム。弟たちが大急ぎでフォローする。

「……お前たちに、契約書に使われる魔法紙の代金が払えるのか！　払えるのなら、期間を書き直した書類を作ってやってもいいがな？　ん？　どうなんだ！」

「もう、闇職になっちゃったよね……この依頼を受けるしか道がないんだと、自覚しなよ。弱いかけだしの闇職なんて、警備隊の格好の獲物さ。金がなければ、どこかに隠れることもできない。闇職としての成功実績がないと裏社会の依頼はなかなか来ないし、買い叩かれる。お互いに、いい関係でいた方が得だよ……？　貴方たちは大金を手に入れられるし、俺たちは闇職を雇える。今後、また仕事を頼むかもしれないし？」

弟たちの脅し文句に、男たちは怒りに顔を染めながらも、グッと口をつぐむ。社長たちとの橋渡しをしていたリーダー格の男が、顰め面で一歩前に出た。

「……ちっ。完全に手のひらの上かよ。……確かに、これはいい仕事ではある。依頼料がとにかくバカ高い。今あの屋敷に住んでるのは、小娘と若い執事一人だけみたいだったからな。ステータス値が心もとないからもっと鍛える時間が欲しいところだが……俺らみんなで力を合わせれば、誘拐くらい……イケるだろ！　おう、依頼受けてやろうじゃねーか。なあ、お前ら！」

「「「おおおおうッ！」」」

リーダーが振り返ると、仲間たちが力強く同意した。こうなったらヤケクソである。金！　金！

「ははははッ！……俺らの意思はこの通りだ。前払い金はしっかり頂くぜ」

「おお、そうかそうか！　ふむ。成功を期待しているぞ。失敗は認めん」

「任せときやがれッ」

ついに薄暗い商談が成立した。雇われた側が一方的にハメられた気がしなくもないが、もともと魂を黒く染めかけていた荒くれ冒険者だ。早くも、これから裏社会で成功を収めて金持ちになる妄想を膨らませて、だらしなくニヤついている。顔に強欲さが滲み出ていた。

「じゃあな！　社長サン」

「ああ。良い知らせを待っている」

「約束通り、私のことは忘れて下さいね～！　殺されたくないでしょう」

破戒僧の謎ハイテンションに顔を引きつらせて頷きながら、貸倉庫から男たちが立ち去った。

……倉庫内に設置された簡素な椅子に、三兄弟が「ふう」と疲れた様子で腰を下ろす。疲れる会合だったが、望み通りの展開に持っていけたので、表情は満足そうだ。

同じく椅子に腰かけた破戒僧モレックが、楽しそうに問いかけた。

「ねぇ皆さん。大金、本当に払ってやるんですかー？」

「ああ……。そのつもりだ。誘拐が成功したらだがな」

署名入りの契約書類をまとめ始めていた社長は、出費がかさむな、とケチ臭く眉間に皺を寄せる。

「私たちの三人のギルドカードもすでに黒く染まっている……。これからは裏社会と関わりを深めながら、会社経営をしていくつもりだ。料金不払いなどの悪い噂が流れるのはマズい」

「あー。みんなその手の噂には敏感ですからね。うんうん、いい判断だと思います！」

「さすが裏社会に長年いるだけあるな。モレック。あの男たちに大金を払う約束をしたが……それで屋敷と残りの遺産を手に入れられるなら、はした金だ。成功報酬という形にしてあるから、万が一失敗してもこちらに痛手はほとんどない。リスクよりも得られる成果の方が大きい」

「なるほど！　納得しましたー。……では、どうして契約書類は偽物なんでしょうか？」

「妙に突っ込んでくるな」

「すみませんー。好奇心旺盛とよく言われますねー。長所だと思っていますよ！」

社長は胡乱《うろん》な目でモレックをチラリと見ると、弟たちに「今、忙しいからお前たちから言っておいてくれ」と話をふった。弟たちはめんどくさそうにしながらも、説明を始める。裏社会でそれなりに有名なこの破戒僧の機嫌を損ねてはいけないと判断したのだ。

「……多分、あなたの想像通りですよ。モレック。魔法がかけられた正式な契約書類を作成してしまうと、万が一警備隊などに嗅ぎつけられた場合、言い訳できなくなりますから。双方が合意したことが分かってしまう。偽造書類なら、あちらが勝手に会社名を書いたものを用意したんだろう、と嘘をつくこともできるためです」

「ギルドごと、依頼ランクごとに契約書類が違うでしょう……。高ランクで多額の報酬が約束されているほど、より高度な魔法書類が使われる。今回のは『商業ギルドBランク級の契約書』として彼らに見せた。あの程度の冒険者ならそんな書類見たこと無いはずだし、簡単に騙せたよね……。契約金をしっかり払ったら、最後までバレないんじゃない？」

「おー！　ちなみに……書類は正規の物ととても良く似ていましたが、どの印刷会社に依頼されたのですか？」

「「手描きでつくった」」

「素晴らしい才能ですねー！」

才能の無駄遣いが本当にひどい。まっとうに生きていたなら……と、彼らを見限った多くの先輩社長たちも惜しんでいただろう。書類に書かれた魔法陣のほんの一部を変えて複製したため、契約魔法は発動していない。上級の契約魔法がかかっている書類は契約締結時に紙がハデに光るのだが、中級冒険者だった男たちはそれを知らなかったので騙されてしまった。アリスを屋敷から連れ出したとしても、誰かに後をつけられているようだったら、三兄弟は早々に彼らに見切りをつけて、依頼料を払わずにバックれるつもりである。新しく次の手を考えればいいし、たとえ作戦が失敗しても、アリスにはトラウマレベルの恐怖心を抱かせられるだろう。それが狙いだ。

……破戒僧がご機嫌ににまにま笑っている。息子たちはギラギラした目でお屋敷の方角を睨んだ。

悪党VSアリスを絶対守り隊、レディーー……ファイッ！

賑やかな仮装焼肉パーティがお屋敷で催されてから、数日後。レナたちの元に、犯罪者集団が動きを見せたと連絡が入った。知らせてくれたのは、ルルゥの顔なじみの獣人だ。倉庫内の会話は聞き取れなかったものの、ずっと連中に目をつけて動向を見張っていた。三兄弟が気付けないくらい、入念に気配を消して。

レナたちは何度か作戦の予行練習を行った。パトリシアとモスラが縄縛《なわしば》りの練習。アリスはヒト型従魔たちと駆けっこして、逃走に備えている。レナはドッキリ衣装の、真っ赤なロングローブと仮面を身につけると、祭壇の階段を堂々とした足取りで登り、バサアッ！　とローブを派手に靡かせて、ポーズを決める！

「控えおろう！……なんか違うな？　どんな風に言えば、悪い人たちをより驚かせるだろう？」

レナがうーん、と演出を悩む。おどろおどろしい雰囲気を出すなら三つ編みよりも、髪を長く垂らして迫力を出すべき？　と、ついに禁断の髪ゴムに手を伸ばした。キャラ作りはしっかりと、だ。

「「今こそ、お姉様の称号を有効活用するべきだと思うのよーーレナ！」」

「「激しく同意っ！」」

従魔たちから期待の眼差しを送られたレナ。みんなの前でそれを使うのか……と頭を抱えながらも、アリスのため！　レナはドッキリ☆大作戦で、お姉様系高飛車巫女の役割を担うことにした。

ついに、悪党に一泡吹かせてやれることになった当日の夕方……レナたちはスチュアート邸に集

☆

い、輪になって円陣を組んでいる。

「ついにこの時がやってきたね。よし、撃退の準備は万端！」

「ああ。何が何でもアリスと屋敷を守るぞ。あんな奴らに好き勝手されてたまるかってんだ！　花壇を荒らした件も、死にたくなるほど後悔させてやるさ」

「アリス様を悩ませ続けた原因をようやく斬り刻めるのですね。ゾクゾクします」

「おまっ……嬉しそうに言われるとさすがに怖ぇぞ。やっぱ魔物だな。モスラ、殺戮はダメだぞ」

「ええ、心得ております。打ち合わせどおりに、精神崩壊するほど驚かしましょう」

『『『頑張ろうねー！　いえーい、えいえいおー！』』』

「……みんな。ありがとう。無事に朝を迎えて、またお屋敷でパーティを開催しようね！」

アリスの涙交じりの声を聞いて、

「『おーーーー!!』」

全員の気持ちが団結した！

夜のお屋敷

スチュアートのお屋敷前には、未だかつてない大人数の荒くれ者たちが集合している。月明かりが、彼らの険しい顔をぼんやりと映し出している。その数、十数名。全員が闇職なので、裏社会でもそれなりに規模が大きな仕事だ。

「いいか。これがこの呪いの屋敷に関わる最後の仕事になる。内容を確認するぞ。夜が明けないうちに、アリス・スチュアートを誘拐して、雇い主のいる貸倉庫まで連れて行く……。成功報酬は一人100000リル。間違いじゃないぞ、契約書もちゃんと確認したからな。前払金の5000リルは全員が受け取っているか？……よし。……小娘はおそらく殺されるだろう。でも、まあ、俺たちがやるのは誘拐までだ。万が一捕まっちまっても、誘拐未遂で、罪はそこまで重くはならねぇはずだぜ。んじゃ、気合い入れて、小娘を捕まえるぞッ！」

「「「おおおおおッ……!!」」」

辺りは閑静《かんせい》な住宅街なので、掛け声は小声だ。男たちは皆、欲にまみれた下卑た顔をしている。相当気合いが入っている様子だ。今回のために闇職「盗賊」に転身した者が「解錠」スキルを使用する。スチュアート邸宅の大きな門扉を……開けた。ほんのわずかな音しか立てない手腕は、スキル依存の能力とはいえ見事なものである。今日のために、スキルを使いまくり特訓を重ねていたのだ。努力の方向性を間違う者は、どこにでもいる。

「よしっ！」

コツンと拳を軽く合わせた男たちは、こそこそと足音を忍ばせて、お屋敷の敷地内に入っていった。そこに、生涯のトラウマとなる程の恐怖が待っているとも知らずに……。

彼らの背後の暗闇に、紅色の瞳がぼうっと浮かび上がる。お屋敷門の仕掛けを発動させて、一切音を出さずに門の鍵を閉めた執事は、それはそれは愉快そうに微笑んだ。

☆

スチュアート邸の広い庭を、悪党たちが進む。抜き足、差し足、忍び足。

「……なんだか、ここの庭はやけに足元が暗くて見えづらいなぁ。雑草ボウボウじゃねーか。ちゃんと手入れしろよなぁ。まあ孤児院出身の偽物お嬢様にゃあこれくらいが似合ってるか。へへっ」

「おいっ。黙って歩け」

「もちろん［防音］スキル使ってるっての！　へへ、俺の半径一メートルにしか声は聞こえてないんだぜぇ。すごくね？　闇職って便利なスキル覚えられるよなぁ」

「無駄に魔力消費すんな、節約しろ。慎重に進むぞ」

悪党たちは極度の緊張によりアドレナリンが出まくっていて、皆テンションが高めだ。静かに行動しなくては！　と頭では分かっていても、覚えたての闇職スキルを使いたくてウズウズしている。

無料につられて闇職に転職した者の初仕事なんてこんなものである。庭園は彼らが不思議に思ってしまうほど薄暗い。これだけの豪邸なのに、なぜか外灯が一つも灯っていないのだ。防犯のためにも、庭を明るく保つのが富豪たちの常識なのだが……。

「貧乏な感覚が抜けきらない小娘が灯り代をケチったんじゃねーの」

一人がつまらない冗談を口にした。月のほのかな光だけを頼りに、一同は歩みを進める。［夜目］スキルを獲得した者が先導していた。ブーツが生い茂った雑草をかすめて、さわさわと小さな音を出す。チクリ、と足に違和感を感じて、一人が立ち止まった。

「んっ!?」

「どうした……!」

「い、いや。今、足に妙な刺激が……チクチクして痒いんだが。何だ?」

「虫でもブーツに入り込んだんじゃないか? はあ……それくらいで変な声出すなよ。驚くだろ」

「す、すまん」

一同はホッとため息を吐いて、足を前に進める。緊張が漂う。

「アッ―――!」

「どうしたッ!?」

「へ、変なやつ踏んだぞ!? 何だろう、プチプチしたやつだ。植物か? き、気持ちわりぃなァ」

「お前もかよ。なんか臭うな、この庭。怪しい臭いがプンプンしやがる………げっほおッ!?」

「ちげぇ! これ、怪しい臭い、とかそんなんじゃねぇよ。物理的にクサイ、なんだこれッ……!?」

「強烈な臭さが、め、目に沁みるぅ―――!」

「っちょ、辛い! 空気が辛いぜ! 鼻クソいてぇぇー!」

ただの雑草だと思った? 庭園で大活躍中の 〝お花〟 を紹介しよう!

[カラシベリー] ……ツタに紅色の花を咲かせ、ラズベリーのような実をつける。実の中には粉末

[シミールシャボングミ] ……地面を這うようにツタを伸ばし、黄色の花を咲かせた後にシャボンの実をつける植物。実がはじける瞬間に超シミル液体を飛散させる。

夜のお屋敷　144

状のカラシパウダーがたくさん入っていて、うっかり食べると地獄を味わう羽目になる。

もちろんパトリシアが［品種改良］した劇物たちである。どちらかといえば改悪なのは言わないお約束だぜ。どちらもとても可愛い花を咲かせるのだと、フォローしておく。美しい薔薇にはトゲがあるものなのだ。そのトゲもとい激辛改造がいかに過激なのかは、悪党たちの様子から察して頂きたい。痛い辛いと泣き叫び、厳つい形相に涙と鼻水が滲んで、おぞましい絵面である。予想外の刺激臭に出鼻をくじかれた男たちは、なんとかその臭う一帯から抜け出そうと、死に物狂いで駆け出した！　もう足音なんかに構っていられない！

数十歩駆け出した辺りで、唐突に誰かが転んだ。ふはははははは！

「っぶッ⁉」

「お前、こんな時になにドジってんだ！……落とし穴⁉」

「ちくしょう！　膝から下が全く見えねぇ……どうなってんだよぉ！　異常事態だろ⁉　おい、［夜目］は使えてるか？」

「ああ、バッチリ視えてるぞ。玄関はあっちの方角だ」

悪党の一人が涙目で瞬きをして、庭の終わりを指差す。焦って、侵入できそうな死角ではなく正面玄関に導こうとしているのは、おつむが足りないのだろう。皆の顔がぱあっと明るくなる。

「こ、これで助かるな！　案内があれば、落とし穴なんかにもう引っかからないぜ。ゲへへ」

「いや……みんな聞いてくれ。今、周辺一帯を視てるんだが……こいつぁひでぇ。庭中、落とし穴と草むすびだらけなんだ！　それに、妙なデカイ花がたくさん咲いてる。う、うわわ！　食虫植物みたいなのも蠢いてやがる。こいつらがおそらく臭いの原因だろうよ！……全部を避けて全員を導くのは、絶対無理だ。とりあえず俺が先導はするけど」

「おいふざけんな⁉　お前だけ絶対安全ってことだろ？　ズルイぞ！」

「そんなにトラップが多いのかよぉ。でも留まってないで、早くこの庭から逃げないと……追い風で激臭がこっちに吹いてきてる……うぷっ、く、苦しいぃ！」

「古典的な罠はりやがって金持ちのくせにーー！　ちくしょうめぇーーー！」

説明しよう！　モスラの［吹き飛ばし］（微風）を使った人為的な激臭の追い打ちである。
▽効果は抜群だ！
「ええい、仲間割れは止そうぜ！　な！」

「「「［夜目］が使えるお前が言うな！」」」

「しゃーねーだろ！　このままだと依頼失敗だぞ。みんな思い出せ。金！　金！　金！　俺たちはビッグになるために闇職になったんだろ！……はあ、やっと落ち着いたか。できるだけ罠が密集していないルートを俺が歩くから、後ろをついてきてくれ。俺だって早くここから抜け出したいんだ、みんなの思いはひとつだよ！……さあ行くぞッ！　俺たちの戦いはこれからだッ‼」

「「「うおおおおおっ‼」」」

［夜目］スキル持ちの男が小声で叫び、士気を上げた！　仲間たちもハッと刮目《かつもく》して、ひっそり雄叫びを上げると、一斉に駆け出す！　そうだ、何よりまず逃げなければ！　太い足がドドドッと

地を蹴る！　ぶちぶちとお花の実を踏みしめながら、時に草結びに転ばされながら、男たちはただひたすら屋敷玄関を目指した。

「おいお前ら、正面に食虫植物を確認したぞ！　避けて、花壇を突っ切るぜ。こっちだ」

「「「おおおおお!!」」」

花壇が踏み荒らされ、舞い上がった花の花粉で男たちは軽い麻痺症状に苦しめられる。ちくちく痛いひっつきウニ植物が皮膚に浅い傷を作った。

「げっほ、げっほぉ！　くうっ！　この花壇を通り抜けたら……よっしゃあ、あとはまっすぐ、それで玄関に辿り着けるぞぉーーッ！　行くぜっ」

「「「うおおおおーーーん！」」」

一丸となり庭を横切る！　何度も何度も、浅い落とし穴に落ちて転ぶ男たち。植物のツルに足を絡め取られて前方にすっ飛ぶと、地面付近はよりいっそうキツイ臭いが漂っている。

「ここは地獄だああ……っ！」

悪党は泣いた。目が痛いのももちろんだが、この地獄からはたして抜け出せるのかと思いつめて泣いていた。意外とピュアな奴らである。このように、正面玄関までの道のりは困難を極めた。

盗賊の男が［解錠］スキルを使い正面玄関の扉を開けると、ドダドダッ！　と全員が騒がしくなだれ込む。隠密作戦もなにもありはしなかった。シミールエキスで全身を汚し、草と泥まみれ、顔は涙と鼻水でグズグズ、目は充血。ひたすら「あの魔の庭から避難したい」その思いだけが全員の胸を支配していたのだ。清涼な空気をようやく満喫する。

「やべぇ。天にも昇る幸福感……普通の環境で生きられるって素晴らしい……」

「助かったんだ俺たちは……ッ！　やったぜ」

「「「ふぉおおおおおおっ」」」

青魔法［アクア］で顔を洗い、目も鼻もスッキリとしている。普通の空気に感謝した男たちは、黙って熱く握手をした。……真正面から相手の懐に入り込んでしまったが、まあ、過ぎたことを悔いてもしょうがないのだ。［聴力向上］スキルを持つ男が聞き耳を立ててみたが、誰かが玄関へ来るような音は聞こえないとのこと。全員が、ドキドキしていた胸を撫で下ろす。

「ひっろい屋敷だからナァ……玄関の音もなかなか届かないか。お粗末だな。ははっ」

「ガキは寝ている時間なんだろうぜぇ？」

そんなことをお気楽に話し合って、男たちは足取りも軽やかに、下調べしておいたアリスの寝室であろう場所に向かう。三兄弟の記憶を参考に、日当たりの良い寝室に向いた場所を導き出していたのだ。地獄を抜け出して、あとは小娘を攫って大金を手にするだけ。…………。この庭園トラップの恨みは身体で返してもらうぜ、と、足音を忍ばせた。

☆

悪党たちはお目当てのアリスの寝室に辿り着いた。そおーっと扉を開けると、ふんわりと甘い匂いが漂ってくる。ピンクと爽やかな水色の小物、白の家具でセンス良くまとめられた室内は女の子らしさが凝縮されている。男たちは居心地が悪そうにしていたが、それぞれ手にロープやら魔封じのお札やらを持ち、ゲヘヘェ……と嫌らしく笑って一歩踏み出した。

「……お嬢ちゃん、悪いねェ。捕獲させてもらうぞ！」

「ゲットだぜ！」

チープな台詞をボソッと呟くと、ベッドで熟睡しているアリスを捕えようと、動いた……！
▽悪党たちの　先制攻撃《スタートダッシュ》！
▽失敗！
▽部屋の中央のカーペットごと落とし穴に落ちた！
おお情けない。説明しよう！　なぜ、富豪のお屋敷にこのような仕掛けがあるのか。息子に裏切られ人間不信だったゲイル・スチュアートは、そのあり余る資金を惜しみなく投入して、この屋敷をトンデモカラクリハウスに改造していたのである！　隠し扉に地下への階段、えげつないトラップ各種、なんでもござれ。侵入者を絶対に許さん！　と、天の爺様も張り切っているかのようだ。

悪党たちは落とし穴の底で、目を白黒させている。なんと穴の深さは約三メートルほどもあった。底は板張りだったが、もしも針山などが仕込まれていたら……と考えて、全員がゾッと背筋を凍らせた。実は元々そういう落とし穴だったのだが、仕掛けの演出のためにわざと針山を撤去している。

ここで部屋のライトがパッと灯り、おまぬけな体勢の男たちの上に、小さな影が落ちた。安全地帯から覗き込んでいたのは、パジャマ姿の可愛らしい幼女。獲物のアリス・スチュアートである。

悪党は即座に理解し、瞳をギラつかせた。

オレンジがかった金髪を揺らして首を傾げ、アリスはにこっと可憐に微笑む。

「こんばんはー。おじちゃんたち、だぁれ？　うるさいから起きちゃった。もー。ぷっ！……落とし穴に嵌っちゃうなんて、かっこ悪ぅーーい。大人なのに、十歳の女の子よりも頭が悪いんだねー。こーんな豪華なお屋敷に住んでて、不審者対策をしていないわけないじゃない！　お金持ちは常に誰かしらに嫉妬されてるんだもん。そんなことも予測できないんだー。クスクスッ！」

「「「ッ⁉」」」

▽アリスは　挑発している！

あおるあおる。子どもらしい可愛らしさを残しつつ、大人を憐れんで小馬鹿にするハイレベルな外道顔を、アリスは作ってみせた。演技派だ。この生意気なセリフは台本を諳《そら》んじている。レナがスマホで例文を検索して、最大限いやらしくなるよう調整した渾身《こんしん》の台本が、アリス側の協力者みんなに手渡されていた。アリスとレナ、混ぜるな危険。もう手遅れ。

激昂《げっこう》した悪党たちが我先にと落とし穴のフチに手をかけ、ついに一人が這い出した！　その勢いのままアリスめがけて駆け出す。彼らが先ほどまでいた落とし穴の底には、リリーの［紅ノ霧］がうっすら漂っていた。混乱を増幅させている。

「こんのッ……くそガキィィ！」

「絶対攫ってスチュアートの社長に売り付けたらぁぁッ！」

闇の依頼主が誰なのか口に出すんじゃない。……悪党たちの叫びを直接聞いて、アリスの胸がチクリと痛んだ。アリスは彼らに誠意を込めた手紙を出し続け、当初は和解を目指していたのだから。拳をぎゅっと握って、安全な廊下に逃げていたアリスは迫り来る男たちを睨んだ。……チラリと横目で暗闇を見ると、廊下には鮮やかな紅色が二つ浮かんでいて、パチリと片方が瞬く。大丈夫、怖くない。一人じゃないのだ。アリスは落ち込んでいた気持ちをスパッと切り替えた。アリスを守り、支えてくれる存在がいつだって近くにいる！　アリスは弾んだ声で、悪党たちに話しかけた。

「うふふふ、おバカな鬼さん、こーーちらっ！　私を捕まえられるのかしら？」

「「「くそガキがぁーーーーッ！」」」

アリスが廊下の薄闇に姿を消した。悪党たちも廊下に出ようとした、その瞬間！　部屋に、重厚なピアノ音が響いた！

〈〈ダダダダーーーン!!〉〉

〈〈全員、アウトーーーー！〉〉

「……はぁ？」

悪党たちはぽかんとした表情で、一瞬足を止めてしまう。全員アウト、は可愛らしい少女の声。

「なんだぁ……？　ふざけやがって」

このピアノ音は彼らが知るはずもない、地球では有名なクラシック『第五・運命』の始まりのフレーズだ。じぃんと、鼓膜に余韻が残っている。

さあ、運命の宴を始めよう！　悪党たちにとっては悪夢の再開である。

アリスは廊下の隠し扉の中にこっそり隠れた。隣にはパトリシアがいて、震えるアリスの背中をゆっくり撫でてくれる。二人とも顔を俯けて、歯を噛み締めている。アリスがひとしずく、涙をこぼす。……この後の展開を考えると、勇気と笑いの衝動が身体の奥底から込み上げてくる！　なんと二人は必死に笑いを堪えていた。パトリシアが指先で、アリスの涙を拭ってやる。

「そ、そんなに緊張しなくていいぞ、アリス。ぷっ！」

「……大丈夫だよ。ありがとう、パティお姉ちゃん。っふふ……！　涙と一緒に、辛い気持ちも全部流れちゃった。私は現実に潰されたりしないよ。息子さんは私のことを殺したいくらい憎んでいても、お友達はこんなに優しいもん。私にとって、大切なのはお友達のみんなだから。優先順位は間違えない。まだまだ、胸を張って図太く生きられる！」

「おう、そいつぁ良かったね。アリスの考え方、逞しくてすげーいい感じ！」

パトリシアはぐっ！　と親指を立てて、頑張って囮役を終えたアリスをねぎらった。殺気をまとった男に正面から睨まれて怖かっただろう。それでも、アリスは役割をきちんとこなした。これからはお姉ちゃんたちが頑張る番だ。パトリシアは花の種を［アクア］の水に包んで、隠し扉の隙間から、廊下に放り投げる！　いくつかの水球はモスラの風に乗り、ギュンと見事なカーブを描いた。

真っ白い種が発芽する。

――薄暗闇に映える純白のボディ！　ポージングするごとに美しく盛り上がる筋肉！　筋肉！　筋肉！　筋肉！　ワァオ！
▽超速ホワイトマッチョマン（三十センチ）が現れた！　×20
パトリシア渾身の力作のお花！　廊下に突如出現したミニマッチョに、男たちは度肝を抜かれている。興奮したマッチョマンの花びらが赤く染まる。

〈お尻にジャンピングハイキック！〉

ここで断罪のアナウンス！　少女の声はすこぶるノリノリだ。
▽ホワイトマッチョマンのマッスルポージング！　ムキッ！
▽ジャンピングハイキック！　×20
▽悪党たちは　目が釘付けで　逃げられない！
「ぎゃあああーーッ!?」

「ぐわッ！」

「げへぇえっ！」

「……ケツが割れるーーー!?」
▽悪党たちの尻に大ダメージ！
▽悪党たちはぶっ飛んで落とし穴に落ちて行った！　底で悶《もだ》えている！
おお情けない。ここで、双子のアリスが、にんまり顔で廊下に登場した。部屋に入るとチラリと落とし穴の中を覗いて、尻を押さえて悶えている悪党を念入りに挑発する。

「「だーさーいー！　まったねー、おじちゃんたちぃーー。私ぃ、マイホームのお屋敷の中にいるけど、捕まえられるかしらー？　ふふふのふー！」」

パタパタとわざとらしくスリッパの足音を響かせて、アリスは仲良く手をつないで廊下を駆けていった。悪党たちが激昂する。

「……んだとコラァ、大人をバカにしやがってぇーー！　もう、ゆ、許さんんんっ」

「俺たちがビッグになるための踏み台にしてくれるわーーッ！」

落とし穴から男たちが根性でわらわらと這い出してきて、若干内股でアリスを追いかけ始めた。

「「「「おおおおおおお!!」」」」

足音が去った方角に、一丸となって向かっていく。隠し扉には気付かなかった。……扉に耳を当てて様子を伺っていた本物のアリスとパトリシアが、ほっと息をつく。

「……足音は完全に遠ざかったな……。よっしゃ、私たちも逃げるぞ」

「うん!」

「じゃあマッチョマンたち。あの男どもの後ろにこっそりついていけ。アナウンスで指示があったら、蹴っ飛ばす! ぶん殴る! って感じで、よろしく!」

尻を蹴り終えた後、いったん裏方に待機していたホワイトマッチョマンたちは、ムン! と力こぶを作ってパトリシアに応えると、ジョギングして悪党たちを追いかけていった。

「……すごく知的な存在だよね。……パティお姉ちゃんの下僕、すごーい」

「私だって、まさかあんな珍妙な花を創り出すなんて思ってもなかったよ……レナのマッチョルーム茸がなければ不可能だったぞ。まあ、有効活用できてるからいいんじゃね?」

パトリシアが「よっ」とアリスを抱き上げる。腕の中の軽さ、柔らかさを感じながら、「絶対に悪党なんかに渡すもんか」と思った。花壇の分も、まだまだ奴らに制裁し足りない。

「わー。パティお姉ちゃんすごい黒い顔で笑ってるぅ」

「頼もしいだろー?」

パトリシアとアリスはクスクス笑い、お屋敷の隠し廊下を素早く走り去った。

……皆がいなくなったアリスの部屋の中。紅目の執事が静かに佇んでいる。足元には、縄でまるで亀のようにコンパクトに縛られた男が一人転がっていた。悪党たちはまだ気付いていない。仲間が一人減っていることに……。

「ふふふ。どこまで恐怖に耐えられるのでしょうか？　楽しみですねぇ」

アリス、悪党、マッチョマン、モスラの恐怖の追いかけっこ。最後尾で逃げ遅れた悪党から、捕えられる運命が待っている……。早々に脱落できた足元の悪党は、恐怖体験が早めに終わり、まだ幸運だったのかもしれない。逃ゲロ……逃ゲロ……！　はははははは！　〝脱落者を絡め捕る、恐怖のホラーハウス☆大作戦〟。アナウンスの少女が別室で目を細めて、凄絶《せいぜつ》に笑った。

「始まり、始まり！」

☆

「ちぃッ！　小娘め、すばしっこいな！……こっちか⁉」

「つーかさ、とりあえず追いかけちまったけどなんで二人いるんだよぉ！　幻覚かなんかの罠か⁉」

悪党たちは必死にアリスを追いかけているが、時折チラリと廊下の角からオレンジがかった金髪が見えたり、パジャマの裾が見えたりするものの、一向に捕まえられず翻弄《ほんろう》されていた。お屋敷はとても広い。部屋数も多く、大きなオブジェの影など、アリスが隠れるところもたくさんある。

「くすくす。鬼さんこーちーらぁ！」

「手の鳴る方へ！　二手に分かれちゃうけどねー？」

「ちっくしょぉぉ！　纏まって行動してる内に捕まえてやろうと思ってたのによ！」

「文句垂れてても仕方ねぇ。半数に分かれて左右に行くぞ」

「「「おうっ！」」」

アリスたちは憎たらしいほど可愛く微笑むと、頬を両手で包む乙女ポーズをしてペロリと舌を出し、正反対の方向に軽やかに走りだした。廊下の角に姿を消すと、階段を駆け降りて行く足音が聞こえてくる。悪党たちは、打ち合わせもしていないのに綺麗に半数に分かれて獲物を追った。去り際に、「健闘を祈る！」とハイタッチする。地獄の庭園を切り抜けて、苦楽をともにした悪党たちは、いつの間にかとても仲良しになっていた。だが、一人減ったことには気付いていない。

「「やあーーーん！　ふひひひっ♡」」

アリスらしからぬ笑い声が、双子の桃色の唇から漏れる。イタズラっ子な表情はこの二人の本質。正体は……。

「「逃げ足クソはえぇぇぇえっ！」」

スライムのクレハとイズミだ！　スライム魔人族ならではの柔軟な関節を生かして、超機動で走り回る。それぞれが階段の近くまで来ると、指令室の少女が手元のスイッチを押す。階段がガゴン！と変形して段差が無くなった。クーイズはスリッパを脱ぎ去って、足の裏だけをスライムボディに変化させると、するするーーっと滑りながら下の階に降りていく！

「「いやっほーーーぅ！」」

楽しそうで何より。和む。後に続く悪党たちは、ぬるぬるスライムジェル坂で体勢を保ちきれず、無様に坂の下で重なってしまった。バタンキュウ！

〈〈ダダダダーーーン!!〉〉

〈〈全員アウト！　スライディングロケット頭突き！〉〉

むごい。泣きっ面にマッチョである。ホワイトマッチョマンたちがシャアーーッと坂を滑り降りてきて、一段だけ元に戻った階段をジャンプ台に、弾丸のように悪党たちに飛び込んでいく！
▽ホワイトマッチョマンのロケット頭突き！
▽刺さった！
「「「あんぎゃーーー!?」」」

どんどん行こう！　身体のいたるところに刺さったホワイトマッチョマンたちは、寿命を迎えて枯れてしまった。悪党たちはお花の残骸を、顔を引きつらせて不気味そうに眺めながら、身体の節々の痛みに耐えて歩き出す。アリスへの恨みが募っていく……！

「ま、待ちやがれぇぇ〜〜！」

だが断る。アリスが振り返って、べぇーと舌を出した。廊下を右方向に進んでいた一人が、絨毯の模様の一部を思い切り踏み込むと、カコン！　と、嫌な音がした。

「な、なんだ？」

「ちょ、バカ……立ち止まるなよッ！　ちっ！　またトラップだ」
▽廊下脇のオブジェのヘビが催涙《さいるい》ガスを吹き出した！
▽対象は悪党A！

「う、うわわっ⁉」
▽悪党Aは悪党Bに吹っ飛ばされた！
▽悪党Bにガスが命中！　目を押さえて悶えて転がっている。
「お、お前！　なんで俺を庇ったんだよ⁉」

「ぐあああ……ッ、どうやら、俺はここまでのようだぜ……！　はは、転職してステータスが低くなっている俺たちにはお前の［夜目］スキルがどうしても必要だからなァ。先導してやってくれ」

「……！」

「っ！……手助けはなんていらん。行きな！　まだ、やるべきことが残ってるだろ？　目をやられた俺は一緒に行けねぇが……お前たちを信じてるぜ！　全て終わったら迎えに来てくれ、それまではなんとかするから気にすんな。行け！」

「「「う、うおおーーーん！」」」

悪党Bは、目をぎゅっと瞑《つむ》りながら、手でしっしっと仲間を追い払う仕草をした。あまりのカッコ良さにシビレた仲間たちは、口々に「絶対また戻って来るから！」「小娘はまかせろ！」と頼もしい言葉を贈って、その場に縫い付けられていた足を無理やり動かし、去って行った。彼らの目にも、涙が滲んでいた……。催涙ガスの余波なのだろう、ということに、しておこう。

……仲間たちが見えなくなり、悪党Bはようやく緊張を解いて、額に脂汗を浮かべて、一人ニヒルに笑ってみせる。そして限界を迎えて、思い切り叫んだ。

「目が！　目があああッ」

我慢して気丈《きじょう》に見せていたが、本当は相当痛かったのである。これが、右側の悲劇のドラマ。ゴロンゴロンと床で転がる彼の背後には、紅目の執事が気配もなく立っていた。

左側の様子をご覧頂こう。

こちらには［危険察知］のパッシブスキルを取得した者がいたため、廊下の至るところから催涙ガスや毒矢が飛んでくる罠はかわされていた。走りながら仲間の喝采《かっさい》を受ける悪党Cは、実に得意げである。注意喚起《かんき》の声が高めだ。

「おっ！　次、そこの金ピカのオブジェには触っちゃダメだぞ。なんか嫌な気配がするぜ」

「あっぶねぇ。さすがだなぁ、助かった」

「おう！」

「おいおい、あんまり無闇にお宝を盗ろうとすんなよ。どうせ盗んだところで、俺たちには闇市で売るツテがねぇんだから。有名な品だったら、売れば足がつくしな」

「はあ。分かったよ。それにしても、何だろーなぁこの枯れ木重ねただけみたいな置き物。芸術ってまるで理解できねーぜ」

仕掛けを踏むなどの条件を満たしたら発動する悪意ある攻撃、それがトラップ。しかし、この屋敷における罠の発動条件は〝少女が罠を発動させたいと思うタイミング〟にとっくに変更されていた……。

お屋敷の中庭、池の底にある地下室に、全トラップの制御装置が揃っている。望遠魔道具を覗き込んでいた少女が、こてんと首を傾げた。

「ん？……こっちの人たちは罠の場所が分かっちゃうみたいだねぇ」

家主アリスからお屋敷トラップの全権を託されているのは、もちろん我らがレナ様！　いぇーーい！　悪党たちの言葉を集声魔道具で拾い、ピンと眉を跳ね上げた。再度、望遠魔道具でお屋敷全体を観察し、アナウンスのタイミングを見計らう。手にはスマホが。《ダダダダーーン！》の音源は、異世界ラナシュでも通常通りＷＥＢ検索・動画ダウンロードができるスマートフォンだったのだ。ちなみにデータ更新は、レナが異世界転移した日から停止している。

「ここでは……そうだなぁ。効果音なしでいっちゃおうっと。驚くだろうなー」

全てはレナの手のひらの上。レナは手動トラップスイッチに、細い指を伸ばした。

「ポチッとな！」

▽罠を見切った男たちは安心している！

▽ひゅるるるるぅ～～

「ん？　なんか上から音が……」

「ぐううぅッ⁉」

ぐわわわわーーーーん‼

▽悪党Ｄにタライが命中した！　フラフラパニック！

罠発動用のオブジェに触らなくても、金ピカのタライは容赦なく悪党Ｄを攻撃し、脳に多大なダメージを与えた。

「はあ!? ど、どうしてだ……危険な罠を見切ったのに勝手にトラップが作動するなんて、そんなのアリかよぉ!? 俺は本当に気をつけていたのにっ！」

悪党Cが混乱している。そりゃそうだろう。

「分かってるって……お前を信頼してるさ。でも、発動条件が罠を触る以外にもあったってことなんだろう」

悪党たちの間に、嫌な沈黙が降りる。これでは、トラップ対策など取れそうもない。［危険察知］スキルを持った悪党Cが、声を絞り出すようにして仲間たちに語りかけた。

「くっ！ 今、こいつがダメージを受けたのは、便利なスキルを持ちながらもトラップを把握しきれなかった俺のせいだ……。こいつはしばらくここから動けないだろう……その間、俺も残るぜ。それが俺の責任ってもんだろ？ 回復したらすぐ追いかける。だから、残ることを許可してくれないか？ 勝手を言って本当にすまん！」

「あ、あんた本気かよ……!?」

「［危険察知］しかスキルを持っていなくて、各ステータス値も俺たちの中で最弱なのに、この危険な画廊に一人で残ろうっていうのか!? 自殺行為だぞ！」

悪党Cの発言に、仲間が目を剥いて驚く。

「ああ。負傷したこいつにまた罠が襲いかかったら大変だからなぁ。死ぬ気で庇うさ」

悪党たちの間に、衝撃の稲妻《いなづま》が走った！ だばっと感動の涙が溢れる。

「くうっ、お前ぇ、漢だぜぇ！……分かった。そこまで言われちゃ、無理やり連れてくわけにもいかねぇな。……だけど、絶対に後から追いかけて来いよ。もちろん二人で、な。待ってるぜ」

「……！　おう、ありがとな。絶対また会おうぜ」

男たちは熱く誓った！　タライ直撃で頭上に星を飛ばしていた男が、壁に寄りかかりながらなんとか立ち上がって、太い腕を挙げる。

「おぉ、俺を忘れてもらっひゃ、困るぞぉ……。今はぁこんなだけどぉ、腕力には自信があるんだ。フラフラ状態から回復したら、こいつを抱えて、すぐに……追いかけてくぜぇ！　護衛はまかせひぇくれっ」

悪党Dは震え声で自分も頼ってくれと告げて、ニヤリと笑う。

「くぅーー！　漢前は二人いたのか」

「カッコ良い、カッコ良いぜ、お前らぁー！　じゃあまた後でな！」

「「「「あばよッ!!」」」」

「「おう！」」

支え合う漢前な仲間たちは背中を叩いて称え合い、その衝撃でタライ男がまたダウンし、それを慰めてから、無事だった左側担当の六名の悪党たちは、勇ましく立ち上がって廊下を進む！

「ぐあッ！」
▽悪党Eは催涙ガスをくらった！
やはり［危険察知］スキルの助けがないのはとてもつらい……だが、残った仲間のように自分た

ちもカッコ良くありたいのだと、男たちは支え合い、今度こそ駆ける足を止めなかった！　自分たちにできることをやる。同じ過《あやま》ちは繰り返さない。絨毯の怪しいブドウ模様を踏まないように気をつけて、高そうなオブジェ群にはもう目もくれずに、全員が本気の本気でアリスを探し始めた。

――ヒタ、ヒタ、ヒタ……。

脱落した三人に、不気味な足音が近づいてくる……。ギリギリ耳に残るくらいの、より恐怖感を掻き立てられる絶妙な音だ。それに、背中に絶対零度の視線を感じる。あまりの恐ろしさに、脱落者たちは固まった後、なんとか心を鼓舞してバッ！　と振り返った。

「こんばんは。当屋敷にお呼びした覚えは御座いませんが？」

思わず目を奪われるほど美麗な執事が佇んでる。柔和な笑みを浮かべているが、目は一切笑っていない。執事の背後には、亀縛りの男がすでに二人転がされていた。

「て、てめえは……！　うッ!?」

モスラが［威圧］スキルを容赦なく使う。暗闇の中からとんでもない数の怒りの視線を感じた悪党たちは、ガクガクと膝を震わせた。モスラの睨みは、ヒト型の時でも複眼の効果があるらしいのだ。上品な仕草で、モスラが「ふぅ……」と軽く息を吐く。

「お嬢様方に仕える私を『てめえ』と呼ぶなど、許しません。黙りなさい」

「くっ……！」

「面白い芝居を見させて頂きました。そのお礼に、今度はこちらが貴方たちを喜劇に招待致しましょう！　ああ、皆様には是非エキストラとして参加して頂きたいと思っていますが、いかがでしょうか。え？　そうですか。はい分かりました良かったです。まさか、お誘いをそんなに喜んで頂けるとは！　一緒に良い舞台に仕上げましょうね」

「……まだ何も言ってねぇーー!?」

「この、てめ……いやアナタ様！　なにを勝手に決めてやがるッ！」

「勝手？　いいえ。全ては運命なのですよ」

運命。妙に宗教くさい。困惑した男たちが思わず黙ると、モスラはもうそれ以上は何も言わず口を閉じて、抵抗する男たちを難なく押さえ込み、縛り上げていった。男たちの口も縄で器用に封じる。これ以上主人を罵《ののし》られたら、思わずサクッと始末してしまいそうなのだ。モスラは廊下の角でのたうち回っていた悪党Eにも同じように声をかけ、反論反撃を許さずさっさと縛り上げる。蛇足だが、暴れる大男を軽々制するモスラの腹筋はバキバキのシックスパックである。超速ホワイトマッチョマンの遺伝子が事故で紛れ込んだチューレ蜜を飲んでしまったので、ギガントバタフライの柔毛の下のボディは超硬質になり、魔人族姿にも影響が現れていた。元不良冒険者、元低レベル犯罪者程度には負けない。モスラはパワフルなこの身体を気に入っているようだ。

お屋敷のあちらこちらから悪党たちの悲鳴が上がり、モスラの耳を楽しませる。

「なんて素晴らしい響きでしょう……さすがレナ様、容赦がなくて素敵です。悪党にはアリス様を泣かせた分だけ、生涯のトラウマになる程の恐怖を味わわせなくては、ね」

パトリシアに「この主人信者め」と言われたことを思い出して、モスラは愉快そうに笑った。

「まだまだ、お楽しみはこれからです！」

☆

左右それぞれの階段前まで走ってきた七名と五名の悪党グループは、アリスが上と下どちらの階段を使ったのかと考え、いったん足を止めた。アリスの部屋があったのは三階。今は二階にいるのだ。すると、誘うように三階から幼女の笑い声が聞こえてくる。

「また、階段に仕掛けがあるかもしれねぇしなー……」

数多くの防犯トラップに嵌められた彼らは学習して、ぐぬぬと表情を歪めながら警戒して立ち止まっていた。止まっていれば安全だなんて言ってない。

『スキル［紅ノ霧］っ！』

リリーが愛らしい声でスキルを発動させ、階段の手前に、恐慌効果のある霧を出現させる。ふわりふわりと自分たちにまとわりつく［紅ノ霧］を、悪党たちは気味悪そうに手で払っている。リリーとコンビネーション技を行うのは、二階中央の壁掛け絵画の裏から姿を現したパトリシアだ。

「いくぜ？　スキル［投擲《とうてき》］！」

鬼に金棒、［剛腕］ギフト持ちに［投擲］スキル。恐ろしい技をいつの間にやら身につけていたパトリシア。武器花の種を創造する花職人にこのスキルの組み合わせは……超ヤバイ。超速シミールローズの種を［アクア］の水に包んで……投げたぁッ！

ギュンッッ！

水包《すいほう》種は見事なカーブを描いて廊下の角を曲がると、一人の男の顔面にヒットする。

「ぐぇぇ!?」

そして絨毯に落ちて根をはり、グングン成長していく！　黄緑のみずみずしい芽は、瞬く間に太く茶色くなり、たくさんのバラの蕾《ツボミ》が現れる。ポカンとしている男たちを尻目に、場違いに美しい花が咲いた。男たちの鼻を、忘れたくても忘れられない、クセのあるツンとした臭いがくすぐる……一瞬で溢れ出す涙。ああッ！　これはまさか、あの地獄の庭の……？

「「「う、うわあああああッ!?　嫌だあぁーーーーッ!!」」」

臭いしシミルーー!!……激臭からとにかく離れようと、恐慌状態の残党たちは弾かれたように駆け出した。全員が階段を登り始めたタイミングで、例のあの音が高らかに響く。〝運命〟。

〈〈ダダダダーーーーーン！〉〉

〈〈全員、アウトーーーーー！〉〉

レナの無慈悲な合図とともに、階段トラップが作動した。ドタバタと慌ただしく階段を駆ける男たちの足元に、バラバラと丸い小さなガラス玉が大量に転がってきた！

「嘘だろ!?　また古典的なッ……！」

「うぉぉーーーーッ!?」

あらがう術など無い。階段にガツガツと顔だの膝だのをぶつけながら、男たちは派手にすっ転んでしまった。そこでトドメ。

〈〈お尻にローリングソバット！〉〉
▽超速ホワイトマッチョマンが現れた！

▽悪党たちの尻に　蹴りを放つ！
「ぎゃあ!?」

「ケ、ケツに穴があいたぁーーッ!?」
▽ナイスキック！
ポージングを爽やかに決めたマッチョマンたちは、一列に整列し、小走りに立ち去っていった。

さめざめと泣いている彼らが一体、何をしたというだろうのか……。

説明しよう。金に目がくらんで幼女監視依頼を受け、ギルドカードと魂を黒く染め、無料につられて闇職に転職し、現在はアリスを攫って悪い奴らに売ろうとしているのである。

同情の余地などまるでない。思う存分やっておしまいなさい、レナさん。

レナの［伝令］スキルで、スライムアリスに新たな指示が出される。階段でのたうちまわっている男たちの前に、二人の可憐な幼女がわざわざ現れた。小馬鹿にするように笑っている。

「「あーあ。鬼さん、ダメダメねぇーー？　知ってたけど！　そんなんじゃ、お屋敷の守り神さまにお仕置きされちゃうのよっ。やーーーんっ☆」

奇妙な言葉を残して、アリスたちは走り去っていく。男たちはげんなり疲れた顔を見合わせる。

この不気味なお屋敷に、守り神がいるだって……？　そんなものが実在するなんてとうてい信じられない。でもこの屋敷のトラップの異常さとあの天の声は……と、恐慌効果で働かない頭で必死に考えている。

「……ええい！　んなこと悩んでたって、しゃーねぇ！　俺たちは不法侵入者だし、その守り神とやらにもとっくに目をつけられているだろうよ。もし、いるんならなっ⁉　それよりも、小娘だ。倒れた仲間たちの思いを繋ぐぞおッ！　そうだろ⁉」

「「「……おおおおおおッ‼」」」

脳筋たちは難しい思考をやめて、臭いものに蓋の理屈で、恐怖心を無理やり抑え込むと、そろーりそろーりと罠を警戒しながら三階に集まり、掛け声を掛け合う。

「「「えいえい、おーーー！」」」

「「やだぁーー。むさ苦しぃわーー？」」

「「「コラ待て、小娘ーーッ！」」」

「「おいでませーーー♪」」

鬼ごっこは、まだまだ続く。夢中でアリスを追う男たちの人数は、またも二人減っている。薄闇にまぎれたモスラとパトリシアにとっ捕まったのだ。パトリシアの腕力はご存知の通り。思考力が低下している悪党たちはアリスにばかり集中していて、仲間が減っている現状に気付いていない。それを残念に思ったレナは、親切にアナウンスして教えてあげることにした。スッと唇に拡声器をあてる。雰囲気づくりのため、か細いホラー声を出す。

〈〈あと……。十人〉〉

「「「〜〜〜〜ッ⁉」」」

吐息を混じえて囁《ささや》く。練習の成果があり、かなり不気味である。やったね！

悪党たちは人数を確認して涙目になったが、湧き上がる恐怖を振り払い、もう走り続けるしかできなかった。大男が全力で走っているというのに、歩幅のまるで違う幼女との距離がいっこうに縮まらないのはなぜだろう……？　アリスは息も切らさずに、ずっと一定の速さで廊下を走り続けている。レア魔物の持久力はすごいのだ！　それを知らない男たちは、アリスを心底恐ろしく思った。

ホラーハウスはそれからも、順調に男たちをしばき倒し、捕らえ、数を減らしていった。

☆

トイリア内の貸倉庫では、スチュアート三兄弟がひどくイライラした様子で、雇った元冒険者たちからの連絡を待っていた。

（……遅い。奴らが屋敷に侵入してから、もう三時間は経っているぞ!?）

誘拐成功でも失敗してしまっても一報は必ず入れることになっていたのに、連絡が来ない。もしや、警備員に捕まり通信魔道具も押収されたのだろうか……？　と、嫌な予想が頭をよぎる。緊張が高まる中で、ピリリッ！　と着信音が倉庫内に響き、全員がハッとそちらを見た。長男のグラハムは他の者に「口を閉じてろよ」とデスチャーで伝えて、通話スイッチを入れる。とたんに野太い声が耳にキーーン！　と響く。

『おぉ……おいおいおい、社長さんよぉーー！　この屋敷は一体どうなってやがるんだあッ!?　次から次へと妙なトラップに引っかかるし、仲間はいつの間にかどんどんいなくなってるし、小娘は目の前にいるのに全然追いつけないしぃ……！　げぇ、また奇妙な花だよ！　なぁ、あのアリスって幽霊かなんかなのか!?』

「…………はあぁ⁉」

思わず素っ頓狂な声を出してしまったグラハムだが、無理もない。いきなり誘拐対象は幽霊なのかなどと聞かれたら、混乱もするだろう。通信してきた悪党はひどく焦った声。走っているのだろう、ハァハァと吐息が暑苦しい。とりあえず警備員に捕まってはいないみたいだな？　と、そこだけは安堵《あんど》して、グラハムが大声で返事をする。

「何をバカなことを言っておるのだッ⁉　ふざけている場合ではないぞ！　クソつまらん！　アリスが幽霊？　そんなことあるわけないだろう。……すでに始末したというなら話は別だがなァ。目の前で動いているなら、弱音を吐かずにさっさと攫ってこい！」

『バカなっつったって、あの小娘、床を滑るみたいにして走ってんだよ、超はえーよ！　俺らも全力で走ってるけど……ぜぇはぁ、まるで追いつけねぇんだっ』

「そんなわけがあるか！　屋敷にこもりきりのカビの生えたような小娘が、元冒険者よりも俊敏《しゅんびん》に動けるはずがない。もしや、［幻覚］で撹乱《かくらん》しているのか？」

『あの小娘がマスタードパイを投げてきたりもしたし、ちゃんと質量があるから、多分［幻覚］ではないと思……いや質量があるなら幽霊じゃないじゃん。そういえばたまに足音も……ええい頭がこんがらがって、っと、うっわあああああ！』

「どうした⁉」

『トラップだよ‼　ッちくしょう、一張羅に穴が空いちまった……買ったばっかりのシルバープレートがぁ……』

「シルバープレートに穴が空く防犯トラップがあってたまるかーー！」

『あるっつうのバーーカ！　ふっっっざけんな、アンタらの実家だろ、把握して警告してくれよ！』

ちなみにシルバープレートを溶かしたのは魔法強酸である。こればかりはレナの鬼畜発案ではなく、ゲイルお爺さんが金庫前に備え付けていた自動トラップだ。悪党の一人が、廊下のくぼみに足を突っ込んで金庫前に倒れこんでしまったので、特にえげつないトラップが発動してしまった。現場にいる男が「悠長に話してられねぇ」と話をまとめに入る。

『……と、とりあえず小娘は今追ってるよぉ！　その報告だけしておこうと思ったんだっ！　着いたら一報いれるって約束してただろ？　へへ、俺らはなぁ、約束は守る主義なんだ……』

「連絡が遅いわぁッ！」

残念。カッコ良くきめたのだが、陰険激怒ジジィには悪党の誠意は通じず、ただムダに怒られてしまっただけだった。これがもし仲間たちなら、「危険な状況にもかかわらず義は通す、漢だねぇ！」とヨイショしてくれたのだが。やる気を無くした男は『……ちっ。中間報告はしたからな。じゃあなぅうわあああ!?』と最後に挨拶して通話を終えた。終えた、のか……終わらされたのかはもはや分からないが。通話口からは、ツーツー……と無機質な機械音が聞こえている。

グラハムは顔を真っ赤にして魔道具を乱暴に放り投げた！　カンカンに怒っている。なんとか魔道具を空中キャッチする弟たち。高価な品なのだ。金欠なので大事に再利用したい。弟は今の行動も含めて、不愉快そうに長兄を見つめた。

「兄さん……？　報告内容はどんなもんだったんだ？」

「ぬううぅ！……あいつめ！　あいつらめッ！　勝手に通話を切りよって！　大した成果も出していないくせに。実に、腹立たしいッ」

「⁉　じゃあ、誘拐は失敗したってことか？……落ち着いて話してくれ」

グラハムは、ふーふーと深呼吸した後、弟たちに通話内容を話す。私情を交えながら蛇足だらけだが、なんとか状況は伝わった。弟たちは眉を顰めながら、兄よりは冷静な頭で考え込む。

ここで、のんびり椅子に腰掛けていた破戒僧モレックが自らの首元をちょんと指差して、グラハムにだけ、にいっと笑いかけた。

「……！　うむ、その手があったか！　そうだった。おいイーザ、エラルド。俺が直接屋敷まで出向いて来る。そして、小娘を始末してこよう」

「……はあ⁉　何血迷ったことを言ってるんだっ！　兄さん。無理だって！」

「万が一社長が捕まったら、会社はもう終わってしまうじゃないか⁉」

「なーに、考えなしに行くわけじゃないさ……。コレを使う。そこの破戒僧モレックが珍しい品を手配しておいてくれたのだ。〝ハイスケルトンブローチ〟という」

「⁉」

「これを使って誰にもバレずに屋敷に侵入してみせるぞ！」

侵入したところで、でっぷり太った脂ギッシュなグラハムに何ができるというのか。元冒険者たちに任せておいた方が、まだはるかに誘拐成功確率が高い。

（そんな判断も満足にできないほど、兄は耄碌《もうろく》してしまったのか……？）

弟たちがあっけにとられている間に、グラハムは予想外に軽快な動きで駆け出し、あっという間に倉庫から出ていってしまった。恐ろしく高価なブローチを胸につけたまま……。

「っちょ……！　イーザ兄さん、どうするの、アレぇ！　スケルトンブローチって確か、最下級グレードでもそこそこの家が一軒買える値段なのに、ハイって何だよ……⁉　レア魔物の素材が使われているってことじゃないか！」

「落ち着けエラルド！　俺だって混乱してるさ。……兄さんの行動はもはや意味が分からなさすぎる。はぁ。そんな現金は置いてなかったはずだが、後払いで契約したのかね？」

イーザは暗闇をジロリと睨みつけた。

「……モレック、いなくなってるな。ちッ、事情が全く分からん。……俺たちだけでも逃げる準備をしておこうか。潮時かもしれん」

「！　ついに代替わりするのかい……？」

イーザとエラルドが、暗い顔を見合わせた。この弟たちは、瞬間湯沸かし器のようにすぐに熱くなる長兄を、最近はかなり疎《うと》ましく思っていたのだ。商才がズバ抜けていたので長年社長の座を任せていたが、頭まで耄碌した彼に価値など一切無い、と冷徹に判断した。血縁に情を持つくらいなら、三兄弟はそもそも親を裏切りはしなかっただろう。彼らは全員、性根が薄情なのだ。その悪影響が、今回は長男に対して現れた。

頷き合った弟たちは無言で書類を整理し始め、身支度を整えると、国外逃亡に向けて動き出した。

コミカルに走るデブ社長を倉庫の屋根から眺めて、破戒僧モレックがクスクス笑う。

「早く、私のものになりますよーーにっ！　あああっ、楽しみだなぁっ」

この男の真意は何だろうか。…………。

☆

足元に捕縛《ほばく》した悪党たちをたくさん転がして、執事服のパトリシアとモスラは朗らかに話し合う。

「よっしゃ、ここまで全部上手く行ってんなぁ。気持ちいーー！　レナの作戦最高だな」

「そうですね。レナ様は本当に素晴らしいご主人様で御座います。私は、あの御方の従魔になれたことを誇りに思いますよ。……さあ！　それではフィナーレと参りましょうか？」

「おう！」

執事二人は、禍々《まがまが》しい装飾が施された仮面を取り出した。顔半分を覆う魔道具の仮面は、ベネチアンマスクのような見た目だ。装着すると、モスラとパトリシアが黒いオーラを纏う。屋上への隠し階段を登っていった。逞しい二人の腕力で、縛られた悪党たちも引き摺られていった。

フィナーレ

▽レナの　着替えが　完了した！
「ふぅーー……。いざ本番となると、緊張しちゃうねぇ。私のこの格好、大丈夫？　変？」

「「すっごーーく変！　それにとってもこわぁーーい！　きゃーーー！」」

レナが尋ねると、双子アリスが甲高い悲鳴を上げた。楽しそうに笑っている。レナが満足げに頷く。本物のアリスはレナの格好を、上から下までじっくり眺める。

「うん、着付けも完璧！　明らかに異常者な雰囲気すごく出てるよー、レナお姉ちゃん。その『おぞましい恐怖の仮面』と重厚な『恐皇のローブ』、改めて見ても迫力があるよね」

「あはは、今ばかりは異常者って褒め言葉だなぁ。じゃあ、準備はしっかり整ったし……パティちゃんとモスラからも屋上到着の連絡が来たよ。フィナーレの演出、頑張りましょーー！」

「「「おーーーーっ！」」」

トラップ制御室にはレナ、アリス、クレハ、イズミが集まっている。天高く拳を掲げた！

レナが顔に躊躇《ちゅうちょ》なく仮面を装着すると、ぶわっ！　と禍々しい威圧感が溢れ出し出る。アリスとクーイズもおぞましいシリーズの仮面を装着する。にやっと口元だけで笑った。［聴覚向上（微）］の効果が発動したので、耳を澄ませると、少し遠くに残党たちの悲鳴と、ドドドドッという地鳴りのような音が聞こえている。最後の数人の追い込み漁もいたって順調なようだ。

「では。藤堂《とうどう》レナ、いきまーすっ！　称号［お姉様］セット！」
▽キターーーーーーー！
「「クレハとイズミ、出動！」」

「アリス、出る！」

少女たちは、司令室の外へと力強く一歩を踏み出した！

☆

屋敷内の悪党の数はすでに三名にまで減っている。これまでに様々なトラップに遭い、その度にどこからともなく現れる白いミニマッチョに尻をしばかれ、仲間が減る……もう全員が涙目だ。こんなに恐ろしい経験なんて初めて！　もうアリスを追っているのは仲間への義理だけで、金すらも彼らの心を助けてはくれなかった。顔はやつれて足取りはフラフラ、罠に物理的にも精神的にも追いまくられて満身創痍だ。罠をいくつか紹介しておこう。

一例。たくさんのスズメ蜂たちに追いかけられる。リリーの思惑どおりに池へと誘導されて、たまらず飛び込んだ先で、てっぽう水で空中へと打ち上げられた。地面に落ちたタイミングで〈〈全員アウト〉〉。

一例。逃げていたはずのアリスが、ぎゅいんとUターンして、なぜか男たちの方に向かってくる。何事かと暗闇に目をこらしてみると、顔がドロドロに爛《ただ》れていた。スペシャルグロテスク。「ぎょわあああーー!?」と全員が悲鳴を上げたところで、顔を元に戻してみせたスライムアリスが微笑み〈〈全員アウト〉〉。

一例。だんだんと減っていく仲間、しかし今度は逆に人数が増えている。一団に、こっそりゴルダロが混ざっていたのだ。保護者からの鉄拳制裁ラリアットにより数名がしばかれたところで〈〈全員アウト〉〉。

……などなど。他には、熱風トラップにカラシパウダーを混ぜたものを浴びせられたり。アリスに触れたと思ったら強い電気が身体に流れたり（スライムは［全状態異常耐性］ギフトにより痺れない。体内にスタンガンを埋め込んだ）。スライムジェルの沼に落ちて、誰得なローションまみれのツヤツヤおじさんができ上がったりしていた。ここに摩り下ろしヤマイモの痒みトラップまで仕込まれているのだから、レナ様鬼畜ぅ！　と讃えざるを得ない。ホワイトマッチョマンの蹴りをかわそうと無謀な努力した者は、顎にシャイニングウィザードをキメられたと言っておく。運命に逆らってはいけないのである。

極めつけは、現在行われている「追い込み漁」。残党たちを屋上へ導くために、パーティ最大の物理戦力がついに動き出したのだ……！

メエェェエェェ!!

強烈な咆哮が屋敷中に響き渡り、男たちを恐怖のドン底に落とし込む。

「なんだあれぇ!?」

「まさか、屋敷の守り神ってやつか!?　まじでぇーー!?」

「バカ言うな、やめろよォ!!　つぅか、身体のバランスが気持ち悪いぃー……！」

疲れ切った足を無理やりフル稼働させながら、悪党たちは体力を振り絞ってひぃひぃ逃げる。この仕事を請け負った代償が重すぎる！　と今更ながら後悔していた。今夜ばかりは［幻覚］を一切纏わず、輝く金色のもふもふを存分に見せつけながら、ハマルが悪党たちを追いまくる！　毛並みを惜しげもなく披露しているのは、幻獣的な見た目を屋敷の守り神と勘違いさせるため。ハマルの現在の姿は、顔だけがヒト化した、バランスの悪いスフィンクスシープ状態である。大きな体にぽつんと乗っかる小さな顔には仮面を付けているため、より不気味さが増している。

（……別に他人に容姿をどう思われよーが、どうでもいーけどー？　貶《けな》されて気分良くはないしー、ボク頑張ってるしー。あとでレナ様にいーっぱい甘えちゃおーーっと。たーのしみー♪）

「運命……運命……メエエェェ!!」

「「「ぎゃーーーーっ!!」」」

メンタルのたくましい羊である。悲しい気持ちはマゾヒスティックに変換だ。ハマルの登場は、クライマックスをより恐ろしく彩るための布石。屋上にはまだ、ラスボスが控えている。

いつ滑り台に変形するのかとヒヤヒヤしながら男たちは階段を駆け登って、ついに、屋上へと辿り着いた……！　い　ら　っ　し　ゃ　い　。

☆

屋上に辿りついた瞬間に、男たちは硬直する。後ろから羊に踏み潰された。ぎゅむうっ！

「「うぎょっ」」

「げえっ、重……!?」

「むっ。無礼な者どもよー……なんとも許し難いぃ……めぇめぇ」

「「「ひいいいいっ」」」

ハマルは（重いなんて失礼ー！）とツン！　と鼻を上向かせると、ゆっくりとした動きで悪党の上をむぎゅむぎゅと闊歩《かっぽ》し、壇上の主人の元に向かう。小声で話しかける。

「レーナ様！　ボクのこと褒めてー？」

「あら。おかえりなさい。後でたくさん可愛がってあげましょう」

「えへへー。キターーーー！」

レナはすでにお姉様モードになっている。レナお姉様が大好きなハマルが特に歓喜した。レナは三つ編みおさげをほどき、長い黒髪を風になびかせていて、いつもより少しだけ大人っぽい雰囲気。耳の上だけ少し髪を編み込んでいる。小柄な身体を精一杯大きく見せるためにヒール靴を履き、仮面の奥の目を半月に歪め、立派な魔法杖を掲げると、ロングローブの裾をバサァッ！　と払った！

――圧倒的な存在感！　ビリビリとした威圧が場を支配する。

残党三人は肌を泡立たせた。魔境と化している屋上の光景を詳しく説明しよう。まず、屋上の入り口に残党三名が転がっている。彼らの足元から祭壇まで、まっすぐにレッドカーペットが伸びていて、終着点にはレナお姉様が仁王立ちしている。レッドカーペットの両脇には亀甲縛りにされた悪党たちがズラリと並んでいた。複雑な魔法陣が描かれた大きな木の板がたくさん立てられていて、松明の炎がぼうぼうと燃え盛り、祭壇を不気味に照らし出す……。祭壇の下には三人のアリスたちが膝をついて、祈るように手を組んでいる。二人の執事が膝を折り、丁寧にレナに跪《ひざまず》いた。羊が得意げにレナの後ろで鼻を鳴らして、どこからともなく光をまとった妖精まで舞い降りてくる。羊の金色と妖精の青い翅が、宵闇の中でまぶしく輝き、残党たちが腰を抜かした。

「「「ひ、ひぃぃぃぃ!!」」」

情けない悲鳴が上がる。仮面をつけたお屋敷関係者全員が、ぶつぶつと怪しい呪文らしきものを

唱え始めたのだ！　残党は後ずさるが、手足の自由な彼らが、何の対策も無しに放置されているはずもない。パトリシアが呪文をいったん中断させて、ぐっと拳を握る。

「青魔法［アクア］。おらあッ、スキル［投擲］！」

手のひらに作った水球を大きく振りかぶって……投げるッ！　激怒の感情を乗せて。水球は屋上の出入り口に一番近い魔法陣の板に当たり、バジュッと弾けた。魔法陣の中心から、ピンク色の芽が発芽した！　種トラップだ。くるくると茎が芸術的な軌跡で伸び、高さ二メートル程に成長すると、大輪のピンクの薔薇を咲かせる。花弁のヒラヒラフリルがとても乙女ちっく……だが。なにやら花弁がどんどん変質していく。花弁の付け根がプクーーっと膨らみ、白く盛り上がった！　ムン！と二本の腕が伸びてきて、弾けんばかりの力こぶをつくる。これはッ……!?

「〝超速オカマッチョマンフラワー〟。どうよ。自信作だぜ？」

大惨事！　ひどいぞ！　パトリシアが仮面の下でニタァと笑う。本物のアリスが、あんまりな乙女の表情にこっそり額を押さえている。

▽超速オカマッチョマンが現れた！　×20

オカマッチョマンは、ピンクのフリル花弁のスカートを腰に巻いている。視界の暴力甚だしい。パトリシアはコレを創った当時、アリスに「どの層に需要があるのですか！」と叱られていたが、以外とすぐに出番がやってきた。分からないものだ。制裁用にこれほど最適な逸品もない……精神的にも肉体的にも相手を追い詰めることができるのだから。オカマッチョマンはホワイトマッチョマンよりも体がふっくらしていて若干内股。くねくねした動きに何とも言えない恐怖感を抱いた悪党たちは、階段とは逆方向にジリ……ジリ……と後ずさり始める。逃がすまいと、レナが壇上から鋭く声を張り上げた。

「貴方たちは、とある家の花壇を荒らし、このお屋敷の玄関を汚したわ。お花の妖精たちは激怒しているのよ！」

ヒューーー！　レナ様ーー！　凛々しい声が赤ローブのレナから発された。ここで、オカマッチョマンたちがバレリーナのように華麗に回転してからビシッ！　ムキッ！　とポージングを決める！

「どこが妖精だよっ⁉」

「花妖怪だろォ⁉」

つっこまずにはいられなかった残党。律儀である。

「まあ、無礼ね！　魂同様、瞳も暗く曇っているのかしら？　オカマッチョマンたちはこんなに神々しいのに……信じられないわ。悪事を反省していない、踏みにじられたお花の気持ちを理解もできないのでしょう。妖精さんたち……愚か者たちに、是非、運命の制裁を」

レナは嘘はついていない。花の蜜によってテカテカ輝いているオカマッチョマンボディは神々しく、目も眩みそうなほどなのだ！　いいかい、ピュアな心でイメージするんだ。よし、いいぞ。

〈〈ダダダダーーーーン！〉〉

レナに代わってリリーがスマホを操作する、悪党たちを見下ろして、クスクス笑った。

「全員アウト、と天の啓示よ。全ては運命なの。罰は……卍《まんじ》固めかしら」

レナは杖をぐるんぐるん回して、もにょもにょと呪文を唱え、罰の内容を受信したような演出をする。天啓を受け取る巫女のような存在、との設定だ。
▽オカマッチョマンの突進！　×20
残党たちに、みっちりヌラリとピンクマッチョたちが絡みつく！　一人が腕、一人が膝、という具合に数名がかりで卍固めをキメ、親分パトリシアを振り返った。パトリシアがグッジョブサインを出す。そしてその親指を下に向ける親分。デストロイサイン。オカマッチョマンは悪党の体をさらに締め上げる！

「「「ひぎゃあああああーーーーーッ⁉」」」

この屋敷で野太い男の悲鳴が上がったのは何度目だろうか……モスラがすこぶるご機嫌だ。レナは、ローブを派手な動作で大きく翻すと、燃える松明の炎を見つめながら、ブツブツ呪文を呟く。

「～～～～……！　お屋敷の守り神さま、どうかその御姿を、現世に現して下さいませ！」

高らかに祈りの言葉が唱えられると、松明の炎がいっせいにボウウッ！　と激しく燃え上がった。

不自然な炎の動きと、恍惚《こうこつ》としたお屋敷関係者の雰囲気があまりにも不気味で、悪党全員がごきゅっと喉を鳴らす。引きつった顔が、赤い炎に明るく照らし出された。レナは厳かに、最後の運命を口にする。待ちに待ったフィナーレ！

「生贄《いけにえ》、ですね。……分かりました」

「「「～～～～～ッ！！？」」」

まさか、そのお屋敷神とやらを降ろすために自分たちが供物にされるのか⁉　と、悪党がどよめき立つ。まだ死にたくない！　と、必死で動こうとモゾモゾしている。

「はッ。貴方たちごときに、崇高なる生贄の役割が勤められるとお思いなの？　恥を知りなさい！」

レナは厳しい口調で切り捨てた。すでに配役は決まっている。生贄としてふさわしい、美しい者たちを［幻覚］の炎に捧げなくてはならない。

「ハマル、リリー。逝《い》きなさい。ただし……きちんと還《かえ》ってくるのよ？」

『はぁーい！　ご主人さま……とってもカッコ良いね。シビれるぅーー！』

「メエエエ！」

ハマルとリリーは楽しそうな表情でレナに最敬礼し、祭壇の真後ろで燃え盛る炎の中へ、ためらうことなく飛び込んでいった。

悪党が目を丸くして、固まっている。燃えて消えていく幻獣たち……。お屋敷関係者はそれを当たり前のように眺めて、微動だにしない。異様すぎて目が離せない。ここで、肉の焼ける臭いの演出がないと不自然。コントロール力に長けるイズミがこっそり［アクア］の魔法を使って、悪党の嗅覚をマヒさせるためにシミールフラワーの種を発芽させた。レナたちの仮面にはガスマスク効果が備わっているので、鼻水を垂らしているのは男たちだけだ。レナが悲しげに首を振る。

「……まだ足りないみたい。次、モスラ。逝ってらっしゃい」

「光栄です。全ては、運命のままに」

続いて壇上に上がったのは、艶やかな黒髪の背の高い執事。縛られた悪党たちが、あいつまで!?と驚愕している。一礼した執事は、ためらうことなく、炎へとその身を焚《く》べた。

そして、守り神がついに姿を現す……ーー!!

執事の身体が炎にのまれて真紅に燃え上がると、わずかに月が覗いていた夜空は一面の漆黒に覆われた。

《《ギャオオオオオッ!!》》

全員の脳を直接揺さぶるような、恐ろしい怪物の鳴き声が力強く響く！　漆黒に染まっていた空に、翅の紅色の模様が、鮮やかに浮かび上がる。鮮やかに点滅して光る紅色は、先ほど生贄となった執事の瞳を嫌でも彷彿とさせた。

（取り込まれたのか!?　そんなことができる異形の怪物がこの屋敷の守り神だというのか……！）

悪党たちが顔面蒼白になりながら、自分たちが喧嘩を売った相手の姿を呆然《ぼうぜん》と見上げる。ぐっしょりと嫌な汗が背中を湿らせ、自らの緊張を知る。目が紅明かりに慣れてくると、夜空に佇む怪物が、漆黒の大きな翅を広げた蝶々だと理解した。花壇を荒らしてお花に制裁されている三名は、この蝶々も花荒らしに怒っているのだろうか!?　と他の者よりも一段と怯えている。
▽モスラの［威圧］！
数多《あまた》の視線に貫かれるように錯覚して、悪党たちはとうとう身体から全ての気力を抜かれてしまい、白目を剥いて、数名が気絶した。レナが夜空に佇む十五メートル級モスラを見上げながら、厳かに告げる。

「この屋敷に手を出してはならない」

「大空の愛子」であるモスラの追い風で、震える残党たちの耳にしっかりと声が届いた。

「……そして、屋敷の主であるアリス・スチュアートを害してはならない。守り神様は、アリスを現在の家主だと認めていらっしゃるの。彼女を誘拐しようとした貴方たちに、とても怒っている……今夜はとても恐ろしい目に遭ったでしょう。また手を出したら、どうなるか。分かるわね？」

〈〈ギャオオオオオッ!!〉〉

モスラが念押しに［威圧］スキルを発動させ、男たちを睨みつけた！　また数名の意識を強制的に飛ばす。レナは仮面の下でふっと微笑んだ。

「命があるのは今回限りだそうよ。守り神様に感謝なさいな。全員、アウト」

むごい！

〈〈ダダダダーーーーン!!〉〉

運命の音色が高らかに響き、結局制裁されるのかよォ！　と泣き喚《わめ》くまだ起きていた男たちの首後ろには、オカマッチョマン渾身のチョップが落とされた。これにより、全員が極度の恐怖の中で気絶したことになる。

リリーが真剣に、青い瞳を鋭く細めて、悪党たちを視つめる。

『ん！　全員、しっかり、気絶……してるよ。寝たふりしてる、人はいない』

リリーが万歳して全員に告げた。レナたちはようやく、張り詰めさせていた肩の力を抜いた。ようやく第一制裁が終わったのだ。

「みんなにひとまずいたわりの言葉を。ご苦労様！　全部理想通りに進んでいるわね。貴方たち、最高よ。このおじさんたち、ちゃんと反省できたかしら？」

レナが協力者たちににっこり笑いかける。きゃーっ従えてー！　と歓声が返ってきた。マッチョマンたちがムキッ！　とマッスルポーズを披露して、場の空気に華を添えた。パトリシアが壇上に上がり、レナに手のひらを向ける。レナも手を伸ばし、ハイタッチした！

「お疲れさーん。いやー、超カッコ良かったじゃん、レナ。くくくっ！」

「まあ。ご機嫌ね？　パトリシア」

「そりゃーもう。サブ目的の花壇荒らしへの制裁もできたし、アリスは無事だし、順調だからなぁ」

「まだ第二制裁が残っているから気は抜けないわ。最後までアリスを守りぬいてこその成功よ」

「おう、もちろんだ。そんじゃ、しっかり気合い入れ直して張り切って行こうぜ！」

レナと話したパトリシアは、従魔たちの妬みの視線を感じて、場所を譲り階段を降りていった。

「「レーナぁ！　クーとイズを見ててねー、ジャーン！　服従のポーーズっ！」」

アリスの変身を解いたクーイズが、ふざけて「「ははーっ！」」とレナに頭を下げてみせる。五体投地スタイルだ。その行為を当然のように眺めて、自然に「いい子いい子」とクーイズの頭を撫でてやるレナを見た仕掛け人全員が、笑いを噛み殺した。いい見せ物である。あとでレナが称号を解除したら、この光景が酒の肴になることだろう。ハマルとリリーもレナに高飛車に褒められた。

『……ここまでやればもう、大丈夫かと思われます』

空から、冷静なモスラの声が降ってくる。ようやく、彼の溜飲も少し下がったようだ。

「ええ、そうね。モスラの［威圧］素晴らしかったわ。私でも背中がヒヤリとしたもの」

『それは……大変失礼致しました』

「いいのよ。私の従魔が強くって、嬉しいから」

レナが巨大蝶々を見上げてにこっと微笑むと、モスラは誇らしそうに紅色の模様を点滅させて、翅を開閉した。穏やかな風が、屋上にいる全員の髪をふんわり揺らす。

「腰砕けになるほどたっぷり驚かせたから、この小悪党たちがアリスに近づくことはもうないと思うわ。モスラもそう確信してるそうよ。彼がこれだけ強い魔物になったんだもの、これからも護衛を安心して任せられるわね。モスラ、アリスの騎士《ナイト》になってあげなさい」

レナが全員に言葉を届けると、モスラが感極まったように触覚を震わせた。恭しく主人に頭を下げる。レナは一度懐に入れた者の気持ちを柔軟に受け止めて、想いやることをどこまでも惜しまない。おおらかな愛情を注がれていると自覚すれば、心地よさに心が満たされて、レナのことがいっそう好きになる。

アリスが青の瞳をうるうると潤ませて、レナとモスラを見上げる。他のみんなは、アリスを優しく見守っている。アリスは唇をぎゅっと引き結んで、祭壇をゆっくり登ると、レナに頭を下げた。

「アリス。貴方は私たちの大切な親友だもの。どうか幸せでありますように。助けさせてね」

レナが声をかけると、アリスの瞳から涙がぽろぽろと溢れて、屋上の床を濡らした。立ち尽くしていたが、やがて呼吸を落ち着けて、涙をハンカチで拭いて笑う。

「……レナお姉ちゃん。本当にありがとう」

迷惑をかけてごめんなさい、という言葉は、善意から友達を助けたレナに失礼になると判断した。ありったけの感謝をこの一言に込める。アリスの気持ちはもちろん、レナにきちんと伝わった。アリスが振り返り、全員の顔をしっかり見つめて、お礼を言った。

「パティお姉ちゃんも、モスラも、クーとイズも、リリーちゃんも、ハマルくんも、ゴルダロさんも。みんな、ありがとうっ……！」

『『『『どういたしまして！』』』』

幼い従魔たちが涙目のアリスを慰めるように、キラキラと翅を、金毛を、笑顔を輝かせてアリスの胸に飛び込んでいった。みんなで抱きしめ合うのが一番なのだ！

「よっし。じゃ、私たちも次の準備に取りかかるか！

「うっ、ぐっ、ずびっ、パトリシアぁ。俺は感動しているぞぉ……！」

「暑苦しいから泣き止めよ……その、花壇荒らしのこと怒ってくれてありがとな」

「泣きのとどめじゃねぇか！　うおおおおおーー！」

「ウルセーーー!!　感動泣きを自重しろ、言った私が恥ずかしくなるだろうが！」

パトリシアとゴルダロが漫才しながら、せっせと手を動かし、悪党たちを一箇所にまとめて積み上げ、屋上のレイアウトを変えていく。机などの小道具が運び込まれた。ゴルダロの涙と鼻水が染み込んでしまったので机がヌルっとしているが、まあ、これも罰になるだろう。

モスラは空から、じいっとお屋敷周辺を索敵する。目的の人物を見つけると、レナに静かに愚か者の来訪を告げた。声は低く、再び怒りが滲んでいる。

『……レナ様。息子が一人やって来たようです。場所は門の前。なぜか何者の姿も視認はできませんが……ヒトらしき気配を感じます。隠密行動をし慣れていない者がこのタイミングでこっそり来訪となると、息子の誰かでしょう。私の執念が不愉快だと訴えているので、間違いは御座いません』

執念、すごい。モスラがリリーに視線を送った。

『……うん！　黒い、魂の光が、視えてる！　中年のヒト族かな。モスラを見て、ビビってるよー』

『確認ありがとう御座います、リリー先輩。スキル［威圧］』

モスラが眼光鋭く、不審な一角を睨みつけた！　すると地面に、不自然なきちゃない黄色の水たまりが広がっていく……。リリーがうえっと顔を顰めた。

「息子たちの追い込みはもう少し遅い時間の予定だったけれど。何らかのイレギュラーが発生したのかしら……？　ルナに事情を聞きましょう」

レナが呟いて、つんつん、と自分の耳をつつく。変わったデザインのイヤリングが光った。お屋敷の魔道具倉庫に保管されていた、オシャレな高級通信魔道具である。

「……なるほど。倉庫を見張っていた仲間から、彼女に連絡があったそうよ。息子たちのうち、長男だけがこのお屋敷に単独で向かったんですって。言い争っていた次男と三男は、倉庫の見張り番に捕縛されている。想定外な状況だけれど……作戦は打ち合わせ通りに決行して大丈夫らしいわ」

レナの言葉を聞いたパトリシアとモスラが、にまっと目を半月にする。

「そーなのか？　了解ー。んじゃ、青魔法［アクア］からのー、スキル［投擲］！」

『仰せのままに、レナ様。［吹き飛ばし］！』

レナの号令を合図に、パトリシアの水球が、次々と魔法板にヒットする。シミール超速フラワーたちを発芽させていった。花が咲いたところで、モスラが［吹き飛ばし］スキルを使い、強烈な臭いを門前まで届ける。味方は全員おぞましいシリーズの仮面を付けているので、激臭に苦しめられるのは敵だけだ。目がいいバタフライコンビには、汚水たまりの表面がバチャバチャとはねている様子がハッキリ視えていた。長男は激臭に悶えているのだろう。

「では、行きましょうか！」

バカ息子は悪党たちよりも、これまた豪勢に驚かせてあげる予定だ。レナ様の高笑いが、夜空に甲高く響いた。

後始末

スチュアートのお屋敷の門の前。グラハムは実家を憎々しげに見上げながら、強烈なシミル臭いに悶えて震えていた。せっかく高級魔道ブローチで姿を消していたのに、夜空に突如現れた怪物蝶々にビビって失禁し、さらには腰を抜かした状態で身をよじっていたため、黄色い汚水が辺りに飛び散っている。その場に何者かがいるのは誰の目にも明白である。肥えた太い指で、グラハムは落ち着かなさそうにハイスケルトンブローチをつまんだ。

このブローチについて説明しよう。裏社会でのみ流通している特殊な魔道具である。能力が一段階下がるスケルトンブローチは一流冒険者が装備していることもあるが、その上位であるハイスケルトンブローチは隠蔽能力が強すぎるため、防犯魔道具ですら感知できず、犯罪に使用されないよう各国で製造が規制されている。よって全てが違法製造品だ。ブローチの効果を解放すると、身につけている服や装備品、身体、全てが透明となる。壁をすり抜けることはできないが、ほとんどの結界は無効化できる。弓矢などの飛び道具はブローチ装備者が放った時点で透過が解かれるため、汚水も他人の目に見えてしまうのだろう。

長男は背後に人の気配を感じて、ハッと呼吸を止めた。不測の事態に対応できず、ただ固まって懸命に気配を消す努力をしている。グラハムに静かに声がかけられる。

「……おや。こんな夜更けに姿を消して散歩とは、実によろしくないですな」

貴族のような話し方をする中年の男の声だ。グラハムの額に脂汗が滲んだ。

「ほほっ！　スチュアート邸のお客人ですかな？　それとも……望まれない訪れ人でしょうか。ふーむ、貴方はどうやら後者のようだ」

続いてかけられた陽気な軽い口調の男の声を、グラハムはどこかで聞いたことがあったような気がして、ぐるぐると頭の中で考える。ついでに逃走方法についても思考を巡らせたが、足元に散る自らの汚水たまりを全く踏まずに逃亡することは不可能だと情けなく悟った。立ち上がっただけでも、スラックスに滲んでいる汚水がポタポタこぼれ落ちてしまうだろうし、それ以前に腰を抜かしている。悔しさと屈辱に、肥えた顔が醜く歪められる。

▽グラハム：状態異常、混乱、停滞。

……男性二人はしばらく静かに汚水たまりを観察していたが、捕縛対象が何のリアクションも起こさなかったため、警戒をやめてさっさと捕えてしまおう、とアイコンタクトを取る。あまりにあっけなくて、愚痴がこぼれた。

「ひどく滑稽《こっけい》だな。窮地《きゅうち》に足掻くこともできない矮小《わいしょう》な器なら、最初から悪事に手を染めたりしなければよかったものを」

「本当に！　アリス嬢は親縁に関しては、災難でしたなぁ。今はたくさんの良縁に恵まれていて何よりですぞ。ほほっ。……捕縛隊、もう待たなくて構わない。この者をすぐに捕まえてくれ」

(（かしこまりました！）)

グラハムは気配を消すいじらしい努力をしていたのだが……結局不審者として捕まるらしい！　と理解して、なりふり構わずにジタバタ逃げ出そうとする。しかし突如として暗闇から現れた屈強な男たちに速攻で取り押さえられてしまった。

「離せ、薄汚い手で俺に触るなっ！……ほ、捕縛隊⁉」

口汚く喚いてどこまでも醜態をさらす。自分を捕らえている者を確認して、ギョッと目を剥いた。

「ああ。貴方を捕縛する。影者からは逃れられまい、もう全てを諦めるがいい。ようやく口を開いたと思ったら……なんて醜悪な……」

偉丈夫が不愉快そうに、仮面の下でピクリと眉を跳ね上げた。

「影者」とは、違反者を捕える索敵と捕縛に優れた各ギルドの裏部隊のこと。時には、抵抗する悪党をその手で始末することもある。犬歯をむき出しにしてニヤリと笑う彼らの手の甲には、〝罪人捕縛を許可された者〟の証である、特別な契約魔法印が刻まれている。

縄で複雑に縛られたグラハムが、なんとか振り返って男たちを睨みつけると、上流階級の男性二人はシミール臭いが拡散されてきたので仮面を外す。高級スーツをまとった背の高い細身の男性と、ふっくらした肌ツヤのいい小男である。まず小男を目にしたグラハムは顔にダラダラと汗を流した。

「なぜ……貴方のような人がわざわざ、こんなところに……⁉」

「こんなところ、とは失礼ですぞ。グラハム氏。バイヤー・ゲイルの後継者、アリス・スチュアート嬢と繋がりを作っておきたいと思うのは商売人なら当然ではないですかな？　いやー久しぶりなのでてっきり忘れられていると思って、挨拶の準備までしておりました。せっかくなので、改めまして挨拶を……ごほんっ。……私はアネース王国商人ギルド統括の、ルイーズ・ネスマン！　顔合わせは、今晩限りがよろしいですかな」

「〜〜〜〜ッ……！」

各国それぞれのギルドの統括は、国内で絶大な権力を持つ。ルイーズに睨まれたとなれば、もうアネース王国で会社を運営することなど生涯不可能だ。グラハムは顔から血の気が引いていくのを自覚した。ぼんやりした頭で、続いて偉丈夫を見る。

（トイリア領主の、ネイガル・レイ・アーズリオ⁉）

腰を反らせてなんとか顔を上げていたが、絶望がグラハムの気力を奪い、頬を地面につけさせた。

弱々しい水しぶきが散る。ルイーズとネイガルが、溜め息を吐いた。

「ちょうどトイリアの隣街を訪れている時に、協力を求める一報を頂いて、この催しに参加することにしたのです。いやあ、タイミングが良かったですな。私の日頃の行いが良いからこその巡り合わせでしょう！」

ルイーズがふくよかな頬を揺らしてブラックジョークを飛ばす。グラハムを見張りつつ、味方からの追加連絡を待っている間、ネイガルが乗っかり話を進める。

「……貴殿の日頃の行いは悪い方だと思っておりましたが？」

「何をおっしゃる。政治家たる貴方こそ、後ろ暗いところが多いでしょう？」

「話を逸らすのがお上手だ。耳が痛くて、まず会話を終わらせることを考えさせられる。貴殿の日頃の行いについて話していたのに。……お互いにとって損しかない不毛な話題ですな」

「ほほっ。やめておきますか！　では、別の話題を……ふむ」

トップに立つ者は、表向きは品行方正を心がけていても、裏仕事に携わらなければならない事案もとても多い。叩けばホコリなどいくらでも出てくる。魂が黒く染まってしまわないように、慈善事業や教会での奉仕活動（威厳を減少させない程度で、市民への親しみやすさアピールも兼ねる）を行ったりと気を使っている。二人はしばらく、親しそうに話を続けた。お屋敷で催されたパーティは実に愉快だった、と詳細を多くは語らずに、上手くグラハムの興味を煽る話題を選ぶことで意識を引きつけ、逃げ出さないようにしている。影者は周囲に目を光らせていた。このメンバーに声をかけることができたルゥの人脈の大勝利である！

グラハムはほとんど真っ白になっている頭でなんとか思考する。

（……なぜ、未だ姿を消している自分の正体がバレているのだ？　もしや、このハイスケルトンブローチは偽物で、自分の姿は他人にも見えていたのだろうか……？　いや、俺の目にも腕は見えていないからそれは違うはずだ。モレックが俺たちを裏切って、情報を流したか？……くそおっ！）

透明人間の正体について、レナたちの通信で「アレは長男だ」とネタバラシされていたのだが、グラハムはそれを知らないためイライラと顔を歪めた。

「おや。なんだか刺すような憎しみの視線を感じますな。自業自得という言葉をご存知だろうか？」

「全くです！　商業取引の改ざんのみならず、人の命にまで手を出すとはひどい犯罪です」

（！……はん、ざい。そうだ。俺たちの行動に対して、今後刑罰が言い渡される。……身内の申告で、全部バレているのなら、命を奪おうとした罪の重さは……っ！）

グラハムの奥歯がカチカチと音を立て始めた。

《《ギャオオオオオッ!!》》

屋敷神に睨まれていることも忘れるなよ！　と言わんばかりに、モスラの［威圧］と、スマホ音源の大咆哮が響き渡る。「もう全て終わりなのだな……」とグラハムが涙声で呟いた。いつものように逆ギレする気力ももはや湧かない。薄汚れた身体が、自分たちはこれから最底辺の未来を歩むのだと暗示しているように感じた。

「悪事は必ず暴かれる運命にあるのだよ」

トイリア領主が律儀にグラハムに返答し、商人ギルド統括が頷く。

貿易会社社長グラハムは、ついに捕らえられた。

☆

お屋敷をぐるりと囲む壁の外側で、桃色髪の踊り子が耳のイヤリングを触る。

「……あら、トイリア領主からの通信。長男は無事に捕縛できたそうよ。結界の中に通して良かったわね、ジーン。一人だけがギリギリ通れるように結界の一部を消すだなんて、腕を上げたじゃない。えらいわ♡　その部分だけ再生させるのも完璧だったし」

「本当？　でもルナの手助けがあったからこそだよー。そんなに褒められるとこそばゆいなぁ」

朗らかに会話した結界担当のルナとジーンが、そっと笑いあう。夜空の巨大蝶々の姿を隠し、騒がしい音やシミール匂いを周辺に拡散させないよう、二人掛かりで堅牢な結界を張っていたのだ。

現在、スチュアート邸はドーム型の巨大結界に覆われている。ジーンが口にした通り、ルナが魔法強化の補助スキルをかけて、ジーンの魔法パフォーマンスを底上げして実現した。本来ならば、たとえ上級魔法使いでもこのような巨大な結界を一人で作ろうとすれば、魔力枯渇で倒れてしまいかねない。ルナは特別優秀な付与魔術師であった。そして中流魔法使いながら、ルナの力を借りて結界を構築してみせたジーンも実力者だと言える。相性は良さそうである。

「……んっ」

「どうしたの？」

ルナがふいにピクリと身体を震わせて、また耳を澄ませた。イヤリングの通信魔道具がぼんやりと光を灯している。ジーンの問いには、苦い声音の答えが返ってきた。

「うーん。予想、ハズレて欲しいと思ってたんだけどね……例の破戒僧が、場を引っ掻き回しにやって来たみたい。見張りからの連絡よ。私、ちょっと加勢してくるわね？　あの破戒僧なら結界の「すり抜け」くらいスキルか魔道具でやってのけると思う。ジーン、破戒僧を通しても構わないから、結界の維持頑張ってね？　頼りにしてる♡」

「また難しいこと言うねー。テクニカルな「すり抜け」スキルでもない限り、無理やり押し通られたら結界にかなりの負荷がかかって壊れちゃうものなんだけどな。この結界を維持してるだけでも大変なのにー。……でもルナのお願いなら聞いちゃう。聞かざるを得ない。美人にそんなセクシーな声で言われたら、男なら張り切らないわけがないよね？」

「まあ♡　褒め上手な子は大好きよ」

「超元気出たー！　みなぎるー！　よーし、まだしばらくはルナの魔力ブーストの効果も持ちそうだし、ここは俺にまかせて。気をつけて行ってらっしゃい」

「うふふっ、ありがとう♡　じゃあ、またね」

ルナは唇を小さくすぼめて「ちゅっ」と軽くリップ音を鳴らすと、ふわりと無音で走り出し、闇に溶け込んだ。コウモリの魔物からクラスチェンジしてサキュバスになったルナは、夜の隠密行動が得意だ。破戒僧が現れると予想した門付近に向かったのだろう。

去り際の年上淫魔の色気にあてられたジーンは、ルナの姿が見えなくなってしばらく経つと、胸に手を当てながらほうっと淡く頬を染める。

「見た目は若いけど包容力のある熟女。胸も大きいし、ルナは仕草の全てがすっごくセクシーだよねー……はあ、投げキッスされて得した。今夜はいい夢が見れそうだなぁ。パーティメンバーなんだけど、ルナの色気にはいつもドキドキさせられちゃうよ」

二十代後半の魔法使いは、ロマンチックな気持ちでルナが去った後の暗闇をいつまでも見つめた。

……見つめていたかったのだが。にゅっ、と日焼けしたスキンヘッドが暗闇から現れて、思わず一歩後退する。

「よおっ、ジーン！　お疲れさん！　聞いてくれるかそうか、悪党どもにラリアットをかましてきてやったぜぇ！　仮面を被った俺の姿にたいそう驚いていてなぁ、ぶはははッ！」

▽とにかく元気なゴルダロが現れた！

自らの仕事を終えた大男ゴルダロが、豪快に笑いながら登場した。泣いた名残で、鼻水がチロリと鼻の穴から覗いている。ジーンは遠い目になった。

「……余韻、台無し」

哀愁を漂わせた小さな愚痴は、ゴルダロの笑い声に儚《はかな》くかき消されてしまうのであった。

☆

影者たちが鋭く目を光らせる。トイリア領主と商人ギルド統括も、騒がしい足音を聞いた。足音は高級住宅街の入り口方向から……だんだんと近づいて来る！

「例の破戒僧だと思われる。お宿♡関係者の歴戦の獣人まで振り切ってくるとは……！　さすがに奴は裏社会の有名人だけあるな」

「これは気を引き締めなければいけない！　お前たち、あちらに加勢してくれ」

（御意！）

影者たちがルイーズの指令を受け入れ、静かな殺気を纏いながら足音がする方向に走って行った。

「件の破戒僧はコレクターとも呼ばれている。なんでも、貴重な魔道具の収集が趣味なのだとか。

それらを駆使して、今までも街の警備隊や捕縛隊に追われながらも、ギリギリのところで逃げ切っているると報告を受けている。厄介だな……しかし今度こそ、捕まえてやるさ」

グラハムに気を付けながらも、ネイガルとルイーズはじっと喧騒の方向を鋭い眼差しで見つめる。強力な結界の一部をぶち破り、黒いローブを乱しながら小柄な破戒僧が駆けてきた！　破戒僧が無理やり魔道具の「すり抜け」効果を使ったことで結界が大きく揺らぎ、ジーンが必死で維持のために魔力を注いでいる。地味だが大切な仕事である。

破戒僧はマジックラビットブーツを着用しており、驚くべき速度で走っている。アクロバットな動きもお手の物だ。影者が［影縛り］で捕縛しようとすると空高く跳んで［光の結界］でガードする。元聖職者の破戒僧は白魔法に適性がある。光魔法を扱う者も悪党になり得るし、闇魔法を扱う善良な者もラナシュにはたくさんいる。

縄でがっちり縛られた透明な人物を、破戒僧は宙返りしながらパッと見つめる。

「あーあ！」

大仰《おうぎょう》しぐさで、呆れた声を出してみせた。さすがに逃げることに慣れていて、社長に話しかけるその間にも走る速度は一切緩められない。

「ちょっとぉー！　社長さん、捕まるの早すぎですって。せめてお屋敷に侵入くらいはして欲しかったなぁ……アリス・スチュアートの殺害、楽しみにしてたのにー！　もう！　私、とっても残念な気持ちですよ？　今日のご飯は美味しくなさそうだなっ………ぎゃっ⁉」

早口でダラダラ愚痴っていると、破戒僧の頭を短い弓矢数本がかすめた。

「あっぶな！　まぁったく、うっとおしいですね」

「ちィッ！」

影者たち、獣人がイライラと舌打ちする。プロが対象を殺すためにしかけた必殺の攻撃を、破戒僧は後ろに目があるのかと疑うくらい鮮やかに全て避けてみせた。破戒層の生来の運動センスと、実際に後ろが見える眼帯の効果である。……領主の目つきがいっそう鋭くなる。

（この男は危険すぎる。ここで捕まえなければ）

領主も戦闘武器にこっそりと手を忍ばせた。隙があれば仕掛けるつもりだ。

今度はウサギ獣人が身体のバネを思い切り使い、強烈な蹴りを放つ！　破戒僧は間一髪でかわす。

「うひゃ！……だからー、危ないじゃないですかーー⁉　せっかくの温度調節機能つき快適ローブに傷でも付いたら、どうしてくれるんです⁉　コレ、とっても高いんですからね。影者程度のお給料ではそうそう買えませんよ？　それに私、風邪引きやすいんですごーく重宝してるんです」

余裕がある発言に、この場にいる全員が盛大にイラつく。破戒僧はその表情を横目で確認して、

「いい顔するじゃないですかぁ」と恍惚とした嘲笑《ちょうしょう》を浮かべた。

「そんな事情知らないわよっ、［切り裂き］！」

「……アッ⁉」

モレックが後生大事に押さえていたローブのフードが、暗闇から突然現れたナイフの切っ先にビリイィッと無残に裂かれてしまう。ナイフで攻撃したのは、助太刀に来た踊り子ルナだ。

破戒僧モレックの、白髪混じりの薄紫の長髪があらわになった。憎々しげにルナを睨みつける顔

はひどく色白で、顔の作りだけならば一見優しそうな中年の男性に見えるが、中身は下衆なので、イエローの瞳がギラギラと光り、悪党らしい意地悪な形相をしている。

「このローブお気に入りだって言ったのに！　もーーー！……うう、すっごくムカついてますけど……ふんっ。今日は見逃してやりますよぉ。今ここで迎え撃つのは、あまりに私に分が悪いですからね。何人敵が増えるのやら。しかも全員強いですし。あー嫌だ。……そのうち貴方たちに、特大の不幸が訪れますようにっ！　元聖職者の呪詛《じゅそ》はきっと効きますからね。だいっきらい、です！」

「私たちも、平和な日常をわざと壊そうとする貴方のことが嫌いよ！」

「きーーーっ！　ああ言えばこう言うーー！」

まさにお前が言うな、であった。破戒僧は幼稚な口調で捨てぜりふを吐いて、破れた黒ローブを潔くバサっと脱ぎ去り、縛られた長男へとグッ！　と距離を詰める！　領主が杖を手に立ちふさがったが、くらくらブローチの効果でよろめかせて押し通った！

「おおっ……！」

グラハムが期待に満ちた声をあげた……が、ニヤリと口角を吊り上げた破戒僧は［鑑定］スキルを使ってハイスケルトンブローチを識別すると、走り抜けざま、それのみを毟《むし》り取って通り過ぎる。

雇用主には目もくれなかった。強制的に透明効果を解かれたグラハムは、あんぐりと大口を開けた間抜けな表情を衆目に晒される。ある程度の距離をとったモレックは、くるりと振り返って、小馬鹿にした表情で舌を出しておちょくって見せた。獣人、影者たちが怪訝な顔になる。

「……なるほど。それが貴方の本当の目的だったのね？」

ルナが厳しい口調で破戒僧を問い詰める。

「はい、いいえー？　どちらもですよー。高価な魔道具もタダで欲しかったし、アリス・スチュアートの不幸もすっごく見たかったですね、あはは！」

破戒僧はケタケタ無機質に笑うと、敵に追いつかれる前にと急いで超高級ブローチを胸につけて、透明になり姿を消してしまった……。

「本っ当にヤな奴……！　私は追いかけるわ。一緒に来る人は？」

ルナが暗闇を睨み、破戒僧が駆ける空気の動きを感じ取って、走り始める。

「私も行きます！」

「社長の捕縛はもうできていますからな。影者たちにも協力させますぞ！　頼めるな、お前たち」

（おまかせ下さい！）

要人たちの護衛に獣人ひとりを残して、ルナとウサギ獣人、影者たちが破戒僧を追った。捕縛隊は何もない空間に「数打ちゃ当たる」方式で攻撃を繰り返していく。時折、「ぎゃーーっ！」とモレックの悲鳴が聞こえてきた。

「……味方を売るとは。闇職の者は信用第一だからまず裏切らない、というのが通説だったが」

「モレックが、最初からこの社長たちを捕縛させるつもりだったなら？　悪事に失敗して捕まったのは社長たちの自己責任、ただの協力者であるモレックの評判は下がらない。どうですかな？」

「あり得そうです。接触した限り、あの男は計算高い外道だと感じられましたから」

重要な立場にいるトイリア領主と商人ギルド統括は積極的に危険に関わることができない。歯がゆさに胸を焦がしながら、モレック捕縛を強く願った。

ルナたちが去った方向とは反対側から、別の影者が現れる。次男イーザ、三男エラルドを簀《す》巻きに縛って担いでいる。倉庫を見張っていて捕縛したのだ。

「ご苦労様。君たちの先輩が現在、破戒僧を追っている」

（！）

領主が影者たちに告げると、後輩二人は黙って頷いて、担いでいた二人を地面にドサッと置いた。転がった三兄弟はもうお互いの濁った目を見ようともしない。ただ、己の今後を憂いている。

「騒がしいわね」とクールに呟きながら、レナお姉様一行もお屋敷から現れた。ハッ、と三兄弟たちがそちらを見ようとしたが、影者に地面に押さえつけられた。彼らに厳しい視線が注がれる。アリスをひとまず、パトリシアが背中にかばった。

役者は揃った。領主が、レナたちに破戒僧が逃げ出したことを説明する。

「すまない。スチュアート貿易会社の責任者たちは捕らえたものの、破戒僧は護衛たちを振り切って逃亡している。お宿♡のオーナーもそちらに向かっているよ。もうしばらくかかりそうだ……。彼女から、作戦を先に進めておいて問題ないと言付けを預かっている。そろそろ夜が明けてくる……三名への制裁を行おう。いかがだろうか？」

「ええ、そうしましょう。アリス、心の準備はいい？」

「うん。大丈夫だよ、レナお姉ちゃん。私、自分でもびっくりするくらい冷静だから。きっとみんなが側にいてくれるからだね」

アリスが穏やかな声でレナに返事をすると、全員がホッと安心した。ついに、因縁の深い息子たちとの直接対面。……アリスはわずかに眉を顰めて、義父の息子たちを見下ろす。複雑な感情が、その幼い眼差しに込められている。三兄弟は疲れ切った土気色《つちけ》の顔で、アリスを睨みつけた！　レナたちはムッとしたが、アリスはまっすぐな目で悪意を受け止めて、気丈に背筋をピンと伸ばす。

（こんなことで怖気付いたりしない、義父の血縁者に嫌われる覚悟はとっくにできてる）

アリスには後ろ暗いところなんてない。ただ一つ言うならば、これから行う制裁は、アリスの自己満足ではある。ゲイルお爺さんに代わって、アリスが彼らを叱ろうと計画していたのだ。夜空を見上げると、モスラがアリスの心を鼓舞するように、翅の紅模様を光らせている。ふっとアリスは微笑んだ。

「屋上へ行きましょうか」

確実に全員アウト。イってらっしゃい！

この一言を合図に、お屋敷関係者たちが一斉にお揃いの仮面を顔につけた。異様な雰囲気にぶるぶる震える三兄弟は、ゴルダロとパトリシアにまとめて担がれて（汚水で汚れている長男は縛られたまま大樽《おおだる》の中に放り込まれた。大樽ごと担がれている）、守り神の元へと連行されていく。

☆

屋上につくと同時にモスラが先制攻撃を食らわせた。
▽モスラの［威圧］！

▽三兄弟は　断末魔の悲鳴をあげて　気絶した。
▽オカマッチョマンの　往復ビンタ！　×3
▽三兄弟は　目覚めの悲鳴をあげて　起きた！

ガンガンいこうぜ！　クレハの［フレイム］で、今度は松明に本物の炎が灯される。元冒険者たちを驚かせた炎はリリーの［幻覚］だったが、今回はより本気の制裁である。三兄弟の皮膚が熱にジワジワ炙られて赤くなり、顔には大量の汗が滲んできた。これだけでもなかなかの拷問だ。レナたちはマジックアクセサリーの効果で体温調整されている。

祭壇に仁王立ちしているのは、今度はより小さな人影だ。お屋敷の現主人、アリス・スチュアート。モスラを背後に従えたアリスは、真剣な表情で三兄弟を見下ろしている。

三兄弟は木の椅子に縛り付けられている。目の前には机が。まるで学校だ。恐る恐る周囲を見渡すと、ズタボロになった味方の元冒険者たちが転がっていて、ゴクリ、と喉を鳴らす。三兄弟のすぐ後ろに控えるのは、まるで授業参観の父兄のような佇まいのホワイトマッチョマンたちとオカマッチョマンたち。補足説明としては、両方雄花だ。レナたちはアリスの授業を見守るために、マッチョのさらに後ろに並んでいる。ルイーズが、抑えきれない好奇心をつぶらな瞳に滲ませて、キラキラと表情を輝かせていた。

これから、一体何が始まるというのだろうか？

全く未来が予測できない恐怖感と暑さにぐったりしながら、三兄弟がじっとりとアリスを見上げると、アリスが宣戦布告する。

「それでは。これから、貿易会社再建計画と今までのダメダメ経営の改善点について。私、アリス・スチュアートが授業を執り行いますっ！」

「「「……はぁぁっ⁉」」」

授業ってなんだ⁉　と、三兄弟が戸惑いの声を上げた。言葉の意味を徐々に脳が理解すると、ふつふつと怒りが込み上げてきて顔が真っ赤になる。

「ふっ……ざけるなぁッ‼　貴様のような社会に出てもいない青臭い小娘に、俺たちが教えられることなど何もないわぁッ！」

「再建計画、と言ったな……その、つまりは、会社をまだ継続させる気があると言うことか……？……しかし、お前のような者に授業される必要など無いという意見については、兄さんに完全同意だッ‼」

「……おちょくるのも大概にしろよ……俺たちがどれだけ試行錯誤を重ねて、今日まで会社を運営をしてきたと思ってるんだ……！　身の程をわきまえろッ、俺たちの半分も生きていない小娘風情が！」

「全員アウト」

罵倒《ばとう》を不機嫌に聞いたレナが、速攻で制裁の合図をした。自らの首を締めることに定評のある三馬鹿であった。さあお花の妖精さん、尻をしばいておしまいなさい！

〈〈ダダダダーーーーン‼〉〉

リリーがとっても楽しそうにスマホを操作する。

アウト宣言によりどのような惨劇が起こるのか、まだよく分かっていないグラハムたちは、大きな音にビビっているものの、継続して元気にアリスを罵っている。回復したらしいその元気、また根こそぎ奪ってやろうではないか。

「弟二人はフルスイング。社長は電気爆竹ね」

レナの口から一番過酷な仕打ちが宣告された。止めるものは誰もいない。レナに集まるのは、味方のグッジョブサインだけである。パトリシアが笑顔で親指を下に向けた。

弟たちが座っているイスは、背もたれの部分が背中から臀部《でんぶ》にかけて大きく削られている特殊なデザイン。どのような利点があるのか。さあご覧いただこう。

▽オカマッチョマンがサイドチェストポーズを決めた！

▽堅山芋《カタヤマイモ》を手に持った。

▽素振りからの……尻にフルスイングッ！　決まったーーーー！

「「ギャーーーッ!?」」

▽堅山芋が砕けた。

弟たちが勢い良く机に突っ伏した。ナイスリアクション！

▽クーイズがイタズラおもちゃの電気爆竹を長男の樽の中に入れた。

「のわあああぁーーーッ!?」

長男はビリビリバチバチと弾ける爆竹の痛みに悶えている！　制裁を初めて体験した三名は、元冒険者たちのようにお互いを励ます根性もなく、一気にしなびてしまい、じんじん熱くなる尻やらの痛みに無言で耐えていた。今言葉を発せば、それだけで尻に響きそうなのである。

アリスが念押しのように、再び同じセリフを口にした。

「では。これから、貿易会社再建計画と今までのダメダメ経営の改善点について授業を執り行います。よろしいですね？」

「「「……………」」」

「沈黙は肯定とみなします！」

なんという独裁授業。大変よろしい。幼い彼女もまた、レナパーティと関わったことにより、個性をややブラックな方向に開花させていた。執事パトリシアが魔道具の「三十秒ルールホワイトボード」を運んでくる。書いた内容が三十秒経つと自動に消えていくという、学校や秘密の会議でよく使われる魔道具だ。赤いクレヨンをアリスは手に持つ。

「まずは、お客様と良い関係をつくるための接客・交渉術から説明します。皆さんは特にここが特にダメダメだと商人ギルドに苦情が届いていたそうなので、しっかり理解して下さい。交渉は会社運営の生命線ですからね！　ポイントは、相手にとって得な点を丁寧に説明して、こちらに有利な契約を持ちかけつつも、最終的に気持ち良く帰って頂くこと。あまりにもどちらかに偏《かたよ》った契約はあとあと歪みを生みますので、さじ加減は慎重に。この契約内容の歩合の決め方は後ほどにしましょう。これを上手くこなすことで、良い人間関係を築くきっかけになります。繰り返せば、生涯お付き合いが続くほどの良縁となるでしょう。では、不快感を与えない表情の作り方、話術について、顧客のタイプ別に解説していきます」

「ええい、お前ごときに批判される覚えなど……！」

「長男、アウト」

授業中は静かに。ルール違反者にはおしおきだ。

〈ダダダダーーーーン!!〉

「あーーーッ!?」

懲りないグラハムは、樽の中にカユクナーレジェルを放り込まれた。痒みのために騒いで授業を妨害すれば、それがまた制裁につながる。しかし、もぞもぞせずにはいられないほど痒い！　長男は涙目で、樽の中の異物たちとともに、長ーい授業に臨んだ。弟たちは兄を見て学習して、青ざめながら黙っていたが、暴れる兄の樽から飛んできたジェルや唾などで被害を被《こうむ》った。

正論で脳みそをぶん殴られるようなアリスの授業、もといお説教を聞かされる三兄弟。「地獄のような時間だ！」と脳内で悪態をつきながらも、おじさんたちのわずかな商人としての知性が、アリスの言葉を必死に拾い集めている。耳が痛い一節一節が、まるで輝く宝石のように、商人にとってはかけがえのない価値があるものだった。ゲイル・スチュアートが己の知識をしっかりとアリスに伝えていたのだ。アリスは己の意思で、立派に義父の期待に応えている。

アリスが語るのは机上の綺麗事ばかりというわけではなく、現実的な実例をいくつも挙げている。簡潔な説明はとても分かりやすい。レナたちも面白そうに聞いている。確かにアリスには社会経験が無いが、ルイーズと仮装パーティの席でこの授業内容についてとことん議論しあっていたので、大人も納得できる濃い内容になっていた。

経済授業の内容は、先生が可愛らしい幼女であるという偏見《へんけん》をなくして真剣に聞いてみれば、実に有意義で素晴らしいものであった。虚ろな目をしていた三兄弟の瞳に、徐々に光が灯り始める。

〝交渉の席では、このような対応をしていれば印象が良かっただろう。〟

〝商品を売り込んできた相手に提示金額を下げさせたい時には、このような物言いをすれば角が立たないのか。〟

〝余剰資金の運用はもっと効率よく、リスクも少なくする方法があった……！〟

〝最新の計算方法を取り入れれば、会計にかける時間を大きく短縮できる。〟

…………。

自分たちの会社の方針を変えたら……と想像してみて、いよいよ顔が明るくなってきた。アリスの見積もりによれば、傾きかけた彼らの会社も、規模を縮小して資金運用の方法さえ変更すれば、ギリギリ持ち直せるらしいのだ。三兄弟が心の中で舌舐めずりする。

(自分を殺そうとした相手に、得意げに授業を垂れるほどの甘っちょろい小娘だ……。少し反省の色を見せれば、これまでの行いを許すに違いない。きっとそうだ！)

都合のいいことを考えて、じっと発言が許されるタイミングを待った。

「……これにて、授業を終了します。ご静聴ありがとうございました」

アリスが終了宣言すると、三兄弟は態度を百八十度反転させて、アリスを褒め称える！

「いやはや……素晴らしかったではないか！　長年会社経営をしてきた私たちが聞いても、実にためになる授業だったな。うむ。礼を言おう！」

「どうやら気付かぬうちに、俺たちは随分頭が硬くなっていたようだ……別の視野を持つ者の話に耳を傾けてみるのも良いかもしれん。視野が広がって、目の前が明るい！」

「……これからは方針を変えて、今回の授業を参考に、会社を立て直してみようと思う。貴方の言葉をムダにしないように。きっと、もう一度事業を成功させてみせるよ。……あ、ありがとう……くっ……」

長年大事に抱えていた高すぎるプライドが、表情にも言葉にもいやらしく滲み出てしまっている。人間、そうすぐには取り繕えないものだ。

「どういたしまして、皆様」

アリスは冷静に返答しながらも、「みんな下心が分かり易すぎるし、お世辞の言葉もまだまだダメダメ。2点」とジャッジしていた。2点、はもちろん100点満点中である。手厳しい幼女だ。

商売事に対して自分にも他人にもシビアなアリスが、この程度のヘタな擦り寄りで息子たちをあっさり許すはずがない。今回の授業は彼らの為ではなく、義父ゲイルの多額の資産を盗用しながらも会社を潰そうとしている現状が許せなかったため、ガッツリ物申しただけである。……独りよがりな自己満足だとは理解しているが、ゲイルの人間不信をよく知っていたので、その原因となった息子たちに対してアリスはとても怒っていた。せめて彼らが真っ当に会社を経営してさえいれば、たとえ孤児の自分が義父の血縁者に歓迎されていなくても、尊厳を根こそぎ奪うことはなかったのだが……。すべては三兄弟が自分で招いた不幸である。

いやらしい期待をした三兄弟は、ねっとりとアリスを見上げている。アリスはニコッと微笑んで、ご機嫌でパチパチ拍手しているルイーズに話しかけた。

「スチュアートさんたちの商業規約違反処分については、ルイーズ・ネスマン商人ギルド統括が直接ご説明して下さるそうです！」

「任せてくだされ！」

ルイーズはおちゃめにウインクしてみせると、小柄な身体でトコトコと歩いて祭壇の最上部へ登り、アリスの隣に並ぶ。普段デスクワークばかりなので、息切れしている。ふぅふぅ、と呼吸を整えたルイーズは、予想外な展開にポカンと口を開いている三兄弟を冷たい目で見下ろすと、人の良さそうな容姿からは想像できないほど厳格な声を張り上げた！

「スチュアート貿易会社社長グラハム・スチュアート。副社長イーザ・スチュアート、エラルド・スチュアート。以上、三名に告げるッ！　貴殿たちは商人ギルドの規約を故意に破り、不当な業務実績改ざん・従業員の拘束を行い、ギルドカードを黒く染めた。よって、全員を〝犯罪者〟とみなす！」

懐から罪状が書かれた魔法契約用紙を取り出して、全員に見えるように高く掲げ、朗々と読み上げる。記載された三兄弟の名前が、ぼうっ！　と黒く光って魂の濁りを主張した。

「三名は商人ギルドの規約違反のみならず、アリス・スチュアートを逆恨みして殺害を目論んだ。冒険者を闇職に導き、大きな悪の組織を作り上げて民間を騒がせた罪は非常に重い。……刑罰を告げる。本日から四十年間、刑務所での奉仕作業を言い渡す！　送還先は南の灼熱の大地カヴェイールに決定した。真面目に勤務し、黒く染まった精神の浄化につとめよ。以上！　捕縛隊。全員に首輪をつけなさい」

（御意）

息子たちは目を剥いて愕然と顎を落としている。灼熱の大地ガヴェイールというのは、連続殺人犯などが送還される絶望の地として有名だ。（なぜ、よりにもよってそんなところに送られるのか⁉
商人ギルドの違反、殺害未遂への対応としては、あまりに重すぎる！）……ついに、三兄弟はおいおいと涙を流し始めた。

特別重い刑罰が適用されたのは、万が一にも優秀なバイヤーが再び狙われてはいけないと考えた商人ギルドの都合である。そんなものだ。スチュアート三兄弟は切り捨てられた。権力者を敵に回した彼らの負けということ。

三兄弟の首に、ゴツい漆黒の首輪が付けられた……。彼らはもう、自殺して人生を終わらせることも許されない。この世の地獄のような環境で身を粉にして働いて、長い刑期が終わる頃には、すでにいい歳の三兄弟はよぼよぼの爺さんになっているだろう。実質の死刑宣告のようなものである。

服従の魔法が発動する前にと、三兄弟は最後のあがきを口々に叫ぶ。贅沢に慣れきった肉厚な唇は、炎の熱でじわじわ焼かれて乾いていて、大口を開けた時にひび割れて血が滲んだ。

「……い、いやだああぁッ……！」

「た、助けて、許してくれぇぇっ‼」

「どうか慈悲を！　ア、アリス・スチュアートぉ……！　弁明を！」

涙で顔をぐちゃぐちゃに汚しながら、なりふり構わず悲痛な声を上げる。

アリス様に余計な負担をかけるなッ！　と言わんばかりに、モスラが魔力を込めまくってフルパワーで［威圧］スキルを使った。グラハムたちは絶望の表情のまま、一瞬で気絶してしまう。領主たち歴戦の交渉人ですらドッと冷や汗をかくような、えげつない迫力であった。

……アリスは「ありがとう、モスラ」と苦笑交じりに告げると、あとはただ静かに、影者によって運び出される息子たちを眺めた。見届けるのが義理であると思ったのだ。

悪事に加担した新人闇職たちも運ばれていく。彼らは、仮刑務所へと運ばれるらしい。刑罰はまだ決まっていないが、闇職に転職しているので、犯罪労役は必至になる。しかし魂のにごり具合を聖職者が視て、もしこれから更生できる見込みがあれば、十数年間罪を償って、まっとうな道に戻る可能性も残されているだろう。

こうして、ドッキリ☆大作戦は無事に終わった。アリスの上質なブラウスに包まれた小さな背中は、凛として揺らがない。お姉さんたちが、どうやらアリスは精神を病まなかったようだ……と胸を撫で下ろした。あまりにも悲痛に三兄弟が泣き叫ぶので、モスラと同じく、アリスの心の負担にならないかと心配していた。

三兄弟は自分たちが厳罰を受けることを嫌がったが、罪の無い幼女は、ただの言いがかりで殺されるところだった。慈悲をかける必要など全くない。いかに三兄弟の末路が惨めだろうと、同情で許してはいけない境界線なのだ。パトリシアの両親を殺した冒険者たちの刑罰は冒険者ギルドが決め、スチュアート三兄弟の刑罰は商人ギルドが決めた。ひどい規約違反をした者が無条件で許されることは、たとえ被害者が口添えしても、あってはならないことである。

レナたちが、立ちすくむアリスに優しく声をかける。

「ねぇ、アリス……。今から朝食を作ろうと思っているのよ。貴方のために気持ちを込めて作るから、一緒に食べましょう？　美味しい物を食べたら、きっと幸せな気持ちになれるわ。私の言うことに間違いなんてなくってよ！」

「レナ様キマってる！　くははっ！　レナが作る朝食かぁ、楽しみだ。な、そーだろアリス！　一緒にご馳走になろうぜ。今日は本当にお疲れさん。夜通し起きててもう眠いだろ。ご飯食べて早く休もうよ。……なぁアリス、授業の最中居眠りしてたのは悪かったよ！　反省してるからそんな目で見ないでくれ……！　勉強は苦手なんだって……っと、まあとりあえず休憩しようぜ？」

「「やーいやーい、パティお姉ちゃん視線で怒られてるぅー！　きゃはは！　ね、ね、アリス。喜びのダンス見せてあげよっかーー？　とっておきのやつ！」」

「なぁに？」

パトリシアをジト目で見つめたのは、アリスなりのブラックジョークである。クーイズが、ぽよんとスライム姿に戻った。アリスが期待に目を輝かせて、キラキラスライムを眺める。

『『後輩たちよー、いっくよーー！』』

『『おうともよー♪』』

小さなスライムと、［体型変化］で小柄になったハマルが横一列にならんで、喜びのダンスを披露し始めた！　妖精リリーが、リズミカルに指揮をとる。

▽喜びのスペシャルダンス！

きゅっ、きゅっ、きゅっ、ぷよーーーん！　もふーーーん！

きゅっ、きゅっ、きゅっ、ぷよーーーん！　もふーーーん！

くるくる回って、二段宙返り！　小首を傾げて、キュートなポーズ！

あまりの可愛らしさにその場にいた全員がノックアウトされた。反則である。

ダンスに見入っているトイリア領主と商人ギルド統括も、どうやら可愛らしいダンスが気に入ったようだ。体裁を気にして格好を崩していないものの、口元に手を当ててにやけるのを我慢している。この大物二人は味方につけておくと心強いよ！　とルナから助言されているので、従魔たちは己のプリティーボディをこれでもかと魅せ付けて頑張っている！　腰をふりふり！　もちろんアリスを和ませたいのが一番の理由だ。

うずうずし出したリリーも加わって、華麗なフェアリーダンスとのコラボレーションが始まった。

レナがスマホで楽しげな曲を流すと、またダンスのステップが変わる！　サービスサービスぅ！

ダンスが終わると、惜しみない拍手が贈られた。夜明けの眩しい光が屋上を照らして……長く続いたフィナーレの演劇は、全て無事に終了したのだと、全員が今宵を振り返った。

これからは再び、アリスは穏やかな日常をおくることができるだろう。

風でたぐり寄せた白いシーツを空中で器用にまとったヒト型モスラが、スタッと屋上に降り立ち、二人の主人に深くお辞儀した。そして協力者に丁寧にお礼を伝える。優しい人たちに囲まれながら、スチュアート邸の現当主アリスは、涙目で幸せそうに微笑んだ。

「皆のことが、大好きです……！」

アリスの告白を聞いた友人たちは、相思相愛だねー！　と嬉しそうに返した。

宴の後

レナたちはスチュアート邸の広いキッチンに向かう。

「朝食ができるまでロビーでくつろいでお待ち下さいね」と、丁寧に家主におもてなしされてしまった領主とルイーズは、ふかふかのソファーに腰掛けて休んでいる。ドッキリ☆大作戦の余韻で昂ぶった気を落ち着けるために、軽装に着替えてリラックスしている。より縁を深めておくために忙しい彼らをつかまえておきたかった商魂たくましい幼女バイヤーアリス。彼女の隠すつもりのない思惑に「まあいいか」とのっかった二人も、アリスとは良い関係を築いておきたいのである。思惑を見透かされてそれがルイーズに評価されるところまで、きっとアリスは計算済みなのだろう。

執事モスラが淹れた紅茶を一口含んで、思わず、といった風に二人が刮目する。素晴らしい……とルイーズがうっとり呟いた。

「紅茶を淹れる技術がまず素晴らしい。あの執事は良い教育を施されている。それから、茶葉と水、陶器のティーポットの品選びのセンス！　抜群に良い！　これはアリス嬢の見立てでしょうな。舌をさらりと撫でる水の感触、甘みの濃い茶葉の味……少しだけ混ぜられたラベンダーチップのほのかな香りが心を落ち着けてくれる。紅茶の口当たりを良くするために、縁の薄い繊細なティーカップが使われているのが実に素晴らしい！」

「貴殿がそこまで詳細に語り、褒めるとは……よほど気に入ったのですな。ふむ。確かにこの紅茶はたいそう美味だ」

「そうでしょう！」

「いやに得意げですな」

「アリス嬢は、いずれ商人ギルドに加入すると言っていましたから。もう身内も同然ですぞ」

ルイーズが頬を揺らしてにこやかに答えると、トイリア領主が「ふっ」と愉快そうに鼻息を漏らす。男性たちは終始ご機嫌な様子で、紅茶の風味を楽しみながら、ゆっくりと飲み干した。穏やかな時間だ。音を立てずに、空になったカップをソーサーに置いたところで、ルイーズが呟く。

「いやはや……本当に将来が楽しみな子だ。一体どれだけ優秀なバイヤーに成長するのやら。できるだけ長生きして、活躍を末長く見届けたいものです」

「確かに、どこを見ても今のところ欠点が無い、良い商人ですな。知識は業界の枠をこえて幅広く、美的センスもあり、大人のあしらい方にも長けている。……彼女には是非、この街を商業活動拠点としてもらいたいと思っております」

「ほほっ！　でしたら、高級住宅街の警備をもっと強化した方がよろしいのでは？　安全に暮らせないとなれば、アリス嬢は黙って留まってはおりますまい」

「その件については、大至急とりかかるつもりでいますよ……」

アリスの判断のシビアさを目の当たりにした二人は、いざとなれば屋敷ごと移動するような離れ業をやってのけるかもしれないな……と考えてこめかみをグリグリ揉んだ。アネース王国の商人ギルド統括であるルイーズにとっても、そうなれば他人事ではない。バイヤー・ゲイルの顧客には、トンデモない実力を持つ猛者たちも名を連ねているため、いざとなれば彼らを頼り、屋敷ごと国外転居をやってのける可能性も否定できないのだ。レナパーティも規格外な実力者だと言えるし、アリスの護衛にはモスラが就くのだという。もし彼を怒らせたらと思うと、心底恐ろしい。今回は全員味方だったから良かったものの、ギガントバタフライの脅威《きょうい》は二人の心にくっきりと焼きついていた。

「有能な住人はトイリア領の、並びにアネース王国の財産です。もし、今回の騒動でアリス嬢が攫われていたならと考えると……」

ネイガルは言葉を濁して黙った。とんでもない痛手だった、と続いたのかもしれない。倫理以前に利益を考えなければいけない立場であることも含め、頭痛がひどい。さすがのルイーズも同情して励ました。

広いロビーはお屋敷の玄関を入ってすぐ目の前。客人を待たせるための場所なので、一段と高価な家具が揃えられている。ふと、二人の会話を遮るように、通信魔道具がピリリッ！ と高めの音を響かせた。影者たちからの通信。二人は居住まいを直し、連絡に耳を傾ける。

〈申し上げます。申し訳ございません……破戒僧モレックを捕まえることは、できませんでした〉

「……そうか」

よくない知らせだ。なんと、あの不愉快な破戒僧は逃げ切ってしまったようだ。あれだけの人数に追われたにもかかわらず、よくもまぁ、と領主とルイーズが驚き、陰鬱な溜め息をつく。全力で捕縛にあたった影者の声にも、悔しさが滲んでいる。

（あとで捕縛隊を叱り、また厳しく鍛えなおさなくてはならないなぁ）

とルイーズは考えて、しんどそうに眉間に皺を寄せた。まがりなりにも人を害する許可を与えられている税金給与の特殊部隊が「危険な犯罪者を逃してしまいました」では国民に示しがつかないのだ。立場が上の者ほど、努力どうこうではなく結果が求められる。せめて叱った後のフォローをしっかりとしてやろう、と考えて、評判の良い屋台のポテトフライでも奢ろうか、とルイーズがふくよかなお腹をさすった。

脳内にメモを取りながら、ルイーズがモレックを逃がした時の様子を聞き出していると、モスラがロビーに姿を見せる。領主が手をあげて「私が対応しよう」とアピールした。

「ルナ様がお見えになりました。彼女もこちらにお通ししてもよろしいでしょうか？」

「構わない」

「ご配慮ありがとう御座います」

執事として働き始めてからまだひと月も経たないモスラだが、所作は実に自然で美しく、礼儀もしっかりと教育されている。ゲイル仕込みのアリスの教育、それに応えるモスラのスペックに、権力者二人が抜け目なく目を光らせ、舌を巻いた。モスラが玄関扉を静かに開けると、少々疲れた様子の踊り子ルナが姿を見せた。いつも綺麗に整えているピンクの髪も、今ばかりは乱れている。

「ただいまぁ〜〜……ふぅー」

「お疲れ様。……影者のみならず、君に追いかけられて逃げ切れる者がいるとは思わなかったよ。

モレックは相当厄介なのだな」

領主が険しい顔で自分の顎を撫でつつ、ルナに労わりの言葉をかけた。

「そうなのよぉ！　もうね、究極にヤな奴だったぁ〜！　こんなの初めてよ。はー。愚痴、聞いてくれるっ？」

領主がチラリとルイーズに視線を投げかける。ウインクを返されたので、影者からの通信を聞きながら又聞きもできるらしいと判断した。ルナの話は聞き逃したくないだろう、と考えて一応アイコンタクトをとったのだ。領主が「是非聞かせてくれ」と口にしてルナに向き直る。新しくモスラが淹れた紅茶を受け取ったルナは「ありがとう」とお礼を言って、ふかふかソファーに身体を沈めてようやく一息つき、悔しそうに語り始める。

「破戒僧を袋小路に追い詰めたところまでは良かったの……。ただ、彼、魔道具コレクターだって言われてるでしょう？　とんでもない物を持ってて。捕縛したタイミングで、〝身代わりドール〟を使われてしまったのよ！」

「なんだと！　そんな物まで、入念に準備していたのか。裏社会で長年生き延びているだけあるな。万が一のための対策も抜け目がない。……ハイスケルトンブローチを手に入れるために身代わりドールを使ったとなると、とても採算は合わないが」

「私たちが予想以上に彼を追い詰めたってことでしょう！　オホホホ！　それくらい、損してしまえばいいのだわ！」

ルナはヤケクソで高笑いしてみせたあと、唇を尖らせる。おっしゃる通りだ、と領主が神妙に頷きながら話の続きを促す。

〝身代わりドール〟について説明しておこう。ハイスケルトンブローチに輪をかけて高価な、裏社会でのみ取引される魔道具である。作り方は業に満ちている。人形を作ることに命をかけている超変態級の人形師が造った精巧な人形《ドール》を、わざと壊れる寸前まで痛めつけて、呪術師（闇職の付与術師）がまじないをかける。まるでミイラのような不気味な外見の魔道具だ。あらかじめ契約印で繋がっておいた使用者が呪文を唱えたタイミングで、人形と場所が入れ替わる転移効果がある。地方貴族の屋敷が買えるほどの立派な値段だと言っておこう。数が大変少なく、入手は極めて困難。

「今回モレックを取り逃がしたのはかなりの痛手だが……身代わりドールを使わせたということは、今後は捕縛しやすくなったということ。そう何体も同じものを保有しているとは考えられない」

領主がルナに言い聞かせるように言葉を続ける。

「ルルゥ嬢。貴方はアネース王国の協力者としてトイリリア領の治安維持に携わり、立派に務めを果たして下さった。トイリリア領主ネイガル・レイ・アーズリオが、心より感謝申し上げる。破戒僧が逃亡したのは、我が領の警備に大きな原因がある。貴方の働きにより、破戒僧がどのようにして魔道具を集めているのかが分かり、人相も判明したのです。すぐに手配書を作らせましょう」

あえて踊り子姿の彼女を、領主はルルゥと呼んだ。

「ありがとう。領主様。少し気持ちが晴れたわ。私が今回積極的に関わったのは可愛い妹分たちのためってところが大きいから、気にしないでね♡」

言葉の裏を読むのが仕事というのは難儀なものである。領主はさりげなくルルゥの働きを今後も期待していると受け取ることもできるし、ルルゥからは「私情で手伝っただけだから厄介事押し付けようとしないでね♡」との返答とも考えられる。二人が含みのある笑顔を浮かべて、にっこり笑い合った。邪推したばかりだが、二人にはもちろん言葉通りの相手を思いやる感情もある。破戒僧の挙動について、ルナと領主が真剣に振り返る。

「モレックは裏社会の新参者に取り入って、高価な商品を購入させた後、わざと破滅の道に導いた。魔道具が押収されるギリギリのタイミングでそれのみを奪取する……といった手口を繰り返していたんでしょう。破戒僧はレア職業だから需要はどれだけでもあるし、転職の仕事の副業として、趣味のコレクションを楽しんでいたんだと思うわ。裏社会の新参者が足を踏み外すなんて良くあることだから、破戒僧が嵌めたのだと疑われる程でもないし、警備隊にしょっぴかれた悪党は、破戒僧の悪評を広めることもできない。全く悪知恵が働くわね！……押収ギリギリまで待っているのって、リスクが高すぎると思うけれど？」

「奪取が間に合わない可能性、警備隊に自分も捕まる危険があるからな。よほど実力に自信があったのだろう。あの者の言動を見た限りだと、場を騒がせることを楽しんでいたんじゃないか」

「あーーーーヤダヤダっ。狂人の相手って本当に疲れるわぁ！」

「……………完全同意だ。ことが終わって、今になって疲労感が押し寄せてきている」

二人は背もたれにぐったりと体重を預けた。視界の端にモスラの姿を捉える。朝食の調理が終わったらしい。客人と目が合ったモスラは、紅色の瞳をゆっくり細めて、優雅に一礼する。ルナがひらひらと手を振り、「あの子って働き詰めだったのに、体力あるわよねー。お疲れ様～♪」と明るく声をかけた。

「お茶、ごちそうさま。とっても美味しかったわ」

「お褒めのお言葉、大変光栄で御座います。お口に合って良かったです」

「ねえ、貴方が執事としてアリスちゃんの護衛を勤めるの、とても心強いと思っているの。頑張って支えてあげてね。生活面でも。あの子、自分に厳しいからきっと頻繁に無理をするわ」

「もちろんそのつもりです。健康に過ごせる睡眠時間の確保、栄養バランスのとれた食事、スチュアート家の執事として余所目にも映える立ち振る舞い、全て私が完璧に勤め上げてみせます」

「あはは、よろしく！　うん！　お姉さん安心だわぁ」

ルナがころころと笑った。モスラの戦闘力は信用している。早熟な商人アリスへの嫉妬にはこれからルイーズが目を光らせるだろうし、殺害を目論んだスチュアート三兄弟は隔離された。破戒僧モレックはアリスに執着していたというより、他人の悲劇を好むタチの悪い愉快犯のようなので、このお屋敷を再び狙うとは考えにくい。今後、高級住宅街の警備が強化されることくらい予想するだろうし、避けるはずだ、とルナたちは話し合った。モスラが控えめに領主に声をかける。

「ところで、朝食の準備ができております。食堂にお集まり頂けますか？」

「承知した。連絡ありがとう。それでは、相伴《しょうばん》に預からせて頂くとしよう」

領主がリードして、ソファから立ち上がる。

「やったぁー♪　レナちゃんの手料理食べるの久しぶりだから、楽しみだわ♡　ここ最近色々と忙しくってね。あの子もここに泊まることがあったし、お宿♡で一緒にご飯を食べられなかったの」

「ほほっ、仮装パーティでの彼女の料理はとても美味でしたからな。私も楽しみですぞ。早くもお腹が空いてきました！」

絶妙なタイミングで、ルイーズの腹が「ぐぅ～」と音を立てる。普段は気苦労の絶えない大人三人は心から愉快そうに笑って、モスラの案内で食堂へと向かった。

☆

朝食のメニューは、目玉焼きとカリカリベーコンを乗せた薄切りパン。新鮮野菜にオイルドレッシングをかけたサラダと、かぼちゃの冷製ポタージュスープ。デザートは超速スライムグミフラワーを好きなだけもぐワイルドスタイル。

「いただきます！」

大きなテーブルに全員が並んで座り、レナの号令で、仲良く食事を始めた。レナお姉ちゃんが主力で作ったから、とアリスが号令をかける役を頼んだのだ。いただきます、などと合唱するのは何年ぶりだろうか、と大人たち三人は懐かしんで、クスリと笑う。執事であるモスラも席について、マナーはあまり気にせずそれぞれが楽しげに食事を始めた。

「「「「レナ（ご主人さま）、あーーん！」」」」

「多い多い多いって!?　パティちゃんまでやってるし！　私の口は一つしかないんだからねモグモグモグモグモグモグ順番に入れてって下さい！　モグモグモグモグ」

「レナお姉ちゃんってば根性あるー。ふふふ！」

レナに大量のフォークが差し出されて、プチトマトやらパプリカやらを大急ぎで頬張っていく。愛がたくさんお腹に詰め込まれる！　レナの対応はお笑い芸人だろうか？

「この目玉焼きは全部が双子黄身だが……なぜだろう？」

領主が首を傾げると、

「レナお姉ちゃんって運が良いの」

「えっ？　あはははははは!!」

アリスが応えて、ささやかな幸運ミラクルがルナの笑いのツボに入り、食堂が爆笑に包まれた。

疲れて仮眠していたジーンとゴルダロが一足遅く食堂を訪れると、ルナとレナをからかいながら漫才を始める。

（なんて楽しい時間なんだろう！）

アリスはつられて笑いながら、目尻の涙をそっと拭った。

明日は皆でお屋敷の片付けをする予定だ。大掛かりな罠でごちゃっと散らかった館内の清掃は大変そうだが、「クリーン」の魔法とスライムの「溶解」、筋力自慢たちの力技を合わせればなんとかなるだろう。その後はのんびり休んで、レナたちはまた冒険者ギルドに通い、トイリア周辺を冒険するつもりだ。アリスは勉強に励み、パトリシアは花創りに奔走するだろう。食後、みんなで「これから」について楽しく雑談する。

レナは笑って頷きながらも、友人たちを見つめる瞳が時々、儚く揺れていた……。

「これからもトイリアの冒険者ギルドに通うだろ、レナ。私のランクを追い越して、先にSランクで待っててくれな！　なんてな、くははっ！　目標があった方が頑張れるからさ。割とマジで目指してよ。レナたちならすぐに冒険者ランク上位になれるって」

「そうだなぁ。そうなれたらいいなぁと思うよ」

……嘘はついていない。しかし、いつまで滞在するか……レナはとても悩んでいた。この居心地のいい場所から離れたくないのが本心だが、特別なギフトを贈られた魔物使いとレア従魔たちは、どうしても目立つ。危険なガララージュレ王国から近いトイリアに永住はできない……。

「レナ？」

「なんだい我が親友パティちゃん！」

「お、おう。そのテンションどうしたよ」

レナはパトリシアにほんのり膨らんだお腹をウリウリとくすぐられて、きゃーっと楽しげな悲鳴を上げる。悩みの種など、考え込んだらきりがない。今はただ、この幸せに存分に浸《ひた》りたい、と気持ちを切り替えた。レナを見守ってくれる優しい大人たちに、気兼ねなく楽しい話のできる友人、可愛い従魔たち。地球にいた頃に似ている温かい環境が、レナの気持ちをこの街に強く引き付けてやまない……。事情をよく知らないながら、主人の落ち込みを敏感に察したモスラが、レナにそっと甘めの紅茶の追加を差し入れて、幼い従魔たちがぴとっとレナに寄り添った。

エピローグ：旅立ちの時

とある会員制高級宿の一室で、男が薄紫の乱れた長髪を涙目で梳《と》かしている。裏社会のちょっとした有名人、破戒僧モレックその人である。

「い、いったぁ～～……！　もう。まさかお宿♡の淫魔サキュバスまであちらの味方についてたなんて、想定外でしたね。ミレー大陸にある各お宿♡の主、かぁ……魔王国の諜報なんて、一体どうやって味方に取り込んだんでしょうね？　彼女たちは個人の事情にはまず首を突っ込んでこないって噂でしたけどー。もし私が特別目を付けられてたなら……ヤダなぁ、今後、仕事がしづらくなっちゃいます。それとも、アネース王国の捕縛業務に協力するよう魔王国からお達しでもあったんでしょうか？……考えても正解なんて出てきませんね。もうこれくらいにしとこう。……うう、まだ頭皮がヒリヒリするぅー……ほんと皆不幸になれ……！」

モレックは、拠点としていたこの宿に魔道具〝身代わりドール〟を置いていた。そのため、ルナたちに追い詰められて身代わりドールの契約魔法を発動させた際、一瞬で逃げることができたのだ。

もともと闇職を泊めることを想定して作られた特別な宿は、金さえ払えば身元を問われない。姿を消す魔法を使う闇職もいるので、モレックのように長期滞在している者は受付でチェックインする必要もない。新たに空き部屋をおさえることは困難になっているほど人気の宿である。

室内の貴重品金庫をモレックが開けると、そこには大量の魔道具がズラリと並べられていた。ルルゥの読み通り……これはモレックが、裏社会に参入したばかりのカモを嵌めて手に入れた、目もくらむような高級品魔道具である。

例えば……石造りの壁にすら穴をあける「強酸スプレー」。［幻覚］で顔を変えられる「レオンの仮面」。人を閉じ込めるトラップ小箱「鋼鉄牢《アイアン・ジェイル》」……………など。

「うんうん。やっぱり私のコレクションは素晴らしい！　眺めているだけで気分が良くなりますね」

モレックは胸元に怪しく輝くハイスケルトンブローチを指でつついて、満足そうに笑い、魔道具の中でも破格に高価な「再生ドリンク」を手に取った。深呼吸をしてから、一気に飲み干す！　眉がぎゅっと顰められた。……希少な薬草を煮詰めてつくられたエグみの強い激マズドリンクは実に飲みづらく、腹には入ったものの激しく咽《む》せてしまったが、すぐに確かな効果が現れる。
▽モレックのアンチエイジング！
「あー……身体が熱くなってきた」

銭湯に浸かるおっさんのような声が出る。毒塗りの弓矢がかすめた頭の切り傷はなめらかにふさがっていき、淫魔に引き毟られて十円ハゲのできていた場所には元通りに髪が生えてきた。新たに生えてきた髪は胸下まで伸び、それにともなって全体の髪の長さはふくらはぎにまで達する。さすがにうっとおしかったようで、モレックは腰から少し下の髪をハサミでばっさり切断した。
▽変身完了！
鏡を覗き込むと、少し皺が目立っていた肌も若々しくハリを取り戻している。

「おお〜。いいじゃないですかー？」

年相応の野暮ったさが抜けた己の顔を確認して、モレックは声を弾ませた。鼻歌まで歌い始める。もともと童顔であるため歳より若く見られた彼だが、ドリンクで若返った現在の姿は二十代と言って通じるだろう。再生ドリンクは身体へ負担がかかり寿命が数年削られるものの、全身を若返らせる効果がある激レア魔道具だ。これを手に入れるためだけに危険な裏社会に関わろうとする貴族の女性はいつの時代も後を絶たない。そのほとんどは、闇職たちにカモにされて金を毟られ、立場は降格し、最悪命すら奪われ死体素材にされるのである……。

長髪をゆるい三つ編みに編んだモレックが、妙ににこやかに笑う。

「お高い貴重品こそ、使い所を間違えちゃダメですよねー。死んだら魔道具を使うこともできないんですから、それこそもったいないです！　これから本格的に指名手配されるだろうし……体調管理はしっかりしておかないと。ふふん、私ってすごーーい。あはは！……身代わりドール使用は、さすがにちょっと痛かったですけど」

冗談めかして高らかに自分を褒めたあと、モレックはしゅんとしおらしく落ち込んでみせた。身代わりドールは、彼のコレクションの中でも特に珍しい最高級品だった。替えのドールについて心当たりはない。今後どこかで奪取するにしても、相当な苦労を強いられるだろう。

「……まあ、あそこで使っていなければ人生終了でしたし！　ね！」

自分を慰めたモレックは、防音魔法が使われた部屋であるのを良いことに、「みんな大嫌いだーーッ！」と思い切り叫んだ。彼がそこまで、他人を嫌うのはなぜだろうか……。

今回のアリス殺害計画に関わったのは、魔道具収集という目的もあったが、「他人の不幸を楽しみたいから！」というのが主な理由だ。スチュアート三兄弟から依頼内容を打診された時点で、これは素晴らしい悲劇が生まれると確信したため、キッチリ依頼料をふんだくり協力した。

モレックはわくわくしていた……理不尽な理由で殺されるアリス。会社を再建したところで、裏社会の取り立て屋から追いかけられる運命だったグラハムたち。おそらく先輩らに喰い物にされたであろう新人の闇職たち。悲しむ幼女の友人。それらをただ、モレックは純粋に〝観たかった〟。

だからグラハムに［悪のささやき］スキルを使い、己の身に釣り合わない程高価なブローチを買うよう仕向けた。［悪のささやき］スキルには、理性のストッパーを外し、欲望に忠実になってしまう効果がある。

「はー、さすがに疲れた。そろそろ着替えてこの宿を出ましょう……」

モレックがこきりと首を鳴らす。余談ではあるが、聖職者は対の［善のほほえみ］スキルを覚える事ができる。かつてはモレックも［善のほほえみ］スキルを覚えていたが、闇職になったことでこのスキルは使用不可になっていた。

金庫の魔道具全てを丁寧にマジックバッグにしまったモレックは、新しい黒紫のローブをはおった。こちらは何の効果も持たないただの高級ファッション品。とても手触りがいい。

「また魔道ローブを調達しなくちゃいけませんね」

ぶるりと冷え性の体を震わせてつぶやく。独り言の多い、寂しい男である。

長く拠点としていた宿を後にして、朝の日差しが差し込みかけた路地裏を歩いていく。この状況でトイリアに長く留まっているのは、自ら捕まえてくれと言っているようなものだ。今回はなんとか逃げ切れたが、影者たちは今後、血眼でモレックを探すことだろう。

「国外逃亡の頃合いですね！」

モレックの口元がニヤリといやらしく歪む。逃亡の算段はある。国境警備員の一人に仕掛けを施しているのだ。彼の人生をめちゃくちゃにしてやるのもいいな！　とにまにま表情を歪める。

どの国へ行こうか？　どこで……また、悲劇を観覧しようか。不幸に嘆き悲しむ人々の顔が見たくてたまらない！

モレックは機嫌よく、鼻歌を歌いながら薄暗い路地裏を歩く。周囲の闇職たちは、怪訝な顔でモレックにこっそり注目した。やたら身なりのいい小柄な闇職をカモだと勘違いして絡んできたチンピラたちを、マジックラビットブーツで翻弄しつつ、しばき倒して、邪悪にケタケタ笑うと、ハイスケルトンブローチで姿を消してトイリアから立ち去った。彼の歩いた後には、不幸が花開く。

…………。

☆

レナたちはなんだかんだと理由を付けて、小都市トイリアにズルズル滞在し続けていた。もともと短期滞在のつもりで訪れた街だが、今ではたくさんの思い出ができて、レナにとってラナシュで一番好きな場所になっている。比較対象が少なすぎではあるが。

レナパーティは本日もルルゥのお宿♡から冒険者ギルドに向かい、簡単な依頼をこなしたあと、

パトリシアと待ち合わせてスチュアート邸を訪れた。モスラの淹れた紅茶を飲みつつ、乙女三人で新作フラワーについて話し合う。可愛い花の種はすでにたくさんの種類が揃いぶみ、そろそろ念願のフラワーショップが開けそうな見込みである。アリスが色々とアドバイスしてくれて、パトリシアの開業準備も順調に進んでいる。

「ねーねー、モスラも一緒に食べようよー。もうお給仕とか終わったでしょ？」

「仕事熱心なの……えらい！　けど、一緒に食事する時間も……大切だと思うの」

「隣どうぞー。先輩たちのお願い、聞き届けてくれるよねー？」

幼児たちが、テキパキ甲斐甲斐しく仕事をしていたモスラの袖を引き、一緒にお茶がしたいとおねだりした。モスラは嬉しそうに応えて、席に着く。

「ご配慮ありがとう御座います。それでは、お言葉に甘えて……。アリス様、淹れて頂いている紅茶にウルトラハニーをスプーン十五杯お願いしてもよろしいでしょうか？」

「相変わらずとんでもない甘党だねぇ！」

すでにモスラの紅茶を淹れ終えて、ハニーポットに手を添えていたアリスが驚愕している。今日はまた一段と甘めの注文だ。紅茶の風味が消えてしまうよ？　というツッコミを以前一度したのだが、

「蝶々ですので」

……とこのように返されてしまうので、そういうものだともう受け入れた。魔物の習性なのだから仕方ない。食事を自分らしく楽しめるのが一番、というのはレナの受け売りだ。

「最高に美味しいです」

モスラが一口、ウルトラハニーの紅茶割りを味わって、ほうっと吐息を漏らした。みんながあれもこれもと、甘ぁいお菓子をモスラに勧める。お茶会はいつだってワイワイ賑やかに進行する。

モスラは魔物の身体が大きすぎるために、基本的にヒト型で過ごし、毎日先輩従魔やゴルダロたちと庭園で組手をして特訓していた。それにより、さらに数回のレベルアップを果たしている。主人であるレナがしょっちゅうお屋敷を訪れて側にいるので、成長が早くなっているようだ。ヒト型モスラは扇を持つことにより［吹き飛ばし］［風斬］などのスキルを使用できる。魔人族の場合、スライムの［溶解］のようにヒト型の時には使用できないスキルも多いので、幸運だったと言えよう。攻撃手段が増えれば、護衛としてより力を発揮できる。

パトリシアが主力となりお屋敷の庭も整備されて、季節の花が咲き誇っている。午後の柔らかな日差しがガーデンテラスに差し込んで、レナたちはうっとりとこの幸福な時間を満喫した。

「こういう穏やかな日常がいつまでも続けばいいよね。みんなと過ごす時間は幸せそのものだよ」

レナが祈るように口にして、みんなが賛同した。

☆

……とある王宮の豪華な一室。大きな鏡台の前に、年若い少女が座っている。透き通るような白い肌に真珠のパウダーをはたいて、鮮やかな口紅をひいた。お化粧は自分でやらないと気が済まないのだ。毒を仕込まれることを警戒もしている。彼女の専属侍女が、蜜のような金色の髪を綺麗に巻いてセットする。少女は青いドレスの裾を優雅に払い、立ち上がった。

「ようやく、全ての準備が整ったわね。ああ、とても気分がいいわぁ」

口角をきゅっと吊り上げて笑うと、侍女を従えてメイクルームから出ていく。扉を開けたすぐ先で、薄紫の髪の男性と鉢合わせた。どうやら彼は、少女の支度を待っていたようだ。

「お待たせ。行くわよ」

「記念すべき瞬間にお側にいられること、大変光栄に思います。本日はまた一段と、輝かんばかりにお美しくいらっしゃいますねー。我らがシェラトニカ様……！」

男性が高らかに声を響かせた。少女……シェラトニカは満足げに微笑んでみせる。

「当然よ。私がこの世界で一番美しいのだもの。貴方って褒め言葉が大げさでちょっとわざとらしいんだけれど、まあ嫌いじゃなくてよ」

「シェラトニカ様は寛大《かんだい》でいらっしゃいます。何せ私は寂しい人生を歩んで参りましたから、女性を褒めることには全く慣れていなくて」

「あらそう。興味がないわ」

「ははは」

「個人語りに付き合うのはお断りよ。もう式典の時間が迫っているもの。……貴方がこの国に仕えたからこそ、私の王国改造計画が予定よりも早くスムーズに進んだから、その点は感謝しているわ。〝モレック〟。我が国の幹部として破戒僧の力を使うことと、私個人への忠誠を誓いなさい」

国外逃亡したモレックは、次の悲劇の観覧先をガララージュレ王国に定めた。シェラトニカのギラギラした紫の瞳を見つめて、にっこりと愛想よく笑いかける。内心では嘲笑していた。嘘つきな唇がうっすらと開く。

「喜んで。ダークプリンセス」

今日は重要な発表がある。式典会場まで、シェラトニカは全幹部を自分の後ろに引き連れて、騎士たちの重厚な足音で周囲を威嚇しながら歩いた。美しい顔は血の気が引いて生白いが、凛々しく引き締まっている。廊下にいた者たちが慌てて道を開けて頭を下げる。まだまだシェラトニカの敵は多い中、モレックという実力者が味方についたのは大きな利点である。ただ、素性の知れない流れ者だ。シェラトニカは冷静に、彼をこの国に引き付けておくための策を練っていた。

式典広場に到着する。シェラトニカのために良い働きをした幹部から、彼女の近くに配置された。モレックはシェラトニカのすぐ後ろで、女性らしい丸みを帯びた肩を見下ろす。弱々しくはなく、適度な緊張で張り詰めている。(頼もしい主君ですねぇ?)と内心で呟いて、ぐるりと辺りを見渡した。

広場の中央に、数十人の大人が膝立ちの姿勢で並べられている。シェラトニカに従おうとしなかった元幹部たちだ。生気のない青白い顔でぽっかりと口を開け、空を虚ろな目で見上げている……いや、首の筋肉がまっすぐ伸びたまま動かないだけで、濁った目は何も映してはいなかった。彼らの背後には、白衣を着た研究員たちがカルテを手に立っている。元幹部の一人がブクブクと口から泡を吐くと、症状を記録する。倒れこんだ者には注射が打たれて、身体が完全に硬直すると、まるで人形をポージングさせるように膝立ちの姿勢に戻された。

シェラトニカはこの光景を視界に入れても、眉一つ動かさない。味方の幹部たちの方が、眉を顰めて口元を押さえたり、奥歯をガタガタ鳴らし始めた。もし選択を誤って、未熟なダークプリンセスを殺して覇権を握ろうという企みに賛同していたら……自分たちも実験動物にされていただろう。

全員が、冷酷なシェラトニカに恐怖した。

モレックの表情が歓喜に染まる！　おっといけない、と取り繕う。

「全員この場に集まっているわね？　それでは……まずは粛清を」

シェラトニカは一人きりで大掛かりな闇魔法を使い、漆黒の大鎌を何度も振るう！　死の風圧が、この場にいる全員の頬を撫でていった。命が整理された。

「終わったわぁ。さあ、シェラトニカ・ダーニェ・ライアスハートの言葉を聞き届けなさい！」

……シェラトニカの堂々とした演説が終わると、彼女の視界に映るありとあらゆる人物が、深く腰を折り、頭を地に擦り付けた。ついにシェラトニカの時代が訪れたのだ！

…………………。

☆

ある日の、クエストの帰り道。レナパーティはお宿♡に向かう道中、ざわざわとした大通りの空気に違和感を感じ取った。いつもなら明るい活気に満ちているのだが、今日はなんだか人々の顔が曇っている。それにみんなが声を潜めて、顰め面で話している。不思議に思った。

「……なんだろう？」

『『なーんか、ヤな感じよねーっ？』』

『リリー先輩ー、フェアリーアイで何か確認できませんかー？』

『うん……みんな、すごく、不安な感情を抱いてる。……まるで怖がってるみたい』

リリーの言葉を聞いたレナたちは、困った顔を見合わせた。ふんわりした回答を聞いて、自分たちまで不安になってきてしまった……。しょんぼりしているリリーを「貴方のせいじゃないから」と慰めて、なんだか落ち着かない気持ちのままお宿♡に向かう。

「……何か、大きな事件でも起こったのかなぁ……」

こういう時、パトリシアやアリスとすぐに連絡が取れたらいいのに、とマジックバッグに仕舞っているスマホのことをレナは考える。残念ながら通話機能は使用できない。パトリシアは今頃、ゴルダロたちと自宅で鉢の整理中。アリスの側にはモスラがいるからまず大丈夫だろうが、心配にはなる。自分たちも心配されているかも、と思い至ったレナは、早く帰らなきゃ！　と足を早めた。

☆

「たっだいま、帰り、ましたぁ！」

レナが少し息を切らしながら、お宿♡の玄関扉を開けた。

「お帰りなさいませ♡　あらら……今日は随分慌てて帰ってきたわねぇ。どうかしたの？」

ルルゥがいつも通りのフレーズでレナたちに声をかけ、首を傾げる。優しいルルゥの顔を見たレナたちはようやく安堵した。彼女の城の中にいれば、まず災難には遭わないはずである。

「ルルゥさん……。あの、外の雰囲気が暗くて……不安になっちゃって。理由ってご存知ですか？」

「！　そういうことね。……ええ。悪いニュースが市民たちの耳にも入ったのよ」

『『『ニュースぅ？』』』

ルルゥは難しい顔で、一枚のチラシをカウンターに置いた。レナと腕の中の従魔たちが覗き込む。

「ーーーーーッ！」

……絶句した。レナの喉が急激に乾いていく。目を見開いて国名をじっと眺めて、かすれた声で読み上げる。

「ガララージュレ王国……!?」

記事の全文をざっと流し読みしたレナは、頭から血の気が引くのを自覚した。クレハとイズミがスライムボディをぶくぶくっと泡立たせて驚き、リリーは肩に乗ってレナに寄り添い、ハマルは主人たちを見上げてぱちくり瞬きしている。

記事の中央に書かれたのは、ガララージュレ王国からの公式声明だ。

『ガララージュレ王国の王政の世代交代が行われたことを、ここに正式に発表する。新君主は現プリンセス、シェラトニカ・ダーニェ・ライアスハート！　前国王、王妃が病により倒れた為の世襲交代である。またそれに伴い、役職交代が行われる。

宰相《さいしょう》：グエン・リーダー↓ジャクソン・ロー
外交官長：マグナリア・ユージェ↓カーター・ソニア
財務官長：ネイビー・リグ↓ラージ・グレイン

聖職官長：カイネ・ディマクーラ↓モレック・ブラッドフォード
…………………
…………………
…………………
以上の者を、新王国政府従事者として発表する』

ルルゥが、硬直してしまったレナたちの様子をじっと伺いながら、補足説明する。

「このチラシが配られたのは、今日のお昼過ぎ。ガララージュレ王国からの通達を、市民たちにも知る権利がある、ってアネース王国が大衆にもこうして広めたの。王国の紋章が入っているでしょう。政府が認めた確かな情報ということよ。ガララージュレ王国の声明発表は、おそらく数日前くらいだったと思うわ」

「そう……なんですか……」

あまりの衝撃に、レナはそれ以外の言葉が出てこない。レナは一度喉を震わせかけて、沈黙した。

「……レナちゃんたちも、ガララージュレ王国が危険だって知っていたのね。悪評は有名だものねぇ。アネース王国の隣だから、トイリアのみんなも怖がっているんでしょう」

ルルゥがレナの頭を撫でる。

「大丈夫よ！　アネース王国の政府関係者は優秀だから、しっかりと国を守るわ。私、よく知ってるの。なーんてね？　元気出して」

レナが手のひらの温かさに泣きそうになりながら、懸命に笑顔を浮かべて頷く。あらあら、とルルゥが苦笑した。

ルルゥは冗談めかしてレナを元気付けようとしているが……この知らせは危険な物だと彼女も判断して、警戒している。通達には不可解な点が多く、政府関係者に衝撃を与える内容だったのだ。

世代交代により役職の者が入れ代わった場合、新任者と前任者を共に知らせることはラナシュ王政において一般的である。悪意ある前任者が不正に前役職を偽り、政治を混乱させることを防ぐための措置だ。役職が急きょ入れ替わったということは、汚職を摘発された場合がほとんどである。ただ、今回の役職交代はあまりに数が多すぎ、また、全てが病気のためと発表されているのであまりに不気味だった。本当に全員が病気だなどと素直に信じるほど、政治家たちは単純な脳みそをしていない。かの悪の王国は小国なれど、優秀な能力を持つ王族貴族が多いと言われている。ミレー大陸各国の政府がそれぞれ影者を使い、ガララージュレ王国の状況を裏からさぐろうと動き始めていた。アネース王国も魔王国も、ガララージュレ王国の調査をしている、とルルゥは報告を受けている。

（まるで、真水に劇薬をひとしずく落として波紋が広がるような……そんな知らせよね……）

ルルゥの顔も少し曇る。頭が痛くなる事案だ。

「ルルゥさん。その、プリンセス・シェラトニカって……どんな方なんでしょうか？」

レナが言葉を選びながら、おずおず質問した。シェラトニカという少女は、ルーカの半分だけ血が繋がった妹だったはずだ。ということは、十九歳以下であるということ。若すぎるのでは？　という疑問や、ルーカの証言通りの我が儘トンデモ姫なら国はどう変化するのだろう？　との懸念をこの質問に込めた。

「うーん。さすがに私も詳しく知らないわ……ごめんね」

ルルゥは申し訳なさそうに首を横に振る。

「あ！　いえ……謝らせちゃって、こちらこそごめんなさい。つい、情報通のルルゥさんを頼っちゃって」

「そう言ってもらえるのは嬉しいわよ♡　そうね。人間性は知らないけれど……まだ十六歳のプリンセスが新王政をまとめ上げるなんて、とても困難だと思う。私は正直、不可能だと思ってるわ。だからあの国は……これから荒れるのかもしれない。その子が即位した時に支えてくれるはずの両親は、病気らしいものね？」

「……流行り病でもあったのかな。みんなが一斉に病気だなんて」

レナが難しい顔で考え込む。それはそれで怖い。

「流行り病なら、他国にも注意喚起しなくちゃいけないんだけどね……。ラナシュの病気は高価な薬さえ使えばまず治療できるから、国王は真っ先に介抱されるものよ。それなのに、国王でもすぐ一線を退かなくてはならない病気って一体何かしら？　ガララージュレ国王はまだ若かったから、回復も早いはずなのに。世襲交代してしまうと、また前国王に政権を戻すことはできない。闘病中に、まだ成人したばかりのお姫様に世代交代なんて……異常だわ」

「！　別の事情があった、って見方もできるってことでしょうか……？」

レナが慎重に聞く。レナがこの話を突き詰めたいなら……と、ルルゥは会話に付き合うことにした。例えばこんな可能性が、と数パターンを二人で挙げてみる。考えれば考えるほど、碌でもない思惑しか想像できなくて、重い溜め息が出た。

『二人とも、疲れた顔してるよー？』

クレハとイズミが、話がひと段落したところで、カウンターでプヨン！　と跳ねた。この二人もついさっきまでボディを泡立たせて反応していたのだが、今はレナたちを励まそうとしている。レナは色々とたまらなくなって、スライムボディに顔をむにゅっと埋めた。

『『きゃーーっ！　キッスされちゃったぁ、て、照れちゃうわーーっ』』

レナの涙は、スライムボディに溶けていった。ハート型の気泡をボディに浮かべるスライムに、ルルゥが噴き出す。

「ふふふ！　いつまでも暗い話をしてると、限りある人生がもったいないわよねぇ。憶測ばかり話しててもしょうがないし、そろそろ気持ちを切り替えて、楽しいお話しましょー！　ねえレナちゃん、私ね、あなたのとっておきの笑顔が見たいなぁ。今日のお宿♡の夜の献立はマッシュルームのクリームグラタンなんだけど……なんと！　長く泊まってくれてるレナパーティのみんなには半額サービスしちゃう！」

ルルゥがピースサインして宣言すると、

「お得ぅ！」

レナがぱあっと顔を輝かせた！　ルルゥがぷるぷる震えながらお腹を押さえる。

「デ、デザートもサービスしちゃうわ♡　イチゴのゼリーよ」

『『わぁーい！　ルルゥが得意なクリームソースの料理に、今が旬のイチゴのデザート♪』』

『絶対美味しいやつだぁー。もうお腹空いてきちゃったよー……今日もいっぱい魔物撥ねたもんー』

『デザートは、イチゴゼリーの、ご主人さまの血液かけ。うふふ……じゅるり……』

「リリーちゃん⁉　それを食事時に私たちが見るのはキツイなぁ……！」

『……あ、そうだね？　じゃあ、鮮血直飲みに、しよう。今！』

「あーーーーッ⁉」

そんなつもりじゃなかった、とレナは後に語った。妖精とは自由な存在なのだ。ルルゥの腹筋がついに崩壊した。

「……私たち、お部屋に行ってもう休みますね。それではまた……ルルゥさん、お夕飯楽しみにしてます」

「任せてちょうだいな。ほっぺが落ちちゃうほど美味しく作っちゃう♡」

ルルゥの言葉を聞いて、白っぽい顔をとろんと緩ませたレナは、従魔たちを抱きかかえて、ポワポワした足取りで階段を上っていった。

ルルゥはレナの背中が見えなくなるまで、手を振って見送る。……レナたちはあからさまに、ガララージュレ王国に反応して、恐怖しているように見えた。この特別な魔物使いパーティが、何者にも目をつけられていないわけがないとルルゥは考えていたが、嫌な意味で大当たりのようだ。レナは賢い少女だが、ずっと一人で生きてきた旅人としては無防備なところがたくさんある。手厚い庇護下から無理やり連れ出されたような子だと……実に正しく彼女を認識していた。

（よりにもよってあの子たちが関わってきたのはガラージュレ王国、かぁ。目をつけられるにしても、もっと貴方のことを大切に守ってくれる組織が良かったわよね……うん！）

ルルゥは何やら決意すると、瞳の瞳孔をいっそう細めて、二階を視上げる。おそらく泣き出してしまったのであろう悲しみの青紫の魂を確認して、肩をすくめると、キッチンに歩き出した。可愛い妹分が笑顔になってくれるようにと、気持ちを込めて美味しい料理を作り始める。デザートにはもう一品、ひまわりのクッキーが追加された。

☆

部屋の扉を閉めたレナは、ずりずりと背中を扉に擦り付けて座り込んでしまう。ガララージュレ王国はレナのトラウマがたくさん詰まった場所なので、久しぶりに国名を聞いて、膝が笑い始めてしまった。ダナツェラギルドで誘拐されるかもしれなかった恐怖、逃亡生活の苦しさを思い出すと、心臓がバクバクやかましく音を鳴らす。従魔たちが心配そうにレナの顔を覗き込んできて、レナは気丈でいたかったのだが、視界がうるんできてしまった。

『レナ様ー、ベッドで休もう？　ここにゴールデンベッドがおりますよー！　スキル［体型変化］』

「……ありがとうハーくん」

レナのすぐ目の前の床で、ハマルが二メートル級になった。もふっ、とレナが上体を倒れ込ませる。スリスリと頬を擦りつけるとお日様の香りがして、ようやく少しだけ気持ちが落ち着いてきた。

ハマルをテイムしたのはあの王国から逃亡した後だったなぁ、と思い出す。リリーとクーイズもおいでおいでと手招きして、みんなでコンパクトにまとまった。

レナがしんみりと、言いたくなかった言葉を口にする。

「……そろそろ旅立ちの時、かなぁ……。寂しいけどね……」

トイリアでの幸せな日々が思い返されて、レナの胸がぎゅっと締め付けられる。離れたくない！と本心は叫んでいた。従魔たちも同じ気持ちだ。その上で、レナを労わるように声をかける。

『私たちは……みんな、ご主人さまと、同じ気持ちだ。この街が好きだから、離れるのは寂しい……。でも、何より、貴方と一緒に……生きたいの。一緒にどこまでも、寄り添うからね』

『『レーナ。辛い判断、頑張ったねー。とっても偉いのだー！　よしよし！　我らはレナの決定がどちらでも、従うのだよーーーー！』』

『むしろ従えてぇーーー！　メェエ！　もし目指す旅路に障害があるならー、ボクたちがなんだって吹っ飛ばしてやりますー。お任せ下さいー。だからね、大丈夫だよー』

「……うんっ。ありがとう、みんな」

レナは泣き笑いの表情になった。少し冷静になった頭で考える。……「今」この街に留まるのは危険だ、と改めて判断した。ガララージュレ王国に渡ったのであろうモレックが、シェラトニカにレナたちのことを語っているかもしれない。トイリアを離れるべきだ。レナたちは強くなったが、国に本気で狙われたらとても敵わない。

……レナは従魔たち全員を順番に眺めていく。まっすぐに見返してくる瞳から伝わってくるのは『大好き！』の気持ちだ。おそらくレナが嫌だと言えば、一緒にトイリアに残ってくれるだろう。主人に暖かい愛情をいっぱいいっぱい注いでくれる優しい魔物たちを、ガララージュレ王国なんかに奪われないために。レナは決心して、脚に力を込めて、立ち上がった。

「トイリアをいったん離れようと思う。ついてきてくれるかな？」

『『『いいともーーー！』』』

えいえいおー！　と、それぞれが拳を天井に突き上げた。明日お別れの挨拶をしに行こうか、とレナが小さな声で話して、苦笑する。レナがベッドに腰掛けると、今度は小さな従魔たちがレナに群がった。

『うんっ。またトイリアにも遊びに来たらいいもんね！』

『ちょこっと、旅行に行くだけ。まだ……ラナシュには、知らない場所が、いっぱいあるから』

『ルルゥが言ってたようにー、人生楽しみましょー。またルーカにも会えるかもしれないねー』

「そうだねぇ」

レナは、今生の別れではないのだ、と自分を奮い立たせた。ふるふると頭を振って、いつもの前向きな笑顔を取り戻した。

「また、この素敵な街に戻ってこようね。絶対！」

その後、現在の優しい環境を噛みしめるように、レナたちはグラタンを時間をかけて味わい、ルルゥやお宿♡の常連客たちと楽しい時間を過ごした。部屋に戻ったら、随分と先送りにしていた旅立ちの準備を始めた。

☆

翌日、レナたちとルルゥはスチュアートのお屋敷を訪れた。ルルゥにはすでに旅立ちの挨拶を済ませている。……優しさに包まれて、朝から号泣してしまった、のは内緒にしておこう。レナの赤い目元を見た親友たちは心配して、「何かあったら相談してね」「意地悪されたのでしたら、原因を消しますので詳細を」「おいっ、それは私の役割だ！」と慰めてくれた。これには少し笑った。レナは何度も何度も口ごもって、ようやく友人たちに旅立つことを告げる。パトリシアもアリスもモスラも、レナが懸念していた通り、あっという間に悲しげな顔になってしまった……。

パトリシアが真っ先にすがりつく。

「旅立つって、いきなりなにっ……!? ええっ……嫌だぁぁ！ 本当に、トイリアからいなくなっちゃうのか？ 親友としばらく会えなくなるなんて……無理。心が死にそう。私バカだから理解できない！ したくない！……そんなこと言うなよーーレナぁ。従魔たちも。ううっ、せっかく仲良くなれたのにぃ……行かないでよ。さみしぃじゃんかぁぁ……！ うあああああっ」

パトリシアがおいおいと漢泣きする。レナの腰辺りが「剛腕」で締め上げられている。アリスはしゃくりあげながらも、まずレナたちの気持ちを受け止めようと、一生懸命話した。

「レ、レナお姉ちゃん……！ ううっ……。……急な話だし、なにか、先をいそぐ理由が、あるんだよね？……もう決めたなら、いってらっしゃい、って言葉を贈らせてもらうよ。あのね、私、お姉ちゃんたちの旅の安全、トイリアでずっと祈ってるから……！ また……絶対、お屋敷に遊びに来てね。美味しいお茶とお菓子、たくさん用意して待ってる」

アリスはそう言うと、ぐっと唇を引き結んで、肩を震わせた。

「こんな時にまで大人な対応すんなよアリスぅーー!! うわあああんっ！ イヤイヤ言ってる私だけが子どもみたいじゃんんんんっ」

喚くパトリシアの頭に、保護者ルルゥがゴスッと重いチョップを落とす。
▽痛恨の一撃！
「はいはーい、随分大きなお子ちゃまねぇー？ パティちゅわん。幼い子たちの前で泣き喚いて、みっともないわよぉ。落ち着きなさいな」

パトリシアは「ぐおおぉ!?」と衝撃に震えながらもまだレナを離そうとしなかったので、従魔たちが全力タックルしてようやくぶっ飛ばした。

『レナ様が白目剥いてるでしょー！ 見たら分かるんだから加減してよねーっ』

レナの中の乙女がどんどん枯渇している。パトリシアは痛む頭を押さえ、涙声で力なく「ごめん」と呟いた。アリスの涙を、モスラがハンカチで丁寧に受け止めている。

「……レナ様。貴方がこの街から離れてしまっても、私の従魔としての忠誠は揺らぎません。心はいつも皆様と共に」

「ありがとう、モスラ」

「窮地には、必ず皆様を助けに参ります。どうか私を呼んで下さいませ」

……どのように？ とレナは思ったが、モスラの気持ちをありがたく受け取った。

「このお屋敷で、アリスちゃんのことをしっかり守ってあげてね。モスラ」

「もちろんで御座います。現状でも、生半可な悪党に負けるつもりなどありませんが、敬愛するご主人様たちの従者として恥ずかしくないよう、これからも手を抜かずにいっそう精進を致します」

レナはモスラに慈しみの視線を向ける。大人びた魔人族姿の彼も、可愛いうちの子だ。

「モスラはすでにとても立派だよ。私、誇りに思ってるんだからね！」

「！　大変光栄なお言葉、胸に刻みました」

紅色の瞳がやわらかく細められ、綺麗な微笑みとなる。モスラの瞳も艶を増して、潤んでいるように見える。魂の契約で結ばれた主人と従魔なのだ、この二人も別れが寂しくないはずはない。胸の奥がチリチリ熱くなっていたが、大人の笑顔を保って挨拶を交わした。レナはモスラが自分の幸せをみつけたことを、主人《オカン》として心から喜んでいる。現状でも二十三メートル級のギガントバタフライ、しかもステータスはネオ種のレア魔物らしく、レベルに対してかなり強力。努力を重ねて、モスラはこれから本人の望み通りの完璧執事になってみせることだろう。

それぞれが一通り言葉を交わすと、ガーデンテラスには痛い沈黙が流れた。せっかくモスラが淹れてくれたお茶ももう冷めてしまっている。アリスが自分のカップのお茶をぐいっと飲み干して、レナの服の袖を摘んだ。

「レナお姉ちゃん。……もう、これからすぐに出かける予定なの？　あのね、もし少しでも時間に余裕があるのなら、今夜、お屋敷でお泊り会をしない？　色々とお話をしようよ。たくさん、貴方にお礼が言いたいんだ。パティお姉ちゃんも一緒に、みんなで！　どうかなぁ」

レナはすぐ旅立つつもりだったが、この最後のとっておきの誘惑には抗えなかった。うっ、と理性と誘惑の間で悩んでいる。従魔たちが、お泊まりしたーい！　と口々に主張して、無邪気なおねだりで主人の背中を押してあげた。アリスの上目遣いも効力を発揮し、レナは頷いた。

「……うん。ありがとう、アリスちゃん！　是非、お泊り会に参加したいな。今夜は楽しみましょう。会場提供してもらっちゃっていいの？」

「やったぁ！　もちろん。クイーンサイズのベッドくっつけて、大部屋でみんなで寝ようよ。モスラ、レイアウトの変更をお願いできるかな」

「お任せ下さいませ。一時間で全て終わらせます」

「さすがうちの子、すごい！　モスラは優しくて逞しくて、良い子だねー。じゃあこちらからは、ハーくんのもふもふゴールデンベッドを提供しましょう」

『スペシャルな毛並みを堪能して下さいませー。スライムジェルシャンプーで毛皮をケアしてるから、フワフワもふもふですよぉー』

「わあ、楽しみ！……パティお姉ちゃんってば、また泣いちゃってる。ねえ、今夜はお泊まり会しましょう。お返事欲しいな？」

「……ぐすっ。私も、泊まるぅ……」

「良かった。みんな一緒だね」

「可愛いパジャマも、クローゼットにいーっぱいあるんだよ！　丈が長くて大きめのも、小さめのもあるから、みんなに貸してあげられる。レナお姉ちゃんが前に言ってた、パジャマパーティをするのはどう？」

「わあ、いいねぇ！　賛成！」

「……私がそんなの着てて、笑わない……？」

「「大丈夫大丈夫」」

乙女度満点のフリフリラブリーネグリジェを着て、お泊り会をすることになった！　これまた楽しそうなイベントだ。泣き顔ながらも期待して頬を染めるパトリシアを適当に励まして、レナとアリスはルルゥを見つめた。ルルゥは「あら？」と嬉しそうに微笑んだが、申し訳なさそうに断る。

「可愛い女の子たちとのパジャマパーティ……うう、すごく行きたい。魔物生でもかなり上位のお誘いだわ。……魅力的なイベントだけど、でも、今回は辞退させてもらうわね。今夜は店番を代わってくれる人がいないから店から離れられないのよー。ごめんなさい。誘おうとしてくれた気持ちだけ、ありがたく頂くわ♡　なんてタイミングなのかしら。あいつめー！」

「そうでしたか、残念です……」

最後の日にお宿♡に泊まれなくなったことも含めて、レナは寂しそうな声で「また明日の朝、改めて挨拶に伺いますね」と告げる。待ってるわね！　とはにかんで答えた淫魔はお屋敷を立ち去ろうとしたが、ふと、玄関扉を開けたタイミングで振り返った。

「ところでレナちゃん。次の行き先は決まっているの？」

「う」

「……えっ。それまだ決めてねーの？　マジで……？」

「旅の計画って大切なんだよレナお姉ちゃん……」

友人たちのレナを見るキラキラした眼差しが一転、じっとりジト目になってしまった……怖い！

▽レナは冷や汗を流している！

せっかく気持ち良く送り出してあげようと思ったのに、こんなにグダグダなのでは先が思いやられてまたレナを引き留めたくなる。モスラも今回ばかりは主人の旅路を憂うあまり半眼だ。怖い！

レナはネイ村でアイシャから説明を受けたものの、まだまだラナシュ地理には疎《ウト》い。とりあえずガララージュレ王国と正反対の方向に行こうか、としか決めていなかったのである。

まあまあ、とルルゥがフォローする。

「レナちゃんって慌てん坊なところあるわよねー。私の個人的な意見だけど、魔人族たちってミレー大陸では目立つから、従魔ちゃんをなかなかおめかしさせてあげられないし、いっそのことジーニアレス大陸に渡るのはどうかしら？　魔人族が多く暮らしているわ。気兼ねなく魔人族姿で生活できると思う。容姿の整ったレア魔物もけっこういるしね。魔王様の治めるシヴァガン王国は治安もいいしオススメよー♡　王都には、友達の淫魔が経営するお宿♡もたくさんあるの。私の顔が利いてお得に泊まれるはずだわ。魔人族にとって便利なアイテムもたくさん売ってて……そうだ。コレを買いに行くのはどう？『服飾保存ブレスレット』。従魔ちゃんたちに絶対必要な物だと思うわ」

ルルゥはそう言うと、皆に見えやすいように腕を掲げてみせる。手首には細い銀色の輪っかが光っている。小さいが質のいい宝石が四つ嵌め込まれていた。くるりとルナらしく舞うと、あっという間に、黒のスリットドレスから踊り子衣装に着替えてみせた！

「わあ！」

「あら、拍手ありがとう。この宝石にコーディネートをあらかじめ記憶させておくと、魔人族が魔物姿の時には服がブレスレットに収納されて、ヒト型の時には着ている状態になるの。宝石の数のコーディネートが登録できるわ。魔人族用の魔道具だから、需要の少ないミレー大陸では売られていないんだけど、いちいち裸にならなくても着替えられるからとっても便利でしょう？」

「そんなのがあるんですね！　これは買っておきたいなぁ。すごく欲しいです」

「ふふふー♡　ちょっと高価だけど、ほとんどの魔人族が買うものだから、手が出ない値段ではないわ。大きい街の方がいろんなデザインが揃ってるから、王都のアクセサリーショップがオススメ。せっかく従魔ちゃんたちみんな可愛いんですもの、沢山オシャレさせてあげなくちゃね♡」

「本当そうですよねぇ!!」

「レナ、がっつきすぎ……」

パトリシアがレナの豹変ぶりにちょっと引いている。従魔愛がとまらないのだろう。可愛い従魔たちはヒト化してもだいたいバスローブ姿で室内でくつろぐだけなので、レナはずっと申し訳なく思っていた。是非、おめかしさせてあげたい！

「ジーニ大陸には珍しい食材が多くて、お料理が捗《はかど》るわ。海鮮も美味しいの」

なんという完璧なダメ押しだろうか。

「ありがとうございます、ルルゥさん！　訪れてみます！」

「早ぇ!!　そんなんでいいのかよ……。レナたちらしいけどさ」

パトリシアとアリスが呆れてから、ぷっ、と小さく噴き出す。モスラも口元を押さえて、クスクスと品良く笑う。

レナたちの次の目的地は、なんとなく流れで決まった！　いつも通りゆるい感じだ。アネース王国内を旅して海岸に向かい、船で海を渡ってジーニアレス大陸へ。ブレスレット購入を目的に、魔王国の王都を目指すことにした。見事にルルゥが勧めた通りのルートだが、魔王国訪問はレナたちにとって利点がたくさんあるので問題ない。

「じゃあみんな。またね」

ルルゥがヒラリと手を振って、お屋敷を退散した。レナが名残惜しげに手を振り返す。しなやかに歩きながらルルゥが外に出ると、ジーン・ゴルダロとすれ違う。

「あれ……どうして踊り子姿なの？　おはよー、ルナ。今日も美人だねー。もう退散してきたんだ？　女の子たちのお別れの挨拶、案外あっさり終わったのかな」

「おう、お疲れさん！　レナの友達は絶対みんな泣くだろうし、俺らがいるとパトリシアがまーた意地張って素直に見送りできないだろうしって、中に入って行けなくて庭園でウロウロしてたんだよなぁ。うむ、ルナの顔を見る限り、上手く話がまとまったらしいな。良かった！　若者は旅でもなんでも、挑戦してみるのがいい。ダメならまた戻ってくりゃいいんだ」

ゴルダロとジーンのいつもの調子に、ルナは気楽に笑って答えた。

「ええ。お祭しの通りパトリシアは号泣だったわよ〜。レナちゃんに『パティちゃんのお花屋さん楽しみにしてるから、またトイリアに会いに来るね！』って言い聞かされて、やっと落ち着いたの」

「「やっぱり」」

ルナから事情を聞いたジーンとゴルダロはおかしそうに肩を揺らす。

「モスラとの組手はまた今度にするか。今日は気分じゃないだろうからなぁ」

「ほんとそれー。肉屋ゴメスでたくさんお肉買ってきて、夕飯用に差し入れてあげようよ。元気出したい時はコレでしょ。女の子たちのお泊り会は夜だもんね？　ロマンだよねー」

「そうだな！　親父にいい肉出してもらおうぜぇ」

この二人はまた後でスチュアート邸を改めて訪れることにして、商店街へと向かった。

ルルゥは二人と別れて、お宿♡に歩いていく。途中、人気のない公園を通りかかり、よく晴れた空を見上げながら独り言を呟いた。

「レア職業の『魔物使い』……確か、魔王様が探していたはずなのよねー。レナちゃんを推薦《すいせん》しておこうっと。あの子のバックに魔王国がついたなら、誰もそうそう手出しはできなくなるはずだもの」

近くの木の陰から、低い声が聞こえてくる。

「……危ない賭《か》けだと思うが。なにせ現在の魔王様は悪いお人ではないが、あまりに自由すぎる」

「宰相の影蜘蛛の一族がなんとか手綱をとるでしょ！」

「楽観的だな」

ルルゥがいたずらっぽい表情でくるりと振り返ると、木の陰から、いつもお宿♡のロビーで寛いでいた常連客獣人が現れた。がっしりした体躯、燃えるような赤毛が帽子から覗いている、オオカミの獣人のようだ。彼は、にんまりと弧を描いたルルゥの瞳を見てため息をつく。

（淫魔ルルゥ様はなかなか頑固で、自分の考えをこうと明言した時はとことん折れない……。はあ）

「なぁーに、ため息吐いてんのよぅ」

「たいそうな妹想いのお方だなぁと、ね」

「オーーーホホホホ！」

腐れ縁なオオカミ獣人は皮肉を口にしたのだが、ルルゥに笑い飛ばされてしまった。しょうがないな、と腕を組む。自分が呼ばれたということは、レナのことを魔王に知らせるとすでに決めていたのだろう、と察した。彼の仕事は、ミレージュエ大陸にいる魔王国の諜報部と、国を繋ぐ連絡係なのだ。獣人がガリッと指を犬歯で噛むと、脚が獣らしく変化する。今にも走り出しそうに、グッと脚に力を込めた。

「行ってくる」

「気をつけてねー♡　ご苦労さまー♡」

短く告げると、獣人は風のように走り去り、瞬く間に見えなくなった。さすがねぇ、とルルゥが呟く。

「素晴らしいパシリのプロだわ♡」

ひどい。いや、仲良しだからこそのイジリなのだ。

魔王国には翼を持つ鳥獣人の政府関係者も存在するが、彼らは総じてトリ頭なので記憶力が悪いうえ気分屋で、伝言役には向かない。獣人が重要な連絡を主に届けている。どのような通信魔道具も、大陸間を繋ぐことはできないのだ。わざわざ足の速いエリート獣人に伝言を頼んだ過保護なルルゥは、うーん！　とセクシーに伸びをする。

「ふふっ♡　レナパーティの旅に幸運あれ！」

そんなことを言うとマジで幸運が暴走してしまうので、レナのことを思うなら、悪運を呼んであげるくらいが丁度いいと教えてやりたい。晴れやかな顔のルルゥは、明日レナたちに渡すスイーツを作るため、道中卵とバターを購入し、足取り軽く帰って行った。

☆

ウルトラスーパーラブリーな乙女ネグリジェを着て、レナたちはみんな大はしゃぎでパジャマパーティを楽しんだ！
▽レナたちは　絆を　深めた！
翌日。当たり前だが、全員が寝不足だった。反省点である。お話が盛り上がり過ぎて、名残惜しくて、つい夜更かししてしまった。レナはアリス提供のあまり美味しくない栄養ドリンクをなんとか飲み干して、よし、と自分の頬を張って気合いを入魂した！　リリーもしぐさを真似して、手が頬に届かないハマルはレナがぺちんとビンタして（望まれての行動である）、スライムボディをプニプニとみんなでつつく。気合いの入れ方はパトリシア方式だ。

旅立ちの朝。食事を終えたレナたちは「ちょっとエントランスで待ってて！」とアリスに言われ、なんとなく展開を予想しながら落ち着かなさそうにソファに座っている。アリスとパトリシア、モスラがそれぞれ綺麗にラッピングした袋を手にして現れた。

「「プレゼントターイム！」」

『『なになにーー!?　ぱふぱふーーっ』』

パトリシアとアリスが高らかに告げて、モスラがにっこり微笑み、クーイズがぱふぱふした！

レナは心構えしていたものの、号泣の準備がバッチリでき上がっている。……お別れの挨拶なのだ。

まずアリスがレナに、赤い包みを手渡す。

「レナお姉ちゃん。私のことを助けてくれて、親友だって言ってくれて本当にありがとう！　この縁にとても感謝してるよ。大好きです。旅のプレゼントにこれを。レナお姉ちゃんが欲しいって言ってた魔道具の赤いローブ。お姉ちゃんに似合うように、可愛く装飾を足してアレンジしてみたんだ。あとね、ハマルくんに騎乗する時に便利な伸びーるリボン。[体型変化]しても破れないよ」

▽レナは呪いの魔道具　恐皇のローブ（赤）を手に入れた！　×1

▽レナは　伸びーるリボンを　手に入れた！　×1

「わあ！　リボンすごく助かるよ。それに作戦の時に使ったローブはオシャレに仕上げてくれたんだね、ありがとうアリスちゃん。……自分でこれがいいと言っておきながらなんだけど、きっとすごく高いよねぇ、このローブ……。本当にもらって良かったのかなと、あの、今更ながら」

「お願い持って行って。いいの！　それ、レナお姉ちゃんくらい幸運な人じゃないと、着た瞬間におどろおどろしく呪われてしまうから。ゲイルお爺さんでさえ持て余してたし」

「そ、そうなんだ？」

「うん。装備できる人が現れるなんて、私も思いもしなかったよー。だから、お姉ちゃんの物になる運命だったんだと思う。素材は幻の赤蚕糸を紡いだもの。防火防水、魔法反射の効果があるから、旅の防具としてすごくオススメだよ」

「なんという有能ローブ……！　そういえば魔法効果確認するのは忘れてたなぁ。作戦の時は見た目のインパクトでこれを選んだからね。旅装備にローブが欲しかったから嬉しい」

レナは恐皇のローブ（赤）を羽織《はお》って、くるくる回り、なんとなくいろんな角度からまじまじと眺めてみた。重厚で豪奢なデザインだったローブは、悪趣味なドクロモチーフの金属装飾が外されており、代わりに金糸で可愛らしいツタ模様が刺繍されている。アリスがレナのために、持ち前のセンスを発揮して、［裁縫］スキルを駆使して一生懸命仕上げたのだ。ひと針ひと針、気持ちを込めて縫った。

足首まであったローブは、動きやすいように腰辺りで裁断されている。この作業は作戦終了後に、呪い効果を受け付けないレナが行ったのだが……その時の光景は凄まじかった。ハサミを入れた瞬間に、『恨めしやアアアア！』と恐皇の怨念がレナを呪おうとしたのだが、圧倒的幸運力で強制成仏させられてしまったのである！　呪いのアイテムは装備者の運ステータスが高ければ、その効果を発揮できない。断末魔の悲鳴に、全員がドン引きした。

続いて、パトリシアからレナには、何やらビー玉のような物が数個プレゼントされる。

「これ、魔道具……？」

「超速ホワイトマッチョマンと超速オカマッチョマンの種だな」

「ええっ⁉」

やばい！　レナは引きつる表情を取り繕った。

「それぞれさらに品種改良を重ねて、知能を底上げしてあるんだ。発芽させた者の命令を聞くから、レナのいいように使ってやってくれ。この丸い玉は、花職人が種を管理する時用に作られたまだ発売されたばかりの魔道具。玉に包まれている限り種は発芽しないから、うっかり種を落として野生花モンスターを作る心配はない。発芽した花は種を作らないから、回収して野生化に備える必要もないよ。玉を開けられる人物はレナに設定してある。値段が高くて少ししか魔道具を買えなかったけど……みんなの旅の助けになったら嬉しい」

「あ、ありがとパティちゃん。わあーーとっても頼もしいなぁーー」

「へへっ！」

▽レナは空気を読んだ！

パトリシアが得意げなのでおとなしくプレゼントを受け取っておくことにした。欲を言えばお菓子フラワーの種の方が嬉しかったが、おくびにも出さない。

▽レナは超速ホワイトマッチョマンの種改を手に入れた！　×3

▽レナは超速オカマッチョマンの種改を手に入れた！　×3

間違っても従魔たちが種を食べてしまわないように気をつけよう、と心に誓う。幼子がモスラのように腹筋が割れた姿になってしまうのは流石によろしくない。あの子たちは、むにむに柔らかい身体がとっても可愛いのだから！　幼少期だけのスペシャルキュートボディなのだ。

「では、レナ様。私からはこれを」

モスラが前に出て、小さめのプレゼント袋を差し出した。レナが中の物を取り出してみると、でてきたのは黒い筒状の……えーと、筒。小さめのオカリナくらいの大きさだ。角笛に似た形の漆黒の筒には紐がついており、首から下げられるようになっている。モスラがどのようなプレゼントを用意したのかはアリスもパトリシアも知らなかったので、興味深そうに説明を待っている。

「モスラ、これはなぁに？」

「〝モスラの呼び笛〟で御座います。昨夜こっそりバタフライ姿になって、口吻の先端を切り落として作りました」

エライコッチャーー！　とんでもない魔道具が出てきて、全員がぎょっと驚いた。

「唇の欠損大丈夫!?」

盛大に青ざめたオカンレナが、背の高いモスラの頭をガッと掴んで引き寄せ、まじまじと唇を確認する。よく見ると赤い唇の端にはわずかに切り傷があり、ショックを受けて悲しい顔になる。大切な我が子にリストカットをされた気分らしい。

「ほんの少しの傷ですので、大したことは御座いませんよ。その笛を吹いて頂ければ、レナ様がどれだけ遠くにいらしても私は必ず駆けつけます。どうかお呼び下さいね」

「……モスラ。とってもありがたいし、嬉しいけど、自分の身体は大切にして欲しいの！」

「大変失礼致しました」

モスラは眉尻を下げて苦笑する。主人が自分を心配してくれて、嬉しい気持ちが込み上げてきていたが、悲しい顔をさせてしまったことは反省した。これほどまでに心配されるならば、今後は身体を一切傷つけられないよう、筋トレを加速させましょう、と決意した。やはりレナの従魔だ、個性が爆発している。レナが笑顔を見せると、とても嬉しそうにモスラも微笑む。
▽レナはモスラの呼び笛を手に入れた！　×1
これで、旅立ちの準備が整ってしまった。

「……私たちも、みんなに何かプレゼントを用意したかったなぁ。ごめんね、お土産持って……またこの街に、必ず、帰ってくるから」

レナがたどたどしく、声を震わせて話した。パトリシア、アリス、モスラは顔を見合わせる。

「何言ってんだ。レナは、私と友達になってくれただろ」

「私とも友達になってくれた。というか、親友だよね」

「あっズルイ、私とレナも親友だ！」

「『たくさん助けてくれたよね（な）』」

「私と主従契約を結んで下さって、本当にありがとう御座います。このご縁に感謝を。レナ様の従魔になれて、とても幸せです。末長くお仕えさせて下さいませ」

トイリアで仲良くなった三人が、それが何よりのプレゼントだとレナに告げる。

「そ、そんなこと言われたらぁ……！　な、涙が溢れてきちゃうよぉ。堪えてたのに、うううっ……ぐすっ」

『『『ご主人さま、ファイトーー！』』』

「みんなのことが大好きぃーー!!　いっぱい思い出くれて、いっぱい、あいがとう。会えてよがったぁ……パティちゃんの創るお花、素敵だよ。お花屋さん、頑張ってね。応援してるぅぅ」

「おう、もちろん。レナが色々と手伝ってくれたんだ、成功させてみせる」

「うん。アリスちゃん、スライムジュエルの買い取りありがとう。商業テスト……ほどほどに頑張ってね。無理しすぎないで……モスラぁ、適度にアリスちゃんを遊びに連れ出してあげて。ぐすっ」

アリスとモスラが思わず笑った。

「承知致しました！　アリス様を空の散歩にお誘い致します。また、是非レナ様たちとも空を散歩したいです。いつかきっと。そのうちだと嬉しいですね」

「私、かなり心配させてたんだね……うん、体調に気をつけて、勉強を続けていくよ。レナお姉ちゃん、これから扱いに困るレアアイテムを手に入れたら、私がバイヤーとして手助けするからね！」

「助かるぅー……！　スライムジュエルの換金もありがとう。……うっ、あのね、もう、無理」

『『レナの涙が限界ねー。よーし、そりゃーーっ！』』
▽スライム触手が　リボンのように　全員をぎゅーっとまとめ上げた！
ついにレナの瞳から涙が溢れ出す。

「うわあああーーーーん！」

このスライムリボンの輪の中に、幸せがぎゅっと詰まっている。またきっと、と再会を決めた涙は、レナの心の糧になる。目指すのは、冒険してからの親友たちとの再会なのだ。そう考えれば少し涙が落ち着いて、みんなの顔がまた鮮明に見えたら「好き！」と心が叫んで、目の奥が熱くなって頬が濡れた。全員が泣いて、再会を望みあって、ようやくトイリアから旅立つことになった。

くしゅうせて、……

「ばいばーーい！　レナお姉ちゃんー！」

☆

「レナーーっ、再会楽しみにしてるからー！」

大空に翅ばたくモスラとその背に乗った友人たちに見送られながら、草原でハマルに騎乗しているレナは大きく手を振る。スライムたちがハイジャンプからの宙返りを決めてみせ、リリーも美しく翅を輝かせた。

レナたちの旅立ちを見守るように、草原にはさわやかな風が吹きぬけていく。ここはツェルル草原ではなく、アネース王国内、トリイア領主の治める領地の一部である。

「……領主様から話には聞いていたものの……」

「な、なんだよあれ。でけぇにも程があるだろ！」

「なんでも新種の魔物らしいぞ。綺麗な翅の蝶々だが、まるで怪物みたいな大きさだな⁉　とんでもねぇ。味方で良かったよ……」

モスラを見上げた草原の警備員たちは思い切り顔を引きつらせていた。声はカラカラに渇いている。異様な光景に目は釘付けだった。

悠々と草原を闊歩する大きなヒツジ。主人と先輩らに影をつくってやっている心優しい巨大蝶々。はるか前方で吹き荒れる理不尽な暴風により転げまわるモンスターたち。覇者の気配に恐れをなして逃げ惑うモンスターたち。モスラの［威圧］によって気絶するモンスターたち。

いつも通りのレナパーティクオリティであった。レナたちが行く先には、当分のおかずとなる獲物がすでにたくさん転がっている。全てが傷ひとつなくただ気絶しているだけなので、スライムの［溶解］スキルで溶かしてしまえば特上新鮮肉が手に入るだろう。時たまクーイズが触手を伸ばして、獲物を捕食、一番いい部位の肉だけをリリーが持つマジックバッグに放り込んで行った。今夜のご飯は極上ステーキ、デザートは淫魔ルルゥがくれたマドレーヌの予定である。楽しみだ！　ご飯は元気の源！

しばらく一緒に進んで、次の街の姿が遠くに見えてくると、モスラは大きな身体を優雅に反転させる。

『必ずや一回り大きく成長して、レナ様のお力となりましょう』

〈〈ギャオオオオオオッ！〉〉

リリーがスマホを操作してモスラの咆哮を響かせると、音量をミスして草原中に声が届き、警備員が恐れおののいて、弱いモンスターたちが気絶した。あちゃー、と舌を出すリリーは可愛い。

圧倒的な存在感を見せつけたモスラは、小都市トイリアへと飛んで戻って行った。

レナが泣きすぎてうっすら赤くなった目で、後ろ姿を見送る。

「……またね。モスラ。また呼び笛を吹くからね。パティちゃん、アリスちゃん、私たちも頑張って強くなるよ。悪い人なんかに利用されないように。自分たちの穏やかな生活を守れるように」

レナが呟いて、ハマルの金毛に前のめりにぽふんと埋もれた。モヤモヤした気持ちを払拭したくて、「魔王国に着いたらモスラのブレスレットも買ってあげたいなぁ。呼ぶ？」とさっそく再会について考え始める。

『『レナー。トイリア、楽しかったね！』』

「うん……とっても素敵な場所だよね」

クーイズがレナに話しかけたことをきっかけに、思い出話に花が咲く。初めてトイリアのメルヘンな街並みを見て、感動したこと。冒険者ギルドでいろんな冒険者に会い、クエストをこなして賃金を得たこと。淫魔ルルゥのお宿♡の装飾に驚いたこと。パトリシアに絡まれて、まさかの決闘から親友になったこと。アリスとモスラとの出会いをきっかけに、ドッキリ☆大作戦を仕掛けたこと。

『あ。ご主人さま、顔が明るくなったよ！』

『かーわーいーいー』

レナが照れ笑いすると、従魔たちにうりうりーーッと頬を擦りつけられた。従魔が本当に可愛い。

▽レナは　可愛さを　心ゆくまで満喫した！　癒された。

ふと、ハマルがハッとしたように顔を上げて前方を睨み、鋭く叫ぶ！

『……！　もちもち大ウサギがいるぅっ！　仕留めようー！』

『『ほんとーー!?　いよっしゃあ！』』

もちもち大ウサギ。もっちりした肉質の、高級食材レアモンスターである。一度だけ仕留めて食したその肉はとても美味しかったと、全員がよぉーく覚えていた。

「よし、気分転換に狩っていこう。今日は旅立ちの宴だよ！」

『いっけぇーーー！』

レナが承認し、リリー先輩の特攻指示が出される！　俄然ヤる気を出したハマルは、［駆け足］スキルを使い全力で草原を駆け始めた！　いつも以上に容赦のないスピード！

「予想以上にはっやぁあぁーーいッ……！」

ハマルが飛び跳ねたので、背中にまたがっていたレナが必死でリボンにしがみつく。余裕など欠片もない状況で、レナの脳内には世界の福音が高らかに響いた。

〈称号：［赤の女王様］が追加されました！〉

〈ギルドカードを確認して下さい〉

〈お手持ちのスマートフォンデータのアップデートを行います〉

〈更新中……更新中……〉

〈新規連絡先：［パトリシア・ネイチャー］、［アリス・スチュアート］が追加されました！〉

〈連絡先一覧を確認して下さい〉

「えええええーーっ!?」

しがみつくのに精一杯でとてもスマホなど取り出せそうもないが、何やらとんでもないお知らせが紛れ込んでいる。

「赤の女王様って何ーー!?　お屋敷であの演出したからかーー！」

混乱して叫ぶレナ女王様を乗せて、今日も元気にゴールデンシープが獲物を撥ね上げる！　パコーーーーーン！　青空にモンスターが舞った。
▽レナは　小都市トイリアを　旅立った。

▽友人たちと　長距離通信できるようになった！
▽ジーニアレス大陸、魔王国を目指そう！

Rare Class Change

Extra Story

パトリシアの恩返し

花職人に転職してから数日後、パトリシアは久しぶりにゴルダロパーティと草原に出かけることになった。

「今の私は攻撃スキルも使えないし、足手まといだと思うけど。余計な災厄は招かないように気をつけて行動するから」

「おおっ⁉　随分と他人を気遣えるようになったなぁ、パトリシア。友達と一緒に過ごすようになったおかげか？　えらいぞ！　せっかく花がたくさん咲いている場所の近くで狩りをするんだから、お前さんも一緒にと思ってなぁ」

「うんうん。パトリシアと一緒に草原に出かけるの久しぶりだから、なんだかすごく楽しいわー♪ゴルたん、いつもよりもーーっと元気ね」

「がははっ！　今日はパトリシアが見てるからなぁ。気合い入れて派手に戦闘するつもりだぜぇ！」

「花畑に被害がありそうだから遠慮してくれるか」

「むっ⁉」

「わお。パトリシアのツッコミ、キレッキレじゃん。この四人でパーティ組んでると、やっぱりしっくり来るよねー。なんだかんだ付き合い長いからさ。おう、落ち込むなよーゴルダロ」

「いや……？　落ち込んでなんていないぞ。花畑を避けながら派手な戦闘をするためには、と考えていたんだ！」

「そっちかよ！……顔俯けてたから若干言い方きつかったかと心配したじゃんか……ちくしょう」

「ははは！　もっと遠慮のない言葉で普段から殴り合ってるじゃねぇか、なにを今更」

「ぐっ」

パトリシアが己の口の悪さを自覚して、黙った。腹いせにゴルダロのブーツの足首をげしげしと蹴る。ゴルダロは楽しげに笑っている。

「パトリシアの口調、怒ってる時以外は、だんだん丁寧になってきてるわよ♪」

「ほ、本当？　ルナ」

「元の言葉遣いが超乱暴チンピラ仕様でマイナス振り切ってたから、まだまだ一般婦女子ラインには届いてないけどねぇ」

「てめぇジーンツラ貸せごらぁ。シミールフラワーの餌食にしてやるよぉ」

「うっわマジ勘弁！」

ジーンとパトリシアがゴルダロを挟んで対立している。身内の冗談の範疇《はんちゅう》である。

「シミールフラワーじゃあお花屋さんには置けないから、マトモで綺麗な花の種を採取しないとね」

「うん。あの……みんな、よろしくお願いします」

ルナが発言すると、パトリシアが睨み顔から穏やかな表情になって、素直にパーティメンバーに助力をお願いする。保護者三名は嬉しそうに、心が丸くなったパトリシアを見つめて頷く。

「じゃ、目的の場所まで移動しましょ！」

パトリシアの隣にルナが並び、ゴルダロとジーンを先頭にして、久しぶりに四人になったゴルダロパーティは草原を歩み始めた。

☆

草原の一角、日当たりが良くて野生花がたくさん咲いている地帯に辿り着く。パトリシアとルナは花畑で種の採取。少し遠くの、岩がごろごろ転がっている場所にゴルダロとジーンが向かった。

「私はパトリシアを護衛するわね。付与魔法［パフォーマンスアップ］！　頑張ってきてねー♪」

「「行ってくる」」

ルナの付与魔法により、ゴルダロとジーンは身体の内側に炎が灯ったことを実感する。この上級魔法は集中力を高めてミスを減らし、効率良く戦えるようになるというもの。その代わり効果が切れると身体が数割り増しで疲労を訴えるのだが、ルナはお得意の治療魔法でその欠点もカバーできる。ルナはどのパーティからも引く手数多な実力者で、本来ならば中流の上位程度のパーティにいてくれる存在ではないのだが、冒険者としての活動はゴルダロパーティに限定していた。パトリシアの両親がお宿♡で赤っ恥をかいたおかげである。

ゴルダロとジーンが遠方で武器を構えた。
▽岩猿が　現れた！　×10
「わ、けっこう多いね。群れか。ゴルダロ、手前の攻撃的な奴らは頼むね」

「任せろ！　スキル［スライドスラッシュ］！」

「～～～～、風魔法［ウインド・ストーム］」

ゴルダロの大剣が豪速で振るわれて、飛びかかってきた岩猿を叩きつけるように斬る！　ジーン

が作り出した小さな竜巻は岩猿を一匹ずつ飲み込んで、宙に浮かび上がり、岩猿たちの呼吸を奪った。岩猿は次々と絶命していく。

▽岩猿を　倒した！　×10

「やるじゃない。あの子たちも成長したわよね」

遠方からゴルダロたちを視つめていたルナが楽しそうに呟く。そして花畑に視線を戻して、「種を見つけるのって難しいわねぇ」とパトリシアに話しかけた。

「パトリシアは花の種を見つけるのが早いわ……やっぱり貴方って花職人向きよ」

「あ、ありがと」

パトリシアは耳を赤くして答え、雑草の間から枯れた花の株を見つけると、小さな砂粒のような花の種を器用に採取する。たくさんの種が採れたが、レナたちと出かけた時のような特別な花は見つけられなかった。シミールのような武器的な特徴を持たない、ただ美しいレア花が見つかれば最高だったのだが。

「やっぱりレナの運が特別良いから、以前はレア花がたくさん見つかったのかなー」

「へぇ」

ルナが興味深そうに相槌を打つ。

「！……強い魔物の気配がするわ。パトリシア、一緒に来て！　貴方を守りながら加勢する」

「っマジか！　分かった！」

パトリシアが金属の籠をさっと持ち上げて、ルナとともに走り出した！　ルナが真剣に、赤い瞳

を瞬かせる。仕留めた獲物の血抜きをしていたゴルダロとジーンの背後に、

「スキル［ステルスショット］！」

先制攻撃を仕掛けた！　透明なナイフが鋭く大岩の陰に吸い込まれていき、獣の大咆哮がビリビリと草原に響き渡る！

グオォォォオオオオォ……ッ!!

「うっ」

「威圧、恐慌作用がある咆哮ね……！　パトリシア、耳を塞いでおいて」

ルナがパトリシアの両耳を手のひらで強く押さえてやると、パトリシアはそれを真似して自分の手で自分の耳を塞いだ。眉を顰めてはいるが、「大丈夫、自分でできる」とルナに言うと、ルナが手を離す。そしてジーンに向けて親指を上に立てた。ジーンはルナが行動したのを視界の端に捉えて、「何かが起こる」と警戒し、とりあえず自分とゴルダロを結界で覆ったのである。おかげで咆哮による精神的影響は受けていない。良い判断であった。

▽ロックマウンテン・ゴリラが　現れた！　×1

岩石ボディの巨大なゴリラの魔物。厚い胸板をゴツ！　ゴツ！　と叩いて、自らを［鼓舞］している。剛力がさらに強化された。

「A～Sランクのとても強い魔物だわ……。他の種族の魔物の群れに入り込み、ボスを殺し、強制的に群れを支配することがある。さっきの岩猿の群れのボスがあのゴリラだったんでしょう！　相手は戦う気満々のようね。倒すわよ！」

ゴルダロとジーンが何やら短く会話している。作戦を話し合っているらしい。
▽ロックマウンテン・ゴリラの［ヘビーパンチ］！　地面に腕を叩きつける！
▽地面が　割れた……！
「うおらぁ、ふっ飛べジーン！」

（もうちょっと掛け声なんとかならなかったのかなぁーーーっ!?）

ザックリ亀裂が入った地面にジーンが足を取られないように、ゴルダロがソフトラリアットでジーンを緊急避難させた！　ジーンはなんとか小声で呪文を唱え続けて、藪に突っ込む前にふわっと空中に留まってみせる。冷や汗で前髪が額に張り付いている。

ゴルダロは不安定な地面の上にしっかりと立っている。体幹が優れているのだ。
▽ロックマウンテン・ゴリラの［飛び跳ね］からの［岩石変化］！
高くジャンプ！　超重量の堅い身体をはるか頭上で丸めると、岩石のように硬く変身して、勢いよくローリングしながらゴルダロに向かう！　当たれば即死、当たらなくても地揺れを引き起こし、クレーターができるだろう。岩石の大きさは直径約三メートルもあるのだから！

「うおおおおっ！　スキル［カウンター殴打］！」

「応援するわ。付与魔法［筋力向上］。ゴリラには……付与魔法［ボディメイキング］。プニョプニョボディになっちゃえ♪」

踊り子ルナがくるりと華やかに踊って、後方から仲間を支援する。ゴルダロが大剣を構えて、どっしりと腰を落とした。相手を迎え撃つ構え！

▽ゴルダロの　フルスイング！　ぷっよおぉぉーーーーーーん!!
岩石ボディはゴムボールのように柔らかくなっていたので、あとは超重量落下に負けない筋力があればはね返せた。ゴルダロは額に青筋を浮かべて腕への衝撃と戦い、見事にロックマウンテン・ゴリラを打ち上げたのだ！　［カウンター殴打］は相手の先制攻撃を受けた場合、斬撃の威力が一・五倍になるスキル。空中で混乱のあまりもがいているゴリラは、もはや良い的でしかなかった。

「風魔法［トルネードランス］！」

ジーンが詠唱を終えた！　視認できるほど高密度な、先端が尖《とが》った風の槍が、三十ほど現れる。ジーンが杖をロックマウンテン・ゴリラに向けると、［トルネードランス］が一斉にゴリラを襲う！　柔らかいボディにはた易く穴が開く。致命傷を負わせた……と思われたが、ゴリラは瞳にギラリと怨念を宿らせた！
▽ロックマウンテン・ゴリラ、［爆発］の構え！
「させるかよ！　［斬撃波］ッ」

ゴルダロが大剣を下からすくい上げるように豪快に振る！
▽ゴリラの　頭と胴体が　切り離された！
▽ロックマウンテン・ゴリラを　倒した！　×1
「いっえーーーい♪」

自爆のスキルが発動される前に仕留めることができた！……ゴリラの身体が飛散してしまったのはゴルダロの張り切りすぎである。ボタボタと肉片が降り注いでくる。辺りは血みどろで、これでは爆発後と大して変わらない光景だ。［爆発］に備えてジーンが張った結界が、パーティに肉片が降り注ぐのを防いでいる。ルナが、隣にいたパトリシアと握手した。パトリシアは思わずそれに応じながら「いや私何もしてないけど」と苦笑する。そして、今の戦いを振り返った。

（それぞれが相手の動き方をよく理解してて、上手くフォローし合ってた。隙が大きくなる［斬撃波］の最中、別の魔物がゴルダロに不意打ちを仕掛けようとしてたけど、ルナが［威嚇］で上手くそいつらを制してたな。ゴリラが倒されたら、他の魔物も逃げてったみたい……もう近寄ってこないだろう。ジーンの派手な魔法技は、今回初めて見たかも。いつも私のフォローをしてくれてたからか……。……みんな、こんなに強いのに。私が剣士だった頃、クエストに出かけた時には、新人の私が戦いやすいように調整して見守ってくれていたんだろうなぁ）

パトリシアの胸に、ちょっぴり拗《す》ねる羨望《せんぼう》の気持ち、そして深い感謝の気持ちが湧《わ》き上がってくる。……この感謝をどう伝えようか、と考える。肉片を結合させて、剥製《はくせい》にできそうなほど綺麗なロックマウンテン・ゴリラの死体を作ったルナは、血を青魔法［アクア］で丁寧に洗い流している。これはまた規格外だ。パトリシアは呆れて、思わず笑ってしまった。

☆

ある日、レナたちはパトリシアに「相談がある」とこっそり自宅に招かれていた。ルナが覗いていないだろうな、と警戒してレースカーテンの隙間から窓の外を索敵したパトリシアは、誰の姿もないことを確認して「ふぅ」と安堵《あんど》の息を吐く。レナたちは頼んだ通り誰にも言わずにこの家に来てくれたようだ。

（そこまでする、内緒の頼み事ってなんだろう？）

レナたちは首を傾げている。

「ああ……悪い悪い。そろそろちゃんと説明するな。ゴルダロ、ジーン、ルナにプレゼントを贈ろうと思ってるんだ。サプライズで。その……日頃の感謝を込めて、というか？」

「それはいい考えだね！」

照れながらぼそぼそと話すパトリシアに、レナはパッと華やぐ笑顔を向けてみせる。従魔たちが、成長したなパトリシアよ……とまるで親のような眼差しを少年娘に送った。

「是非お手伝いさせて、パティちゃん。私たちは、プレゼントを選ぶお手伝いをしたらいいのかな？それとも、なにか別の役割がある？」

レナがうきうきとパトリシアに聞く。こういう確実に喜ばれるサプライズは大好きだ。

「ああ、草原に行くつもりだから、同行を依頼したいんだ。見つけたい素材がある。えっと……プレゼントは、特注でオリジナルのアクセサリーチャームを贈るつもり。パーティメンバーでお揃いのを、知り合いの宝飾職人に発注しようと思う。持ち込み用の素材として、『クリスタルフラワー』を探したいんだ。草原に自生してる、花びらがキラキラの宝石みたいな、珍しい品種」

「あー。レア花なら、確かに私がいると見つかりやすいかもね……？」

レナが苦笑いする。パトリシアの野生花の種を集めに行った時は、ことごとくレア品種や魔物花と遭遇してたのだ。「いいよ」と言うと、パトリシアはにっ！　と笑う。

「ありがと！　まあ、運を頼る下心もあるけどさ。何より、レナたちは強いって思ってるから。主に護衛として頼りにしてるんだよ。ゴルダロたち以外の冒険者では、その、一番信頼できるし」

『んっふっふ……。苦しゅう、ないぞ、パトリシアよっ』

『『レナパーティの実力をよく理解しておる！　よきかな！』』

『強いって言われてー、悪い気はしないよねー？』

レナが嬉しそうにふんわり微笑む。

「ありがとう、パティちゃん。そう言ってもらえて嬉しいよー！　うん。クリスタルフラワー探し、頑張ろうね！……危険な場所に行くわけではないんだよね？」

「もちろん、そんな所には誘わないって。クリスタルフラワーは、ふつーに草原のどっかに生えてる……かもしんない。その花、生態がかなり特殊で生息地は予測できないんだ。特定の虫の死骸から発芽して、種を残さない一代限りの花だから。平野のいろんな場所を探しに行こうと思ってる。あー……かなり歩き回ることになるだろうけど……」

「いい訓練になるね！」

「おう。ポジティブだな。そう言ってもらえると助かるぜ。くははっ！　プレゼントのために私やレナたちが傷付いたら、ゴルダロたちは悲しむだろ？　喜んで欲しくてプレゼントを贈るのに、悲しませちゃ意味ないからなぁ。もう無茶はしないよ」

パトリシアは、荒れていた時期のがむしゃらな戦い方をきちんと反省しているようだ。自分が大切にされている、と理解している。にんまりとした笑みを浮かべたレナたちに「そんな顔で見るなよ」と顔を逸らしてみせて、花職人用の鉄カゴに、柔らかい綿を敷き詰めていく。クリスタルフラワーの花弁は繊細なので、壊さないようにここに入れて持ち運ぶ、というパトリシアに、レナが茶色の革袋を差し出す。

「パティちゃん。ちゃららら──ん♪　あら、こんなところにマジックバッグが！」

「そうだった。レナたちはそれを持ってたんだっけ……借りてもいいの？」

「うん！」

「至れり尽くせりだな、マジで。今更だけど、私、すっげーいいパーティに依頼したんだなぁ……

って思った。移動手段アリ、索敵ヨシ、戦力ヨシ、運ヤバイ」

「ちょっと待って最後の言い方は。……その通りだけど」

『『レナの運、さいきょーなのー！』』

『レナ様がお友達のために望むならー、きっとお花も見つかるのですー』

『間違い、ないのっ！』

「従魔たち、誇らしそうだけど？」

「なんて可愛いんだろううちの子たちは！」

「納得しよった。まあ、可愛いからいいよな」

「いいよね！」

『『『『可愛いの好きだもんねー？』』』』

「おいやめろ、従魔たち。だいたい何考えてるか分かるようになってきたぞ。全員、リリーみたいににやにやしてるだろ！　そんな目で見ないでってば……恥ずかしい！」

わいわいとパトリシアをからかいながら、レナたちはさっとお出かけの準備をして、草原に繰り出した。

▽クリスタルフラワーを探そう！

☆

パトリシアの家を意気揚々と出発してから、数時間後。レナたちは草原の花畑に、ぐったりと倒れ込んでいた。もちろん、周囲に危ない魔物がいないかは索敵済みである。リリーが魂を確認したところ、魔物ではない普通の虫しかいないようだ。

「……出かける前に家で聞いたけどさぁ。レナが何かを強く望むと、その望みを実現するための試練がやってくる可能性が高い……って。マジなんだな。こんなにも追いかけられるハメになるとは思わなかった……」

パトリシアが仰向けに寝転がりながら、緩慢な動作で足を上にあげて、ズボンにひっついていた粘着コオロギを、ぺいっ！　と指で引き剥がす。まさかの、粘着コオロギの群れに遭遇して果敢なタックルを食らっていたのだ。その名の通り、ちょっとベタッとしている黒紫色のコオロギ。やわらかい毛などにくっついて移動する、面倒くさがりである。狙われたのはハマルの金毛毛皮だが、引っ付かれると取り除くのが大変そうだったので、レナたちはヒツジ騎乗で逃げることはせず、小さくなったハマルを抱えてみんなでひたすら走ったのだった。

「そーだねー……疲れたぁ。こ、この驚愕のトラブル率を乗り越えたら、私たち、クリスタルフラワーを発見できるのかも……？　うう、ラナシュって厳しい世界だね」

「レナは特例だと思うぞ」

「トドメを刺すのやめて下さぁい」

レナが座り込んで、げんなりした表情でキュロットスカートの裾をはたいている。白く汚れていた。背の高い草むらを通り抜けた時、白い粉を分泌する粉毛虫にうっかりスカートが触れてしまい、粉まみれにされたのだ。また後で丁寧に洗濯する必要があるだろう。ちなみにこの白い粉は無害で、お掃除をする時のクレンジング剤になるそう。攻撃はこれのみなので、粉毛虫の生体確保はＦランククエスト常時依頼になっている。

『あとはー。モグラの穴に足をとられて、レナ、転びかけたしねぇ』

「うん……ドジでごめんね……ハーくん下敷きにしちゃったし」

『なんのなんの。レナ様をお守りするのはー、従魔の〝悦び〟なのですー』

『また、魔物花にも、会っちゃったしね……？』

「あの強烈な生ゴミ臭で攻撃してくるラブレシア……キツかったよねぇ……。投げキッスで臭気を飛ばしてくる魔物花なんて。悪意がひど過ぎるよ。というか、ラブレシアって元の花はどんなものだったの？　魔物花した植物ってことは、既成花の種が過去に自然にバラまかれて変質したんだよね」

「もともと魔物として生まれるモンスターフラワーの方が多いから、必ず既成花が元ってわけではないけどな。あのラブレシアについては、既成花が元だよ。すっげーコアな臭いフェチ花職人が過去にやらかしたらしい……趣味で作った種を、うっかり落としちまったんだとか。ふっざけんな！　だなー。悪い意味で、花職人業界の伝説にもなってる話だよ。ラブレシアは数が少ない激レアな魔物花なんだけど、まさか今回遭遇するとは……」

『『撃退したクーイズに感謝したってや！』』

「ほんとにありがとう！」

ラブレシア、というグロテスクな魔物花の撃退方法について述べておこう。まず、レナたちは強烈な臭気を吸い込むまいと、必死で鼻をふさいでいた。［全状態異常耐性］ギフト持ちのクレハとイズミが、ラブレシアを包み込み、己の臭いによる自滅を誘ったのだ。カメムシ式セルフ密室殺魔作戦である。ラブレシアはしおしおと枯れていき、数個の種を遺した……。ラブレシアの種を手にした場合は、確実に燃やして処理しなければならない。種はクーイズが［溶解］した。

▽レナたちは　疲れている……。

▽ハマルの　ゴールデンベット［快眠］！

▽疲れが　ほぼ回復した！

お花畑で大きなヒツジと少女たちが仲良く眠るという、実にメルヘンな光景であった。それでは、張り切って草原散策を再開しよう！

☆

リリーに魔物を索敵してもらいつつ、レナたちがキョロキョロと周囲を目視しながら移動している。パトリシアが林の入り口に目を向けた時、キラリ！　と特別な輝きを捉えた。

「あっ！」

「なになに？　もしかして見つかった？」

レナがパトリシアの背後からひょっこり顔をのぞかせ、同じ方向を眺める。太陽の光を反射して、何かが存在している！　輝きが強くて、この距離間だと地上の光の正体が判別がしづらいくらいだ。

パトリシアが目を細めて近づいていく。

「……うん、それっぽい！　クリスタルフラワー、見つけたぜ！」
▽パトリシアは　クリスタルフラワーを　発見した！　×1
『『ほんとーー!?　やったね！』』

『随分、早かったの！』

「採取しにいこう。パティちゃんも初めて見るお花だって言うし、楽しみだねぇ！」

「レナたちが一緒に来てくれたおかげだな」

――おめでとう、貴方たちは数々の試練を突破した。よって、短期間でこのような幸運に巡り会えたのだ。だが、まだ少々生ぬるい。最後にとっておきの試練を与えよう。

そんな世界の副音声が聞こえた気がする。リリーが『ん？』と呟いた。

『……あのお花の茎付近に、弱い魔物が、いるみたいなの』

「！　パティちゃんっ」

「リリーが察知したって？…………ええと。うわっ、マズイ！　タデ喰い虫だ！　茎を齧ってる……もし噛み切られたら花弁が地面に落ちて、割れちまうっ！」

パトリシアが驚愕の声を上げる。ようやく目的の花を見つけたのに！　と青ざめた。茎はかろうじて繋がっている状態、ほぼ噛み切られていて、花弁が今にも落ちてしまいそう。クリスタルフラワーまではまだ遠く、パトリシアが全速力で走っても花の落下に間に合いそうもない……！

ギチギチギチギチ、とタデ喰い虫が強靭な顎で、硬い茎の繊維を断ち切っていく……。

「そうはさせないっ！　お願い、ハーくん！　スキル［鼓舞］！」

『おおせのままにー。スキル［駆け足］ッ』

レナたちの足元にいた普通サイズのハマルが、弾丸のように駆け出した！　パーティの中では一番の俊足状態。ハマルに運命を託すしかない！　レナたちが手に汗を握る。

……茎がついに完全に噛み切られて、クリスタルフラワーの花弁が落下していく！
▽ハマルの　スライディングプレー!!
ずざざざざーーっ！　と、脚を伸ばしきった状態で腹を地面に擦り付けながら、ヒツジが花株の真横を滑りぬけていった。ダメージを覚悟してのファインプレー！　仲間たちが急いで駆け寄る。

『……ふぅ。守りきりましたー！　褒めて下さいー』

ハマルのもふもふ毛皮に、クリスタルフラワーの花弁が綺麗な状態で絡まっている。花びらの一枚たりとも割れていない。
▽レナたちは　クリスタルフラワーを　手に入れた！　×1
「よく頑張ってくれました！　ハーくんありがとう！」

『えへへー』

ハマルは仲間全員に褒められて、お腹の毛についた砂を丁寧に払われたあと、これでもかと全身を撫でくりまわされた。もふっもふっ！　ふわんふわわん！　ヒツジを撫でる皆も、最高の毛並みを楽しんでいる。

一番気持ちイイポイントの耳の付け根をレナに触られて、ハマルは『メェエ』と幸せそうな鳴き声を漏らした。ふと、パトリシアが立ち上がる。茎と葉だけになった花株の側に座り込み、根元をじっくり観察し始めた。厚手の小物箱（中には綿が敷かれている）に入れていたクリスタルフラワーを取り出して、手に持ち、まじまじと交互に見つめる。

「どうしたの……？」

レナたちもパトリシアの近くに集まってきた。パトリシアは地面から視線を外さない。

「んー……この花弁、ちょっと不思議でさ。本物には違いないんだけど。クリスタルフラワーって本来は透明なはずなんだ……でも、これは薄桃色じゃないか？」

「……そういえば、そうかも？」

パトリシアの言葉を聞いて、レナたちも花弁を眺めて同意する。

「多分、この花を芽吹かせた虫の影響だと思う」

パトリシアはそう言って、鞄《かばん》から厚手の手袋を取り出して装着した。花職人が土いじりをする時に使用する魔法手袋だ。植物の根に指が触れた時、極力傷つけないようにほんのわずかな隙間を作ってくれる効果がある。

レナたちに「ちょっと待ってて」と言うと、パトリシアは株だけになったクリスタルフラワーの根元を掘っていった。土質がかなり硬めなので、掘りにくそう……でもない。［剛腕］ギフト持ちのパトリシアにかかれば余裕なようだ。手袋効果で植物を傷付ける心配がないため、指先でズゴズゴッと根元を掘り進んでいる。手首辺りまでを埋めると、パトリシアの指先が目的のものを探り当てた。

「！　これだな。花が色付きだった理由」

「うわあ。綺麗だねぇ、水晶玉の中に水が溜まってるみたい」

「クリスタルフラワーはこの水溜虫《ミズタマムシ》の亡骸から生まれるんだ」

パトリシアが、掘り出した五センチほどの水溜虫を皆に見えるように手のひらに乗せる。水晶玉のようなボディに、申し訳程度にセミの幼虫のような小さな顔と手足がくっ付いていた。全身が透明で、これだけでも芸術品のよう。水晶ボディの中は空洞になっていて、そこに薄桃色の水が蓄えられている。リリーがそっと水晶玉に触れて、少しだけ転がすと、中の水はユラリと揺れる。

『『ぱふぱふー！　パトリシア、説明してー？』』

クーイズがパトリシアの肩に乗って、両頬をぷにぷにに押してアピールした。

「説明を求められてるか？　よしっ。水溜虫は、雨水を体内に蓄える習性を持つ低級魔物。成虫に育つと水翅蝉《みずばねぜみ》になる。そこまで育つ個体は稀で、多くは他の生き物の餌になっちまう。水溜虫の時点では、初級の青魔法くらいしか攻撃手段がないからなー。成虫になるパターン、他の生き物の餌になるパターン、あと……めちゃくちゃ珍しい例として、クリスタルフラワーの種になる場合があるんだ。雨をボディいっぱいに吸収した水溜虫は、地中に潜る。そしてその中でもほんのわずかな個体だけが、そのまま結晶化して、クリスタルフラワーの種となる。地上にいた時、体内に溜めていた水分を糧にしてクリスタルフラワーを芽吹かせるんだ。水分が、何か特別だったんだろうな」

「だからお花がどこで咲くのか予測できないんだね。…………。ピンクの雨水？」

「少し前、この草原に変わった雨が降ったらしい。ピンク色の、眠りを誘う特別な雨。おそらくそれを吸収した個体が、クリスタルフラワーになったんだろう。色付きのクリスタルフラワーを宝飾職人が加工すると、花由来の特別な魔法効果が現れることがある。スペシャルレアだよ」

パトリシアが、目を合わせようとしないレナをじーーっと見つめた。レナはついいっと視線を逸らす。パトリシアがまた追いかける。レアといえばレナ、と正しく認識していた。

「レアなレナのおかげでレアな雨が降ってレアな花が咲いてレナたちとレアな経験ができたぜ。このレアな出会いに感謝！」

「そういう方向でイジリに来る!? パティちゃん、最後レナとレアが混ざってたよ！」

観念したレナが、以前、荊《いばら》に絡まっていたピンクの綿雲アメフラシを助けて空に見送ったあと、ピンクの雨が降ってきたのだ……と告げるとパトリシアは心底呆れた顔になった。

「珍しい出来事にばっか遭遇して、なんていうか、結果的に苦労してるよなぁ……。私もその苦労の一端だったんだけどさ……。友達になったからには、これからはレナたちにとって良い存在でありたいよ」

パトリシアは気まずそうな顔で話し始めたが、話しながら気持ちが切り替わったようで、最後は爽やかに笑って告げる。レナたちがぱちくりと目を瞬かせた。

「パティちゃんとお友達になれて良かったって、もう何度も思ってるよ。貴方と一緒にいると楽しい。

だから頻繁《ひんぱん》にパティちゃんのお家に行ったり、花の種をクエストついでに持ち帰ってきたり、指名依頼を優先的に受けたりしてるんだから。もっと私たちの親友であることに自信持ってて――！」

『『そうだぞーー！　口の悪さと頭に血が上りやすいのは直した方が良いけどー！』』

従魔たちがソフトにパトリシアにタックルする！　今度はパトリシアが目を丸くした。

「……ええと。嬉しい。ありがと」

「てやんでぇ！　あたぼうよぅ！」

レナはふざけて話すと、にぱっとお日様のように笑った。ネガティブなこと言ってると悪運に好かれちゃうぞ！　とパトリシアを注意する。パトリシアは気持ちを晴らすために、パァン！　と自分の頬を両手で張った。じんじんと熱が体の内側から湧き上がってくる。

「よし！　じゃあ街に戻って、クリスタルフラワーをアクセサリーに加工してもらうか！」

「楽しみだねぇ。みんなー、お疲れ様」

巨大ヒツジに騎乗して、一人多いレナパーティが草原をのんびりと進む。まだ日が高いので、道中珍しいお花を探しながらトイリアに帰るつもりだ。レナたちの後ろに伸びた影は、仲良しを表しているように、まあるく一つにまとまっていた。

☆

パトリシアの知り合いだという宝飾職人に、桃色クリスタルフラワーを使ったアクセサリーチャームを作ってもらう。小さな花びらがくるりと黒真珠を包む、男性でも身につけやすいシンプルなデザインに仕上げてもらった。クリスタルフラワーの花弁は「良い人生を歩める」という縁起物なのだとか。薄桃色の特別な花弁には、ほのかな恋愛運アップの魔法が秘められていたらしい。

プレゼントの包装はパトリシア一人でこなした。なかなかセンス良く仕上がっている。夜中まで悩み抜いて仕上げたメッセージカードを添えて、サプライズの準備完了！

ある日。パトリシアがゴルダロパーティのみんなを自宅に招待して、プレゼントを渡した。

「う、うおおおお……！　パトリシアが、あのガサツで子どもっぽくて面倒くさがりなパトリシアがあっ！　感謝のプレゼントだと？　俺は今、猛烈に感動しているっ……！」

「三言余計だっ！　ゴルダロのアホーー！　ええい泣きすぎだろ、近所に迷惑だから泣き止めよ」

「なんつー素直じゃない対応なんだか、全く。俺たちを感動させたくてわざわざメッセージカードまでくれたくせにー。こりゃ、一生モノだよねぇ。早速、書類保存用の魔道具買ってこなくちゃ」

「てめっ、ジーン！」

「うふふ♪　みんなとっても嬉しいのよ！　反応見てたら分かるでしょ？」

「「「パトリシア、ありがとう！」」」

「…………ッ！」

ゴルダロ、ジーン、ルナがにっこり笑って、パトリシアにお礼を言う。ルナがアクセサリーチャームを指で撫でて「すごく素敵、大切にするわね」と言った。パトリシアが真っ赤になる。

「～～こちらこそ、いつも色々、本当に色々、全部っ、ありがとう……！」

「まあ！」

「渾身のデレ。威力が高い！」

「俺はあッ！　今日の良き日の一言一句を、一生忘れないぞぉぉ！」

「いや、なんか良いことがあった日くらいの記憶に留めといてくれ。なにその気合い⁉　はっずかしいわ！」

パトリシアがムズムズと口元を緩めたり、引き締めたりと混乱している。

「パーティで全員お揃いのアクセサリーチャーム……もちろん、パトリシアの分もあるのよね？」

「まあね」

パトリシアが手首を掲げると、そこには桃色クリスタルフラワーのチャームが付いたブレスレットが。みんなで気恥ずかしそうにクスクスがはっと笑い、コツンと手の甲を合わせた。

「「「「これからもよろしく！」」」」

Rare Class Change
Extra Story

乙女たちの
お泊まりパジャマパーティ!

レナがトイリアを旅立つ前日は、スチュアートのお屋敷にお泊まりすることになった。パトリシアも一緒に、女の子たちでパジャマパーティ！　夕飯を食べ終えて、みんなでアリスの衣装部屋に向かう。モスラにも「参加する？」と一応声をかけてみたが、丁重に断られてしまった。

「お嬢様方でお楽しみ下さいませ。さすがに、成人ヒト族の見た目の私が参加するのは申し訳ないので」

「実際はだいたい二歳児の蝶々なんだけどねぇ」

モスラの気持ちもよく分かるので、レナたちもしつこく誘わず、残念そうに諦めた。アリスがしょんぼりとモスラに声をかける。

「ごめんね、モスラもレナお姉ちゃんたちともっと一緒に過ごしたいのに。みんなで過ごせるように、もっと考えて発案したら良かった」

「お気遣いありがとう御座います、アリス様。しかし男性が女性の寝室を夜に訪れるのは、良いことでは御座いませんので。パーティの内容が違っていても、夜に一緒に過ごすことはお断りしていたと思います。夕飯にご主人様たちの手料理をたくさん頂いたので、心も身体もとても満たされていますよ」

モスラはお腹にそっと手を当てて、クスリと微笑んだ。

夕飯はレナとアリスが張り切って作ったのだ！　ゴルダロとジーンが美味しいお肉を持ってきてくれたので、ハチミツとスパイスをぴりりと効かせたタレに漬け込んでステーキにした。パンにウインナーを挟んで、トマトソースとマスタードをかけてホットドッグを作ったレナはとても褒められた。別々で食べることはあっても、このようにパンに挟むアイデアは珍しかったらしい。贅沢なお肉を「息子が世話になってるからなぁ！」と無償で提供してくれた肉屋ゴメスに、お礼にレシピを渡したところ、ホットドッグは店先の屋台で大流行して、後にトイリアの新名物となる。

野菜サラダは、みんなで市場に野菜を買いに出かけて、それぞれの好みの野菜を入れて作った。

「カラメルキャロットに、レナ様が作って下さったカマンベールドレッシングをかけたものが、とても好みの味でした。蒸《む》したミルキーキャベツも美味しかったです」

「分かる〜！」

「モスラとリリーは、本当に甘いもの好きだよなぁ。蝶々だから」

リリーもラブリーパジャマにお着替えするので、もうヒト型になっている。ご機嫌にくるりと回って、モスラと「いぇーい！」とタッチした。モスラは膝を折ってしゃがみ、丁寧に小柄なリリーに対応してあげている。

「じゃあ、明日の朝も私がご飯を作るね。モスラが好きそうなレシピにするから、いっぱい食べて！」

「明日の朝を迎えるのがとても楽しみになりました。レナ様、ありがとう御座います」

モスラが嬉しそうに言う。主人の味を忘れないよう、レシピを拝借し、レナ式モーニングが、これから度々スチュアート家の食卓に並ぶことになる。

「ベッドを移動させて、皆様が泊まる部屋のレイアウトを整えました。ゆっくりお休み下さいませ」

「ありがとう！　モスラも、いい夢が見れますように。今日はお疲れ様。お休みなさい」

『『『「おやすみー！」』』』

モスラの綺麗な一礼に見送られて、レナたちはアリスの衣装部屋に入った。モスラは少し名残惜しそうに扉を見つめると、気持ちを切り替えて、旅立つレナへのプレゼントを作るため、こっそり屋上に向かった。

☆

巨大なクローゼットの中には、女の子用のパジャマがいっぱい！　ゲイルお爺さんは商人教育こそ厳しかったが、それ以外の面ではアリスを娘として可愛がっていたようだ。どれも手触りが良さそうで凝った装飾の、贅沢なパジャマがずらりと並んでいる。上下が分かれたズボンタイプも、ネグリジェ風のものもある。

「すげーーー！」

「「すごーーい！」」

「せっかく女子会なんだから、とびきり可愛いの着ようよ！　リボンへアバンドとか、レースソックスとか、小物も色々あるよ。ね！」

「マ、マジで……!?」

パトリシアが恥ずかしそうに頬を染めて、真剣にクローゼットを覗き込む。レナたちはこっそり笑いを噛み殺した。本当は可愛いものが好きなパトリシアは、今だけは表情が女の子らしい。

『『クーとイズはレナの胸元に入るね〜♪』』

「よろしく」

レナの声は真剣そのものだった。ぺたんこの胸元を見られるのは抵抗があった。みんなレナよりは大きい。何がかは察してくれ。

クレハとイズミに可愛いパジャマを着せられないのは残念だが、ハマルがヒツジのまま金色マクラになる気満々なので、クーイズは後輩を除け者にしないよう気を使ってあげたのだろう。うりうり、よしよし、とレナは優しい二人を抱きしめた。

「レナお姉ちゃんは、赤色がよく似合ってたよねぇ。これなんかどう？」

アリスが赤色のネグリジェをレナに見せる。薄いシフォン生地がふんわり重ねられて、繊細で可愛らしい。首元まで生地があるので、スライム虚乳《きょにゅう》が映えるだろう。

「わあ！　是非、これを着たいな！　アリスちゃんが選ぶものってやっぱりセンスがいい～」

「ありがとう」

品選びを褒められたアリスが嬉しそうに笑い、今度は淡いピンクのネグリジェを手にする。

「パティお姉ちゃん、乙女カラーに挑戦してみる？」

「ごめんさすがにしょっぱなからハードル高すぎ！　えーと……黒のがいい」

『『ビビりー！』』

「……こらクレハとイズミ。なんか私をおちょくるようなこと言っただろ？　その横に揺れる動きは」

「そんなことないよ、パティちゃん。ただビビりって言ってただけ」

「おい！」

『『きゃーーっ直訳ー！　レナってばだいたーん♪』』

「パティお姉ちゃんはビビりじゃないもんね。黒の総レースのネグリジェにしようね」

「アリスまで……。…………でも、それ、めっちゃ可愛いね」

「でしょ！」

アリスが心の中でピースしながら、パトリシアに黒レースネグリジェの良さをプレゼンする。お花のボタンや、さりげない場所のリボンなど随所に職人技が光っていた。宵闇シープの毛を使った高級品であることは、引かれるかもしれないので伏せておいた。

パトリシアのネグリジェも決定！　リリーが、じーっとアリスの手元を見つめている。

「その、ピンクのネグリジェ……私が着ても、いい？」

「どうぞ。これ、気に入ったんだ？　桃糸雀《ピチュリア》って魔物の羽毛を紡いでいるの。着ると体重が二分の一に軽くなるんだよね」

試しにリリーがピンクネグリジェを着て、ふわり！　と舞ってみると、ピチュピチュとささやかな鳥の囀《さえず》りが聞こえてきた。面白～い！　とリリーがぴょんぴょん飛ぶ。子どもがピッピと鳴る靴を与えられた時と同じ喜び方だなぁ、とレナはリリーを微笑ましく眺めた。

「私は白いネグリジェにしようかな。よし、これで全員のが決まったね！　パジャマパーティ開催としましょう！」

アリスが自分の白ネグリジェを抱えて、ウインクしてみせた。
▽楽しい夜の　始まりだ！

☆

「女子トーーーーーーク！」

「「「いぇーーー♪」」」

『『ぱふぱふ～♪』』

赤ネグリジェに着替えたレナが高らかに声を上げると、女の子たちがとても楽しそうに賛同した！　ハマルがめぇめぇ鳴く。クーイズがレナの胸元でうにゅうにゅ動いたので、パトリシアとアリスが笑いを堪える。別の意味で目に悪い！

「……………ごめん。さすがに出よっか……」

『『えーー!?』』

レナも雰囲気を察して、しんみりとクーイズに退出を促す。ぺろりとネグリジェの裾をめくると、フリルショートパンツが露わになり、お腹の辺りから、赤スライムと青スライムがコロリと転がり出てきた。レナが二人をむぎゅっと抱きしめることで、膨らみ不足も改善できるし、クーイズの機嫌も直ったので一石二鳥！　人生はポジティブに生きた方が楽しいのだ。

「体型変化」したハマルの金色もふもふをマクラにして、みんなで寝転がってリラックスする。

「くすっ。何を話そう？」

「お題か。女の子らしい話題と言ったら……恋愛？」

パトリシアが発言したら、場の空気がズーーーン……と盛り下がった。漢前のパトリシア、勉強漬けだったアリス、生後数日を魔物のナイトバタフライとして過ごしテイムされてからはレナにべったりなリリー、日本では家事節約に忙しかったレナ（現在は従魔のオカン）。ここにいる全員が、恋愛などという華々しい世界は未経験であった。

「誰か……これまでに異性にときめいたことある人ー？」

パトリシアが懲りずに話題を振る。レナが気まずそうに口を開く。

「……生き残るのに精一杯でそんなこと考えてる余裕なかったなぁ」

「レナの経歴アマゾネスかなんか？」

パトリシアが余計なツッコミをしたので、おらぁ！　と従魔たちの突進を食らう。もふっ！　とハマルの金毛に後頭部を埋めることになった。

「あはは！　異性かぁ……一流商人の大人とばかり接してたから、同じ年くらいの男の子って接点がなくて……」

「あー。なるほどね。ちなみに私にとって、同年代の男子は打ち負かす対象だった」

「「すごく分かるー」」

『想像通りー』

「悪かったね」

「良いんじゃないかな。これから女子力を磨いていけば！」

「みんな、理想の……番《つがい》って。どんな、男の子？」

「「まず今の生活を邪魔しない人」」

趣味に生きる乙女の宿命であった。

そのあとは、例えば服のセンスはどんな感じが良い？　とか（冒険者服ならヘビーアーマーを着こなす、自分より力自慢なタイプが良いな！　とパトリシアが発言したのがベストアンサー）髪型と髪色はどんなタイプが好み？　とか（カラフルな髪色が選択肢にあるのが異世界らしい、とレナが実感した）、同種族にときめく？　とか（妖精をまだ自分以外に見たことがないから分からない、とリリーが悩んだ）、結婚するなら所得は？　とか（魅力的な人ならいざとなれば自分が養う、とアリスが言い切った。しかしアリスの理想は超ハイスペック）………なかなか濃い話をした。

「次の話題はー。最近ときめいた可愛いものについて」

「そうだなぁ。超速ホワイトマッチョマンたちの頭の花が思いの外綺麗でな……」

「研究者ギルドの倍店で買った香水！　毒ヒル避けなの。近寄ってきた毒ヒルの毒を完璧に浄化《パージ》しちゃう反転致死の香りで、私たちには無害みたいだよ。沼地に行く時には予防にこの香水をつけるといいんだって。瓶がキラキラなんだー」

「私は……うーん。最近買った参考書の表紙が、オシャレで可愛いと思ったな」

「こないだ、狩った……コウモリの羽で作った、ネックレス。可愛いの♪」
▽女士《じょし》トーーーーーク！
なんとも逞しい女士会になってしまった。この場合の女士は乙女のことではなく、猛者を指す。

『『小腹が空いてきちゃったー』』

クーイズがレナのお腹にボディをぐりぐりして、おねだりした。

「新作の超速スライムグミフラワーを発芽させるか？」

『わーーーい！』

パトリシアはサイドテーブルに置かれていたガラスの小瓶を手に取ると、中を［アクア］の清らかな水で満たして、ちゃぽん！　と花の種を落とした。
▽超速スライムグミフラワー（虹）が　開花した！
改良を重ねて、七色のグミが実る種を創り出していたのである。小さい素朴な花が、一株に七色咲いて、グミになる。貴族ウケする花びらが混色の綺麗なお花とはまた異なるが、これも大変貴重な品種と言えるだろう。

「あ。ピンクはイチゴ味！」

「赤は薔薇ジャムの味と似てるねー」

「青は安定の一般的なスライムグミ味だな」

「白は……ん！　濃厚な、練乳っ」

『モグモグ！　緑はマスカット〜、紫はブドウ〜♪』

「黄色はレモンだね」

『あれー？　緑のってー……ミントの味がするけどー？』

「えっ!?」

「こっちの紫のはブルーベリー……。……もしかして同じ色でも味がかなり違うのか？　そんな事は［花鑑定］でも分からなかったんだけど……まあ、レナが一緒にいる時発芽したからなぁ」

「全部私のせいにされるー!?」

「「命名、〝レナ・クラスチェンジ！〟」」

「ねぇご主人さまっ。この赤色……美味しい、血液の、お味♡」

『『こっちの赤色、激辛だよー！　ウマーーー♪』』

「「「うっわ！！」」」

▽超速百味グミフラワー　爆誕！

ワイワイとグミを楽しんで、夜が更けていく。みんなの瞼が落ちてきた頃、レナがポツリと呟いた。

「とっても良い気持ち。素敵な夢が見れそう……」

ハマルが主人に頬をすり寄せる。

『今宵はスキルを使わずに寝ますかー？　それでも快眠できそうだもんねー。夢も見れるし』

「[快眠]スキルは、夢を見ないくらい深く眠っちゃうもんね。……うん。今日は夢が見たいな。みんなと夢の中でも遊ぶの」

パトリシアとアリスが苦笑して、リリーがレナの腰に抱きつく。

「まだまだ、遊び足りないよね。一緒にこうして女子会したいし、お茶会もしたいし、買い物とか、旅行も行きたいなぁ。ねぇレナお姉ちゃん、楽しみだね」

「だなっ！　またレナにはトイリアに来てもらわなくちゃ。その前に、私らの夢の中に来てもらうとするか。こっちもレナの夢に出張するからさ」

『夢の共有とかー、ボクがなんとかできたら良かったんだけどー……。レナ様が望んでくれるならー、そのように進化できるのかも？』

『レナ・クラスチェンジ！』

「もーー……」

クスクス笑いあって、柔らかいブランケットと金色もふもふに埋もれて、女の子たちは夢の世界へ足を運ぶ。また、新しい朝が訪れる。

☆

「モスラ、お待たせ。朝ご飯できたよー！　いっぱい食べてね！」

「ありがとう御座います、レナ様。どれもとても美味しそうで、目移りしてしまいますね」

大きな机に朝食のサラダ三種、ふんわりフレンチトースト蜂蜜がけ、クリームスープにデザートのベリーパンナコッタが並んでいる。お話しする時間が長くとれるように、短時間で作れるものが揃った。フレンチトーストは昨日のうちに卵液に漬け込んでおいたので、焼くだけで楽ちん。

いただきます、と号令がかかり、みんながワクワクとフレンチトーストに噛り付く。湯気と甘い匂いに、もう我慢できなくなったのだ！　健康のためにサラダから食べるべき？　知らん！

「結局モスラが一番早起きだったよなー。ゆっくり休んでていいって言ったのに、朝からヘアセットまで完璧にして、廊下に出た瞬間に挨拶されたからめちゃくちゃビビったぜ」

「スチュアート家の執事ですから」

「くすっ。そこは素直に、レナお姉ちゃんと従魔のみんなと一緒に過ごしたかったって言おうよ」

「「言われなくても、モスラの気持ち分かってるけどー♪　でも言葉に出して言われたーい！」」

ヒト型クーイズがうりうり！　とモスラの脇腹を肘でつつくと、モスラがにこっと微笑む。

「おや……。愛おしい皆様とこのような時間を過ごせて、私の心は幸福で満たされています」

「「きゃぁーーー！　甘ぁーーい！　蝶々ゆえに！」」

先輩従魔がきゃあきゃあ！　とはしゃぐ。レナが目元をハンカチで押さえながら、反対の手でデザートの器をモスラに渡し、自分の分のパンナコッタを譲ってあげた。

「うっうっ、なんて素敵な子。可愛い。私も貴方に会えて本当に幸福だよぉぉ！」

（(可愛い……？)）

アリスとパトリシアがモスラを見て、号泣するレナを見て、首を傾げた。他の幼い従魔はともかく、モスラは美青年だが、可愛いとは思えない。レナにとって「可愛い」の言葉は愛情表現なのだろう、との結論に至った。

みんなでスマホで記念撮影する。また、素敵な思い出が増えた。

あとがき

『レア・クラスチェンジ！Ⅲ』をお手にとって頂き、誠にありがとうございます。読者様、TOブックスならびに担当者様、ちま様、たくさんの方のお力を借りて念願の三巻ができあがりました。心から御礼申し上げます。ページをめくり、クスッと笑って頂けていたら嬉しいです。

　レナが女王様として覚醒するシーンは、ぜひ書籍で発表したいと思っていました。なりゆきで魔物使いに就職した女子高生が、伝説の女王様としてこの世界に名を轟《とどろ》かすというサクセスストーリーなので、どうしてもここまで旅を進めたかったのです。感無量です！まるで終わりのような挨拶になってしまいましたが、まだまだレナパーティの旅は続きますし、刊行を続けられるように執筆を頑張りたいと思っています。引き続き、ゆる旅を見守って頂けますと幸いです。

Illustrated by Kuron Kurosugi

三巻記念企画として、小説家になろう内でWEBアンケートを実施いたしました。キャラのコスプレ案募集という私が楽しい企画でした。イラストを描いたのは作者です（まさに私が楽しい）。お付き合い下さった読者の皆様、まさかのノリノリで許可して下さった担当様に感謝申し上げます。キャラクターはクレハとイズミ（＋レナ）で「ハートの女王様と時計ウサギ」「おめかし蝶々リボン」「モコモコ冬服」「フリルパンツ」のリクエストを描かせて頂きました。本編と合わせて、ちょっぴり楽しんで頂けたら嬉しいです。そのうち本編でも、レナたちが仮装する機会もあるかもしれません。

それでは、短いですがこの辺りで。またお会いできることを祈りつつ。

二〇一六年十一月　黒杉くろん

赤の女王
Red Queen
VS
ダークプリンセス
シェラトニカ
Shaman
呪術師
&
新たなる敵
ドラゴン
Dragon
シリーズ史上空前の戦いが
幕を開ける!!
破戒僧 モレック

TOブックス
レア・クラスチェンジ!
Rare Class Change
魔物使いちゃんと
～レア従魔の異世界ゆる旅～
IV
黒杉くろん
イラスト ちま
……なんて、知らなーい!
「?」
「ねむい……。」
「みーんな、大好きー♡」
「ぼ、僕の出番はあるのかな!?」
「早く読みた～い!」
シリアス展開ぶっ飛ばそうぜ!
もふもふ全開、相変わらずのコミカルファンタジー!
2017年発売予定!!

数字の魔法で
家族を守る――
……そんなの
簡単だろ？
お姉ちゃんに
算数教えてっ？
著 扇屋悠
イラスト えいひ
2017年
2月10日発売!!

ダメじゃこいつ、
なんとか
せねば……（困惑）
あははっ、
僕が成り上がる確率、
100%
新シリーズ、
始動！
「小説家になろう」発、
完璧な計算が想いを繋ぐ
スイートホーム・ファンタジー！
算数で読み解く
異世界魔法

レア・クラスチェンジ！Ⅲ
～魔物使いちゃんとレア従魔の異世界ゆる旅～

2017年2月1日　第1刷発行

著　者　黒杉くろん

発行者　本田武市

発行所　TOブックス
〒150-0045
東京都渋谷区神泉町18-8　松濤ハイツ2F
TEL 03-6452-5678（編集）
0120-933-772（営業フリーダイヤル）
FAX 03-6452-5680
ホームページ　http://www.tobooks.jp
メール　info@tobooks.jp

印刷・製本　中央精版印刷株式会社

ISBN978-4-86472-547-7